U0114490

漢語詞法句法五集

湯 廷 池 著

臺灣學生書局印行

獻給：

　　我的父母湯長淇先生

　　與湯邱味女士

湯 廷 池 教 授

著者簡介

　湯廷池，臺灣省苗栗縣人。國立臺灣大學法學士。美國德州大學（奧斯汀）語言學博士。歷任德州大學在職英語敎員訓練計劃語言學顧問、美國各大學合辦中文研習所語言學顧問、國立師範大學英語系與英語研究所、私立輔仁大學語言研究所敎授、《英語敎學季刊》總編輯等。現任國立清華大學外語系及語言研究所敎授，並任《現代語言學論叢》、《語文敎學叢書》總編纂。著有《如何敎英語》、《英語敎學新論：基本句型與變換》、《高級英文文法》、《實用高級英語語法》、《最新實用高級英語語法》、《英文翻譯與作文》、《日語動詞變換語法》、《國語格變語法試論》、《國語

格變語法動詞分類的研究》、《國語變形語法研究
第一集：移位變形》、《英語教學論集》、《國語
語法研究論集》、《語言學與語文教學》、《英語
語言分析入門：英語語法教學問答》、《英語語法
修辭十二講》、《漢語詞法句法論集》、《英語認
知語法：結構、意義與功用（上集）》、《漢語詞
法句法續集》、《國中英語教學指引》、《漢語詞
法句法三集》、《漢語詞法句法四集》、《英語認
知語法：結構、意義與功用（中集）》、《漢語詞
法句法五集》、《英語認知語法：結構、意義與功
用（下集）》等。

「現代語言學論叢」緣起

　　語言與文字是人類歷史上最偉大的發明。有了語言，人類才能超越一切禽獸成爲萬物之靈。有了文字，祖先的文化遺產才能綿延不絕，相傳到現在。尤有進者，人的思維或推理都以語言爲媒介，因此如能揭開語言之謎，對於人心之探求至少就可以獲得一半的解答。

　　中國對於語文的研究有一段悠久而輝煌的歷史，成爲漢學中最受人重視的一環。爲了繼承這光榮的傳統並且繼續予以發揚光大起見，我們準備刊行「現代語言學論叢」。在這論叢裏，我們有系統地介紹並討論現代語言學的理論與方法，同時運用這些理論與方法，從事國語語音、語法、語意各方面的分析與研究。論叢將分爲兩大類：甲類用國文撰寫，乙類用英文撰寫。我們希望將來還能開闢第三類，以容納國內研究所學生的論文。

　　在人文科學普遍遭受歧視的今天，「現代語言學論叢」的出版可以說是一個相當勇敢的嘗試。我們除了感謝臺北學生書局提供這難得的機會以外，還虔誠地呼籲國內外從事漢語語言學研究的學者不斷給予支持與鼓勵。

湯　廷　池

民國六十五年九月二十九日於臺北

語文教學叢書緣起

現代語言學是行爲科學的一環，當行爲科學在我國逐漸受到重視的時候，現代語言學卻還停留在拓荒的階段。

爲了在中國推展這門嶄新的學科，我們幾年前成立了「現代語言學論叢編輯委員會」，計畫有系統地介紹現代語言學的理論與方法，並利用這些理論與方法從事國語與其他語言有關語音、語法、語意、語用等各方面的分析與研究。經過這幾年來的努力耕耘，總算出版了幾本尚足稱道的書，逐漸受到中外學者與一般讀者的重視。

今天是羣策羣力和衷共濟的時代，少數幾個人究竟難成「氣候」。爲了開展語言學的領域，我們決定在「現代語言學論叢」之外，編印「語文教學叢書」，專門出版討論中外語文教學理論與實際應用的著作。我們竭誠歡迎對現代語言學與語文教學懷有熱忱的朋友共同來開拓這塊「新生地」。

語文教學叢書編輯委員會　謹誌

自　序

　　《漢語詞法句法五集》收錄從一九九二年七月到一九九三年八月這段期間發表或完成的有關漢語詞法與句法的文章八篇。本來發排的文稿還不止這些，但是出版書局認爲一本書的厚度以不超過三百五十頁爲宜，所以只得挑選較早排完的八篇。其他六篇則準備移到下集裡面。

　　第一篇〈華語語言分析導論：目標與方法〉，全文四十八頁；就語音、語用、詞法、句法各方面舉了許多實例來討論華語語言分析的目標與方法。當這一篇文章還在《華文世界》刊登的時候，香港中文大學的趙汝明先生曾經來函要全文。但是那時候，全部原稿都寄給該刊，卻分了前後五期才刊完。這裡謹向　趙先生致歉。

　　第二篇〈談如何分析漢語複合詞的內部結構：敬答謝質彬先生〉，全文三十頁；是針對河北大學謝質彬先生針對我在《華文世界》發表的文章〈漢語的「字」、「詞」、「語」與「語素」〉裡所列舉的一些漢語複合詞的內部結構所提出的質疑做答辯的文章。這是我第一次隔著海峽與大陸同道討論漢語詞法的機會，因而特別珍惜這份因緣。

　　第三篇〈文言否定詞的語義內涵與出現分佈〉，全文二十頁；討論漢語文言否定詞 '罔、末、微、靡、亡、無、毋、莫、

匪、非、弗、不、勿、休、否、未、盍、蓋'等的意義與用法，
並指出：從上古漢語到現代漢語否定詞的發展趨向似乎是從
「綜合形式」或「單純詞」演變成「分析形式」或「複合詞」。

第四篇〈北平話否定詞的語意內涵與出現分佈〉，全文十七
頁；主要討論北平話的兩個否定詞'不'與'沒'。不少漢語語法學
者認為否定詞'不'與'沒'之間並沒有一定的對應關係；但是本文
卻認為'不'與'沒'是「同位語」（即'不有'變成'沒有'），而且單
詞的'沒'其實是複詞'沒有'的縮簡（即'沒有'變成'沒'），仍然含
有完成貌'了'的意義。如此，'沒'與'有'的出現分佈當然也就
相同。

第五篇〈閩南話否定詞的語意內涵與句法表現〉，全文五十
頁；針對閩南話的否定詞'唔、無、𣍐、莫愛、(唔)免、莫好'等
的結構、意義與用法提出相當嶄新的分析與解釋。這是我繼〈漢
語動詞組補語的句法結構與語意功能；北平話與閩南話的比較分
析〉(1990)所發表的第二篇有關閩南語語法的文章。希望今後也
能做一些漢語方言甚或少數民族語言的語法研究。

第六篇〈漢語句法與詞法的照應詞〉，全文八十頁；針對漢
語句法上的反身詞'自己'、交互詞'互相'、反身交互詞'自相'以
及詞法上的反身詞'自、己'與交互詞'相、互、交'討論其出現分
佈、指涉功能、語法表現、以及句法與詞法之間的相關性與對稱
性等問題。這篇文章，除了共時的描述與分析以外，還包括歷時
的演變與討論；連同前面第三篇文章顯示近年來我對於漢語歷史
語法逐漸產生的興趣。

第七篇〈語法理論與機器翻譯：原則參數語法〉，全文九十

一頁；文章的主題是原則參數語法對機器翻譯可能做出的貢獻，討論的問題包括論旨角色的分類與分佈、論旨網格的登記公約、論旨網格的投射與條件限制、英漢兩種語言述語動詞的論旨網格與其投射的異同、論旨網格的投射與機器翻譯（「院徑現象」與句子剖析、「結構歧義」與句子剖析、「移位變形」與句子轉換、「填補詞」、「空號詞」與句子轉換、修飾語的線性次序與句子轉換）等。從一九九〇年以來，承蒙計算語言學會的厚愛，連續三年應邀在計算語言學研討會上發表專題論文。去年（一九九三年）八月舉行的 Pacific Asia Conference on Formal and Computational Linguistics，還邀請我連同 Kenneth Church, Mary Dalrymple, Mark Lieberman, Ivan Sag 等幾位傑出的學者發表專題演講，雖然屆時因為身體不適而無法效勞，但是黃居仁先生的盛情誠意卻永誌不忘。

第八篇〈參加第二屆國際漢語語言學會議歸來〉是一篇五頁的短文；就因為與女兒志眞的巴黎之行得到了許多人的關愛與照顧，所以想在這裡留一段惜福與感恩的紀錄。

這本書想獻給我的父母。常言道「大恩不言謝」，父母的恩愛深似海，把這本書獻給他們，只能算是投入深海底下的一個小貝殼。我只能默默地向他們祈禱：但願我能以對自己子女的愛與奉獻來報答他們的恩愛於萬一。

湯　廷　池

一九九四年五月赴美探訪志永與瓊娟歸國之日

漢語詞法句法五集

目　　錄

華語語言分析導論：目標與方法

一、前言

　　語言，簡單地說，是人類以聲音（或文字）表達意義的工具。因此，語言可以說是由（一）**聲音**（或代表聲音的文字）、（二）**意義**、以及（三）做爲聲音與意義之間橋樑的**句法**這三大要素構成的。華語的聲音（即語音）可以分爲「單音」（segment）：包括「元音」（vowel）與「輔音」（consonant）、「音節」（syllable）、「聲調」（tone）、「語調」（intonation）等單元來做爲分析與研究的對象。我們還可以把這些語音單元更精細而明確地分

析爲「辨音屬性」（distinctive feature），並且依據這些辨音屬性來研究華語的「音韻規律」（phonological rule）。研究這些問題的學問，就叫做「語音學」(phonetics) 與「音韻學」（phonology）。傳統的漢語聲韻學，所討論的主要是「聲母」（initial)、「韻母」(final)、「韻頭」(medial；又稱「介音」)、「韻攝」（rhyme）、「韻腹」(main vowel；卽「主要元音」)、「韻尾」(ending)、「聲調」(tone) 等聲韻單元「共時」(synchronic) 的描述、「歷時」(diachronic) 的演變、以及「方言」（dialectal）上的差異等問題。結構學派音韻學更提出「音」（phone）、「音素」(phoneme)、「成段音素」（segmental phoneme)、「上加音素」(supra segmental phoneme)、「同位音」（allophone）、「互補分布」（complementary distribution）、「自由變異」（free variation）等概念來分析華語的「音素系統」(phonemic inventory)；而衍生學派音韻學則提出「(非)成節」($\pm$syllabic)、「(非)響音」($\pm$sonorant)、「(非)輔音」（$\pm$consonantal）、「(非)鼻音」($\pm$nasal)、「(非)濁音」($\pm$voiced)、「(非)通音」($\pm$continuant)、「(非)遲放」（$\pm$delayed release)、「(非)緊張」($\pm$tense)、「(非)齦前」($\pm$anterior)、「(非)齦顎」($\pm$coronal)、「(非)高音」($\pm$high)、「(非)低音」($\pm$low)、「(非)圓唇」($\pm$round)、「(非)捲舌」($\pm$retroflex)等辨音屬性來分析並描述華語的「成段音素」、「自然音類」(natural class)、「有標性」（markedness），以及「同化」(assimilation；如「鼻化」(nasalization)、「濁化」（voicing)、「清化」（devoicing）、「顎化」（palatalization）、「唇化」（labialization）等）、「異化」（dissimilation）、「弱化」（weakening; lenition）、「強化」（strengthening）、「換位」（metathesis）、「合併」（coalescence）、「插入」（insertion）、「刪除」（elision）等「音韻變化」（phonological change）。屬於華語「上加音素」的聲調、「語調」（intonation；包括「輕重音」（stress）、「音高」（pitch）、「斷續」（juncture)等要素）、「韻律」（metrics），以及「連調變化」（tone sandhi）等也都可以用適當的辨音屬性來描述並寫成非常明確的「音韻規律」。

　　華語的「詞彙」（lexicon）指的是「詞語」（包括「詞」（word）與「成語」（idiom）等）的總和。傳統的漢語語言學偏重代表形、音、義的「字」（character），而忽略了「詞」的重要性。詞可以(一)依其音節多寡分為「單音（節）詞」(monosyllabic word)、「雙音(節)詞」（disyllabic word）與「多音(節)詞」（polysyllabic word），（二）依其詞法結構分為「單純詞」（simple word；由一個「詞根」（root）或「詞幹」（stem）形成)、「複合詞」（compound word；由兩個或兩個以上的詞根或詞幹合成）與「合成詞」（complex word；由詞根或詞幹與「詞綴」（affix）合成，而詞綴則可以分屬「詞首」(prefix)、「詞尾」（suffix）、「詞嵌」（infix）等），以及(三)依其句法結構分屬「主謂式」、「述賓式」、「述補式」、「偏正式」、「並列式」、「重疊式」等複合詞。其實，詞並不

是詞法裡最小的基本單元，因爲詞還可以進一步分析爲代表最小詞義單元的「語」（morph；包括可以單獨成詞的「自由語」(free morph) 與不能單獨成詞的「粘著語」(bound morph)）；而代表同一個語意的「語」則與代表同一個語音的「音」一樣，可以在「互補分布」與「自由變異」的考量下，分析爲屬於同一個「語素」(morpheme) 的「同位語」(allomorph)。我們甚至還可以更進一步把「詞」與「語」的句法功能與語意內涵分析爲「及物/不及物」（transitive/intransitive）、「使動/起動」（causative/inchoative）、「動態/靜態」（actional/stative）、「屬人/非屬人」（human/inhuman）、「有生/無生」（animate/inanimate）等句法與語意屬性來作更深入的研究。研究詞的內部結構、內部結構與外部功能的關係以及如何從語素形成合成詞或複合詞的學問，就叫做「構詞學」(morphology) 或「詞法學」(word syntax)。

詞與詞，在一定的前後次序與階層組織下，形成「詞組」(phrase；如「名詞組」、「動詞組」、「形容詞組」、「介詞組」（包括「連詞組」）、「副詞組」、「數量詞組」、「小子句」、「小句子」、「大句子」等)，而各種詞組則由其「主要語」（head；又稱「中心語」(center)) 與「補述語」(complement)、「附加語」(adjunct) 與「指示語」(specifier) 在一定的詞組結構限制（叫做「X標槓公約」(X-bar Convention)）下組成。這些詞組在句子裡擔任「主語」、「述語」、「賓語」、「補語」、「定語」、「狀語」等「語法功能」(grammatical function)。研究詞的「語法範疇」(grammatical

category；又稱「詞類」（part of speech））、「次類畫分」
（strict subcategorization）、「語法功能」以及如何由詞與詞
形成各種詞組或各種句式的學問，就叫做「句法學」（syntax;
sentence syntax)。句法學通常以「句子」（sentence）爲研
究的對象，但是我們也可以以比句子更大的單元，如「對話」
（dialogue）、「演講」（speech）、「文章」（article；即
「篇」，底下還可以細分爲「章」（chapter）、「段」（para-
graph）、「節」（section))等，爲對象來分析其組織、結
構、功能與特性；而這種研究就叫做「言談分析」（discourse
analysis) 或「篇章分析」（text analysis；又稱「篇章語言學」
（text linguistics))。

　　在語意的研究方面，可以以「詞」爲對象來研究「詞義」、
可以以「句子」爲對象來研究「句義」，也可以以「文章」爲對
象來研究「文義」。「詞義」可以分析爲由「詞」或「語」所包
含的「語意屬性」（semantic feature) 滙合而成，而「句義」
則可以分析爲由詞義與詞義滙合成爲詞組的含義，而詞組的含義
與詞組的含義則更滙合成爲更大詞組的含義，最後乃滙合成爲整
個句子的句義。如何把詞義分析成語意屬性，又如何從語義屬性
滙合成爲詞義與句義，以及如何表示詞與詞之間，或句子與句子
之間「同義」（synonymy）、「反義」（antonymy）、「（內
部）矛盾」（(internal) contradiction）、「含蘊」（entail-
ment）、「預設」（presupposition）、「斷言」（assertion)
等語意關係，乃至言內之意「外延」（denotation; literal
meaning) 與言外之意「內涵」（connotation; conveyed mean-

ing）以及「語意演變」（semantic change；包括「語意擴大」（semantic broadening）與「語意縮小」（semantic narrowing））等語意問題的學問，就叫「語意學」（semantics）。又，語言是傳達語意的工具；因此，我們不但可以研究句子的「句法結構」（syntactic structure），而且還可以研究句子的「信息結構」（information structure）。而要分析句子的信息結構，就不但要涉及句子的「信息焦點」（information focus）、「新信息」（new information）、「舊信息」（old information）、「立場」（viewpoint; camera-angle）、「關心」（empathy；又稱「移情」）等有關「功能背景」（functional perspective）的問題，而且還要牽涉到「說話者」（speaker）、「聽話者」（addresee）、「第三者」（third party）等「言談當事人」（speech participant; locutioner），以及言談場所、時間等「語言情境」（speech situation）的問題。從言談當事人與言談情境的觀點，研究「言語行為」（speech act）以及「明喻」（simile）、「暗喻」（metaphor）、「換喻」（metonymy）等問題的學問，就叫做「語用學」（pragmatics）。

　　以上，針對語言的定義、構成語言的要素、以及研究這些語言要素的學問與基本概念，做了簡單扼要的介紹。華語語言學的研究，應該珍惜傳統漢語語言學的研究方法與成果而採擷其菁華，但也要重視當代歐美語法理論的進展與成績而倣法其理論與方法。理論是否健全，唯一重要的檢驗方法就是實踐。因此，要檢驗華語語言學的理論方法，就必須從事華語的語言分析：觀察華語有規則的語言現象，並把觀察所得加以條理化而成為相當明確

的語法規律，藉以檢驗這些語法規律是否正確有效。就這一點意義而言，華語語言學是一門「經驗科學」（（empirical science）；又稱「實證科學」），因為這門學問的研究對象（語言）與研究方法（語言分析），具有「可以觀察」（observable）、「可以條理化」（generalizable）與「可以檢驗對錯」（verifiable; falsifiable）的經驗科學三大要件。華語語言分析的結果，必然促進我們對於華語語音、詞法、句法、語意與語用的了解；因而也幫助國內外的華語教學，包括華語教材教法的改進與辭典讀物的編纂。但就更長遠的目標而言，華語與所有自然語言的研究都在探討：什麼是「可能」的語言？什麼是「不可能」的語言？人類怎麼樣學會語言？怎麼樣使用語言？前面兩個問題在發掘人類「普遍語法」（universal grammar）的眞相，而後面兩個問題則在探索人類「語言習得」（language acquisition）的奧秘。十七世紀德國的哲學家與數學家萊布尼茲（Leibniz）曾說："語言是最能反映人心的鏡子（Languages are the best mirror of the human mind.）"。本世紀最偉大的美國語言學家杭士基（Chomsky）也說："語言能力是構成人心的模組之一（The language faculty is one "module" of the mind.）"。國人說："人之異於禽獸者幾希"，但是這個"幾希"所指的可能就是人類的語言能力與認知能力。「語言」的分析研究可以促進我們對於「語言能力」與「認知能力」的了解，而「語言能力」與「認知能力」的了解又提供我們啓開「人心」（human mind）與「人性」（human nature）奧秘的鑰匙，而最後會引導我們尋獲一切人文社會科學所追求的學術目標"「人類」（human being）

究竟是什麼？"這一個課題的答案。在揭櫫了華語語言分析"任重道遠"的最高學術目標之後，我們在下面分節舉例討論華語語音、詞彙、句法、語意與語用的語言分析，並著重討論如何觀察語料、如何分析語料、如何把分析的結果條理化來檢驗對錯，以便符合上述語言分析的目標與方法。

二、語音分析實例

我們先談華語的語音分析。根據統計，以北平話的語音系統為基礎的華語「音節類型」（syllable type）總數大約為四百個，而廣東話的音節類型總數則大約八百個（兩種方言都未把聲調的不同計算在內）。《華語常用詞彙》的調查也顯示：在為數三千七百二十三個常用詞裡只發現三百九十七種不同的音節類型，其中只有三十個音節類型沒有同音字，其他三百六十七種音節類型都有或多或少的同音詞。例如，華語裡與表示數目的'一'同音的字或詞，就總共有六十九個之多：包括陰平七個、陽平十七個、上聲七個、去聲三十八個。這是因為華語的音節類型極端地少，所以由每一種音節類型來代表各種詞彙意義的「功能負擔」（functional load）就非常地重。結果，常由同一個發音來表達很多種意思，許多同音詞於焉產生。根據另一項統計，在音節類型相當豐富的英語裡，同音詞只佔詞彙總數的百分之三，而華語的同音詞則達詞彙總數的百分之三十八點六。就是把聲調的不同也用來加以區別，華語的同音詞也會達到百分之十一點六。同音異義詞的大量存在，勢必引起「詞彙上的歧義現象」（lexical ambiguity）：你說姓'徐'，我却以為姓'許'；我要找'謝'先生

，却出來一位‘解’先生。華語的音節類型先天上如此貧乏，但是有些現成可用的音節類型如〔一ㄟ，ㄨㄠ，ㄨㄡ〕等却一直擺在那裡不用。華語的詞彙裡為什麼沒有一個詞用這些音節來發音？四百種音節類型已嫌不夠用，為什麼白白浪費這三種？究竟是什麼理由使大家棄這三種音節類型而不顧？

仔細觀察這三種音節類型，我們發現它們有一個共同的特點：〔一ㄟ〕的韻頭（介音）與韻尾都是「齊齒」（或「展唇」（unrounded））的音（大陸拼音把〔一ㄟ〕拼做‘yei’，而‘y’與‘i’都代表齊齒元音的〔一；i〕）；而〔ㄨㄠ〕與〔ㄨㄡ〕的韻頭與韻尾都是「合口」（或「圓唇」(rounded)）的〔u〕音（大陸拼音把〔ㄨㄠ〕與〔ㄨㄡ〕分別拼作‘wau’與‘wou’，而‘w’與‘u’都代表合口元音的〔ㄨ；u〕）。但是如果把〔一ㄟ；yei〕的齊齒韻尾〔一；y〕改為合口的〔ㄨ；w〕（或把〔ㄨㄠ；wau〕的合口韻頭〔ㄨ；w〕改為齊齒的〔一；j〕）而變成〔一ㄠ；yau〕，那麼就會發現一大堆的字或詞(如‘么、吆、喲、夭、妖、幺、徼、腰、邀、堯、姚、崤、徭、搖、殽、洮、瑤、窯、繇、肴、謠、軺、遙、銚、咬、杳、狋、窅、窈、窕、齩、拗、曜、樂、耀、药、要、鑰’等)。如果把〔一ㄟ；yei〕的齊齒韻頭改為合口韻頭而變成〔ㄨㄟ；wei〕，那麼就會發現一大堆更多的字或詞(如‘偎、委、威、崴、微、煨、萎、葳、逶、隈、危、唯、圍、圩、巍、帷、微、惟、桅、濰、為、維、薇、違、闈、魏、偉、娓、尾、洧、煒、猥、瑋、疧、痿、緯、韋、薳、諉、隗、韙、韡、骩、鮪、位、偽、味、喂、尉、慰、未、渭、畏、穢、胃、蔚、蜹、衛、謂、霨、蔚、餵’等)。就是

把〔ㄨㄠ；wau〕的合口韻尾改爲齊齒韻尾而變成〔ㄨㄞ；wai〕
，也會出現一些字或詞（如'歪、甴、外'）。因此，我們似乎可以
說：華語的音節不喜歡韻頭與韻尾都用合口（或圓唇），也不喜歡
韻頭與韻尾都用齊齒（或展唇）；而比較喜歡合口韻頭就用齊齒韻
尾，齊齒韻頭就用合口韻尾。這是聲韻學上所稱的「異化現象」
（dissimilation），而且是在韻頭與韻尾之間隔着韻腹（主要元
音）發生的「非鄰接異化現象」（incontiguous dissi milation;
distant dissimilation）。

　　或許有人會對上面的分析提出異議。這些人可能會問：那麼
〔ㄧㄞ；yai〕呢？這個音節不也是由齊齒韻頭與齊齒韻尾構成的
嗎？可是華語裡是不是有些詞彙是用這個音節類型的？不錯，華
語裡有五個字'厓、崖、涯、睚、啀'是讀〔ㄧㄞ'；yai'〕。在這
五個字裡'厓'與'崖'、'涯'以及'睚'通，可以說是'崖、涯、睚'
這三個字的變體字。其中，'睚'與'啀'在現代華語裡已經很少使
用（就是在文言或書面語裡也多見於'睚眦'與'啀喍'這兩個罕用
詞而已）。比較常用的是'崖'與'涯'，但是'涯'不讀〔ㄧㄞ'；
yai'〕而讀〔ㄧㄚ'；ya'〕，連'崖'都常有人讀成〔ㄧㄚ'；ya'〕
。可見，華語確實有避免在同一個音節裡同時使用合口韻頭與合
口韻尾或齊齒韻頭與齊齒韻尾的趨向。不過，如果再進一步追問
爲甚麼華語（或世界上任何一種自然語言）會有這樣的趨向，那
麼我們就只能提出這麼一個推測性的回答：可能與我們人類"好
逸惡勞"的天性有關。合口的〔ㄨ；u〕是「圓唇的後高元音」
（rounded high back vowel）；發這個音的時候，嘴唇的形狀
是圓的，口腔裡舌面後部向後升起，升到幾乎碰觸硬顎的高度。

齊齒的〔一；i〕是「展唇的前高元音」（unrounded high front vowel）；發這個音的時候，嘴唇的形狀是平的，口腔裡舌面前部向前升起，升到幾乎碰觸硬顎的高度。因此，無論是從合口的韻頭經過主要元音的韻腹（如〔Ｙ，ㄛ，ㄝ；a，o，e〕）到合口的韻尾或是從齊齒的韻頭經過主要元音的韻腹到齊齒的韻尾，都要在嘴唇的形狀與口腔裡舌面位置的升降上做最大幅度的改變。這樣的發音方式相當費力而麻煩，於是人們（或是人類）就有意無意地、不知不覺地避開不用。英語裡，'wow'〔wau〕這個以合口起音而以合口收音的音節只用來做驚嘆詞，而'yea'〔jei〕這個以齊齒起音而以齊齒收音的音節也只做為'yes'的古體而限於特定的場合使用；恐怕也不是純屬巧合，而是天性使然。另外一個有趣的問題是：為什麼'厓、崖、睚、喱'的發音（甚至於'涯'的發音）都限於第二聲的陽平而不見於其他聲調？對於這個問題我們也只能提供推測性的回答：〔一ㄞ；ai〕裡「韻攝」的部分（也就是包括韻頭〔Ｙ；a〕與韻尾〔一；i〕的部分〔ㄞ；ai〕；押韻的時候這個部分要相同，所以叫做「韻攝」（rhyme））是由響度大的「前低元音」（low front vowel）的〔Ｙ；a〕移到響度小的「前高元音」（high front vowel）的「衰弱複元音」（falling diphthong）或「降低複韻母」。這個複元音的「響度」（loudness; resonance）雖然由大變小，但「音高」（pitch）卻由低變高。1934年，當年教育部國語會的委員白鎮瀛先生利用浪紋計與聲調推斷尺測算華語各個聲調從起點、中點到終點的音高值。根據白先生的測定，華語陽平調的調值是：F#—C'，18—24.4。後來就把陽平調的調值定為〔35：〕，並

用「調型符號」‘ˊ’來表示(趙元任先生在1968年出版的《中國話的文法》裡還用音樂五線譜來表示華語的四聲調值)。因此,我們推測‘厓、崖、睚、唖’的集中於陽平調,可能是受了從前低元音的韻腹〔ㄚ;a〕移到前高元音的韻尾〔一;i〕的過程中音高升起的影響。我們甚至大膽地推測:‘涯’可能本來也是讀〔一ㄞˊ;yaiˊ〕的,後來為了讀音的方便失去韻尾的〔一;i〕音而變成〔一ㄚˊ;yaˊ〕,但是仍然保留陽平的調值。這樣"大膽的假設"當然要靠將來"小心的求證"來證明對錯。

現在再談另外一個有關語音的問題。華語裡有許多模擬聲音的詞,例如以‘汪汪’來摹仿狗叫聲、以‘喔喔’來模擬雞鳴聲、以‘嘀咕’來表示私語、而以‘哩嚕’來表示說話不清楚。這一類詞就叫做「象聲詞」(onomatopoetic word;又叫做「摹聲詞」或「擬聲詞」)。華語常見的象聲詞有‘滴哩搭啦、嘰哩扎啦、嘰哩嘎啦、劈哩啪啦、嘰嘰喳喳、嘰嘰嘎嘎、滴滴答答、嘻嘻哈哈、叮叮噹噹、嘰啦喳啦、嘰哩咕嚕、咭咭呱呱、嘰嘰咕咕、嘀嘀咕咕、哩哩囉囉’等。這些象聲詞在語音形態上除了都是由四個音節形成這一點以外,還有什麼共同的特點?首先我們注意到:這些象聲詞都含有四個音節;而且,可以分為(甲)「AABB」型(如‘咭咭呱呱、嘰嘰咕咕、嘀嘀咕咕、滴滴答答、喜喜哈哈、叮叮噹噹、哩哩囉囉’等)、(乙)「A哩B啦」型(如‘嘀哩搭啦、嘰哩扎啦、嘰哩嘎啦、劈哩啪啦’)與(丙)「A哩BC」型(如‘嘰哩咕嚕’)等三類。其次,我們注意到:在(甲)型裡由於一、二兩個音節與三、四兩個音節都屬於同一音節的「重疊」(reduplication)而分別形成聲母相同(「雙聲」(alliterating))

而且韻母也相同(「疊韻」（rhyming）)的同音組合以外，
(乙)型與(丙)型的一、二兩個音節與三、四兩個音節也都分別
形成韻母相同的疊韻關係。再就聲調而言，所有的象聲詞都屬
於陰平的第一聲(在我們所蒐集的語料中只有'啾啾咕咕'是讀陽
平的第二聲)，而且每一個音節裡所包含的主要元音都限於三個
最基本的「基本元音」（cardinal vowel）：〔ㄧ，ㄨ，ㄚ；i，u
，a〕（就韻母而言，在'叮'、'噹'、'囉'裡所出現的韻母〔ㄧ
ㄥ；ing〕、〔ㄤ；ang〕與'ㄨㄛ；uo'也都分別包含〔ㄧ；i〕
或〔ㄨ；u〕這兩個主要元音)。因此，我們似乎可以說：陰平
的第一聲是華語的四個聲調(陰平、陽平、上聲、去聲)裡最基本
、常見而「無標」（unmarked）的聲調；而〔ㄧ，ㄨ，ㄚ；i
，u，a〕三個韻母(或主要元音)則是在所有韻母〔ㄚ，ㄛ，ㄜ，
ㄝ，ㄞ，ㄠ，ㄡ，ㄢ，ㄣ，ㄤ，ㄦ，ㄧ（{ㄚ/ㄛ/ㄝ/ㄞ/ㄠ/ㄡ/ㄢ/ㄣ/ㄤ/
ㄥ}），ㄨ（{ㄚ/ㄛ/ㄞ/ㄟ/ㄢ/ㄣ/ㄤ/ㄥ}），ㄩ（{ㄝ/ㄢ/ㄣ/ㄥ}）（有
人主張還應該包括「舌尖韻母」（apical final）的〔ㄭ〕）〕
裡(或在所有主要元音〔a，o，ɤ，e，ɚ，i，u，y（或〔ü）），
ɿ（「不捲舌」（non-retroflexed）「舌尖元音」（apical
vowel）），ʅ（「捲舌」（retroflexed）「舌尖元音」裡)最基
本、常見而「無標」的韻母或元音。我們甚至可以預測：在華語
一般白話（文言詞彙可能不在此限）的象聲詞裡，比較特殊的韻
母或元音(如〔ㄩ，ㄜ，ㄦ；y（ü），ɤ，ɚ〕)都不太可能出現。最
後，我們來注意在象聲詞裡韻母（或元音）的出現次序或排列順
序。在上面所列舉的華語象聲詞裡，〔ㄧ；i〕都出現於〔ㄚ；a〕
或〔ㄨ；u〕的前面。但這種次序是固定不變的嗎？有沒有例外

的情形？如果〔ㄚ；a〕與〔ㄨ；u〕同時在象聲詞裡出現的話，是不是也有一定的出現順序？爲什麼在象聲詞裡出現的韻母或元音有這樣的次序限制？我們的回答是：在我們所蒐集的語料裡，華語象聲詞的韻母或元音都依照〔ㄧ，ㄚ，ㄨ；i，a，u〕的次序出現，至今還沒有找到違反這個次序限制的「反例」（counter-example）。以沒有在上面的例詞裡出現的「囉哩囉嗦」（「Ａ哩ＡＢ」型）爲例，韻母裡只含有元音〔ㄨ（ㄛ）；u（o）〕（'哩'是固定的挿音，所以不考慮在內），並沒有違背上面有關元音出現次序上的限制。元音〔ㄚ；a〕與〔ㄨ；u〕同時出現的華語象聲詞，我們只找到一個'喳喳呼呼'，顯然也依照〔ㄧ，ㄚ，ㄨ；i，u，a〕的次序出現。我們還發現一個非常有趣的事實；那就是華語社會的孩子（有時候連同大人）都以〔ㄅㄚㄅㄨ，ㄅㄚㄅㄨ；（拼音）babu, babu〕的聲音來摹仿叫賣冰淇淋的喇叭聲。這個事實似乎顯示：華語象聲詞裡的元音出現次序相當"根深蒂固"地深植於華語兒童的「語感」（language feeling）或「語言能力」（linguistic faculty; linguistic competence）中；只是一般人都不察覺這種語感或能力的存在而已。至於爲什麼有這樣的有關元音出現次序上的限制，我們的回答是：可能與發音時從閉口到開口的嘴巴「開口度」（openness）的大小（從「高元音」到「低元音」）與嘴唇「展圓度」（roundness）的展唇或圓唇（從「展元音」到「圓元音」）以及舌位移動的「遷後度」（backness）的大小（從「前元音」到「後元音」）有關。W. E. Cooper 與 R. Ross 於 1975 年合寫的一篇文章 "Word Order"（〈詞序〉，刊載於由 Chicago Linguistic Society 出版的

Papers from the Parasession of Functionalism（《功能語法》63頁至111頁）裡曾經提到：英語許多詞彙（包括象聲詞）裡所出現的元音都依照從「前高元音」（front high vowel）到「前低元音」（front low vowel）、由「前低元音」到「後低元音」（back low vowel）到「後高元音」（back high vowel）的次序（卽依照「國際音標」〔i, ɪ, e, ɛ, æ, a, ɔ, o, ʊ, u〕的次序）排列；例如，'tick, tack, chitchat, zigzag, tick tock, ding dong, ping pong, King Kong, crisscross, singsong, seesaw, heehaw, tic tac toe' 等。而且，這個次序是這些元音在用「聲譜儀」（sound spetrograph）印出來的「聲譜」（sound spectrogram）上「第二個峰段」（second formant）；卽聲譜上因能量的集中而形成黑色帶狀的第二條部分，又叫做「第二個共振波」）的「頻率」（frequency）高低的順序相同；也就是說，從頻率最高的〔i〕依次到頻率最低的〔u〕。這些事實顯示：華語象聲詞裡元音出現的次序，不僅與發音器官嘴巴的開合、嘴唇的展圓（以及舌位的前後）有關，而且與這些元音的物理屬性第二個峰段頻率的高低有關。

以上有關華語語音分析的兩個實例告訴我們：初看平淡無奇的語音現象，再看則可能呈現相當複雜而有趣的問題；而且，這些問題經過仔細的觀察與分析以後都能整理出頭緒或條理來。這些頭緒或條理，都相當簡要而明確，不但能從語言內部獲得相當有力的證據，而且也常能從語言外部找到相當合理的說明。

三、語用分析實例

假如有一個外國人在華人的談話或文章裡聽到或看到'死鬼'與'死相'這兩個詞,因而跑來問我們這兩個詞的意義與用法的時候,我們應該如何回答他的問題?我們翻開手邊臺灣東方書店印行的《國語大詞典》,在1035頁找到'死鬼'的注釋是"謂去世之人",却找不到'死相'這個詞。我們再去弄一本國語日報社出版的《國語日報辭典》,在443頁找到'死鬼'的注解是"①去世的人,②一般罵人的話",但仍然找不到'死相'這個詞。我們把這些辭典的解釋告訴他,但是這位外國人却說:他是聽一位太太講"我們家'死鬼'好'死相',昨天晚上還跟我說了一大堆肉麻的話,說什麼……"這樣一句話的'死鬼'指的好像是她的丈夫。這位太太顯然不是寡婦,所以'死鬼'不可能是指"去世的人"。而且,她說這句話的時候,面部表情是笑嬉嬉的,還顯出一副樂不可支的樣子,所以也不像是罵人的語。無奈之餘,我們搬出一部英漢辭典來告訴他:'死'的英文是'dead, deceased, no longer alive or living',與'鬼'相當的英文單詞則有'ghost, demon, devil, evil spirit'等,而'相'則表示'appearance, expression, outward look'等意義。他却搖頭表示仍然不解。我們最後還翻了華語的語法講義,帶幾分得意地告訴他:'死鬼'與'死相'都是「偏正式複合詞」(modifier-head compound),由前面的修飾語素'死'來修飾後面的被修飾語素'鬼'與'相'。哪知這位外國朋友却唉了一聲歎,垂頭喪氣地回家去了,嘴裡還喃喃地說:"中國

話眞深奧，眞不可思議，連中國人都沒有辦法解釋淸楚"。

有不少人認爲只要懂得漢字的（字）形、（字）音、（字）義，就可以把漢語或華語的詞句使用得正確或解釋得淸楚。事實上，「字」（character; ideogram; logogram）只是「書寫」（orthograph）的基本單元，只能間接地代表「音」（sound; pronunciation）或「義」（meaning）。眞正表示語意的基本單元是「語」（morph）或「語素」（morpheme）。語與語素可以單獨成爲「單純詞」（simple word），也可以與別的語或語素形成「合成詞」（complex word）或「複合詞」（compound word）。而「詞」（word），而不是「字」，才是構成「句子」（sentence）的基本單元。同時，要眞正了解詞義，不能單靠字義或語素的含義，還得考慮一些其他相當複雜的因素。因爲詞的含義，除了「字面意義」或"言內之意"（literal meaning）以外，還牽涉到"言外之意"（extended meaning），包括由字面意義引伸出來的「比喩意義」（figurative meaning）以及與談話的「語言情境」（speech situation）有關的「人際意義」（interpersonal meaning）與「情緒意義」（emotive meaning）。

'死鬼'的'鬼'，其實，指的就是'人'；例如，'餓鬼（分爲已經死了的與仍然活著的兩類）、賭鬼、酒鬼、烟鬼、色鬼、小氣鬼、冒失鬼、短命鬼'等。以'鬼'來指稱人，當然多少含有「貶義」（pejorative meaning），因而常用來指稱某種行爲、癖性或嗜好不良的人。但是這種「貶義」並不是絕對的，例如當一位媽媽當著孩子的面前稱呼他"你這個小鬼眞是！"的時候，她心裡

的滋味可能是又疼又氣，在百般無奈中仍然割捨不得的感覺。這就是上面所講的"言外之意"中的「人際意義」與「情緒意義」。

'死鬼'的'死'，也不是"死亡"或"喪失生命"的意思。'死鬼'裡的'死'，已經由"死亡"與"喪失生命"的原義轉到與原義相關的"固執、固定、堅決"(如'**死**賣力氣、在門口**死**等、**死**結、**死**性、**死**守')、"不變通、不通達"(如'**死**規矩、**死**法子，**死**腦筋、**死**路、**死**水、**死**記、**死**句、**死**契')等含有貶義('**死**'本來就是人所不欲的)引伸義，並在'**死**不要臉、**死**不認帳、**死**皮賴臉'等說法裡表達更明顯的貶義。這就是上面所稱"言外之意"的「比喻意義」。

綜合'死鬼'的字面意義、比喻意義、人際意義與情緒意義，我們可以推測：當一位太太用'死鬼'這個詞來稱呼她先生的時候，可能源自兩種含義；在她的眼裡她先生是具有許多永遠無法改變('**死**不肯改變'、'**死**不能改變')的缺點與過失的人，而她先生却又是非得與他長相廝守(或者是'**死**守'？)不可的終身伴侶（因而她在婚姻的標會上已經變成'**死**會'了)。但是這樣的穿鑿附會相當地勉強，因為'死鬼'與'({你這/他那}個){傢伙/飯桶/白癡/老不羞/殺千刀}'那些表示貶義的稱呼同類，都屬於「表示屬性的稱呼語」(pronominal epithet)，在實際使用上就「稱呼者」(addresser；或「說話者」(speaker))與「被稱呼者」((addressee；「聽話者」(hearer))的性別、年齡、二者之間的關係、社會背景與使用場合等各方面，受種種特定的限制。這些限制包括下列幾點：

(一)稱呼者限於女性，而被稱呼者則限於男性。

(二)稱呼者與被稱呼者多半都是成年人，至少是年齡在思春期之後。

(三)稱呼者與被稱呼者之間具有相當親密或親膩的關係，這種親膩關係從有肌膚之親到情侶之間等程度深淺上的不同，但可以說是男女雙方之間可以互相打情罵俏的關係。

(四)這個表示男女親膩關係的稱呼語，一般說來是不登大雅之堂的用語，因而可能遭受"上流社會"的忌諱。使用的場合，多半限於私人家裡（如閨房之內）或私底下的範圍（如膩友之間），很少在大庭廣衆或當著外人面前公開私用。

‘死鬼’在「詞類」（grammatical category; part of speech）上屬於名詞；而‘死相’却屬於形容詞，因爲有人會說‘**好死相！**’、‘**你怎麼這麼死相！**’這樣的話。‘死相’雖然是形容詞，但是似乎比較不容易受程度副詞（如‘很、（不）大、太、最、比較、非常、特別’等）的修飾，也不能像一般形容詞那樣靠「重疊」來表示程度的加强與主觀的評價（比較：‘**死死板板**’與‘***死死相相**’）。這可能是由於‘死’在這裡兼具程度副詞的作用（比較：在‘**死緊地抓着不放**’、‘**死硬派**’等說法裡出現的‘死’）。其他，如‘雪白、血紅、鐵青、漆黑、冰冷、滾熱、筆直’等複合形容詞的前項修飾語素也兼具（最高級）程度副詞的功能，所以這些形容詞也都不容易再用程度副詞來修飾。除了詞類上的不同以外，上面所提出的有關‘死鬼’的語用限制大致上可以適用於‘死相’。不過，‘死相’的使用對象與範域似乎比‘死鬼’稍微寬鬆些。因此，針對上面‘死鬼’的使用限制，提出下面稍微放寬與補充的有關‘死相’的語用限制。

（一）稱呼者仍然限於女性，但被稱呼者除了男性以外，還可以包括同性膩友。

（二）稱呼者的年齡仍多半在思春期以後，但是使用者的年齡階層可能比'死鬼'較爲年輕。不過使用者仍然限於同輩之間，或長輩對於晚輩，絕少用於晚輩對於長輩。

（三）稱呼者與被稱呼者之間的關係不限於男女之間，而可以擴大到女性之間，常含有'嬌瞋'的情緒意義。

（四）使用場合比'死鬼'較爲公開，尤其是女性之間使用的時候。

從以上的分析與討論，可以知道：'死鬼'與'死相'的意義與用法應該從「語用」（pragmatics）的觀點，如稱呼者與被稱呼者之性別、年齡、身分關係、社會背景、使用場合等有關語言情景的因素，加以解釋；而有關的「語用解釋」（pragmatic explanation）或「語用限制」（pragmatic constraint）也與其他有關語音、詞法、句法、語意的現象與問題一樣，經過仔細的觀察與分析後，可以清清楚楚地加以條理化，訂出簡要明確的規律來。

我們在這裡也順便談談語言與文化背景的問題。語言是民族文化的產物。凡是民族文化的產物，無論是文物制度、風俗習慣或語言文字，都會受到這個民族的歷史背景與社會形態的影響。華語是漢民族的共同語言，是在漢民族特有的社會環境與文化背景的孕育下產生的。只要仔細的觀察華語的語言文字，就不難發現一些足以反映我們固有文物制度與歷史背景的語言事實。例如，在春秋戰國的古代社會裡，馬匹在戰鬥、交通、運輸、農耕

各方面扮演極爲重要的角色，所以在古代漢語裡有關馬的詞彙特別多。不僅因牝牡、年歲、高度、用途或優劣不同而區別馬，而且還根據馬身的毛色或馬身某部分(如額、嘴、足、脊、尾等)的毛色來給不同的名稱。甚至，馬的嘴上黑色、左後足白色、右後足白色、馬色逆刺等都備有專名。但是馬在現代社會的重要性已大不如從前，不需要這麼多的名詞來區別馬的種類或功能，所以現代人只用一個‘馬’字就夠了。連從前供馬專用的動詞，如‘馳、馭、馴、駁、駐、駕、駛、駭、騁、騎、騙、驚’等也只用來敍述車輛或人類的活動了。

又如我們的宗祧與繼承制度，對於親屬的分類與建制異常重視。不僅有直系與旁系、尊親與卑親、嫡親與庶親、血親與姻親、男性與女性之分，而且還有長幼次序之列。因此，對於父母的兄弟姊妹以及他們的配偶，英語只有‘uncle’與‘aunt’這兩個籠統的稱呼，而華語則把‘uncle’再細分爲‘伯(父)、叔(父)、舅(父)、姑丈、姨丈’，把‘aunt’再詳別爲‘伯母、嬸(母)、妗(母)、姑(母)、姨(母)’，並且以‘大伯、二伯、三伯…’，‘大叔、二叔、三叔…’等來表示長幼之序。同樣地，英語的‘brother’在華語再分爲‘兄、弟’或‘哥哥、弟弟’，‘sister’再分爲‘姊、妹’或‘姊姊、妹妹’，而‘cousin’則可以細分爲‘堂兄、堂弟、堂姊、堂妹、表兄、表弟、表姊、表妹’等。而且，還有‘連襟、婭婿’(姊妹之夫相稱)、‘妯娌’(兄弟之妻相稱)、‘娣姒’(衆妾同事一夫相稱)等表示相當特殊的關係或身分的名稱。

再如封建制度下的婚姻，要憑“媒妁之言”、奉“父母之命”而且一定要講求“門當戶對”，不能依照男女當事人的自由意志來決

定。這種婚姻乃家門大事而非兒女小事的觀念就表現在'一門親事'與'一房媳婦'這兩句話的「借用量詞」'門'與'房'上面。又封建制度下重男輕女的風氣很盛，而這種風氣多少也反映於華語的詞彙結構。例如，除了專指女性的名詞(如'姊妹、姨母、小姐、太太')以外，女性幾乎毫無例外的都是在「男性名詞」(或「通性名詞」)的前面或後面加上表示女性的名詞或修飾語而成的；例如，'(女)老師、(女)作家、(女)警察、(女)市長、(女)狀元、(女)老闆、(女)强人、(女)總經理、老闆(娘)、英(雌)、(巾幗)英雄、(女中)英豪、(掃眉)才子…'等。僅有的例外可能是'男護士'等本來專由女士擔任的職業或身分，但是事實上從事這個工作的男士並不多，因而使用的機會也很少。又如，表示「泛指」或「通稱」，都以男性名詞來兼指男性與女性，很少以女性名詞來兼指兩性；例如，'父慈子孝'、'子孫滿堂'、'兄友弟恭'、'有其父必有其子'、'養子不教父之過'等。再如，遇有男性名詞與女性名詞同時出現，通常的次序都是男性名詞在前，而女性名詞則在後；例如，'男女'、'父母'、'爹娘'、'夫妻'、'鰥寡'、'公婆'、'考妣'、'男才女貌'、'男歡女愛'、'曠男怨女'、'男婚女嫁'、'金童玉女'、'牛郎織女'、'才子佳人'、'皇天后土'等。但是封建制度下的重男輕女倒不是中國社會所特有的，就是女權主義盛行的歐美國家在從前的封建制度下也無法避免重男輕女的觀念來影響英語詞彙。因此，英語的女性名詞也是幾乎清一色地由男性名詞演變出來的，唯一的例外是'bride'(新娘)與'widow'(寡婦)，而與這兩個女性名詞相對的男性名詞是'bride-groom'(新郎)與'widower'(鰥夫)。

因此，有人開玩笑地說：可憐的女性名詞，竟然在一生中只有做新娘與變寡婦時才可以揚眉吐氣！英語名詞的排列次序也通常都是男性名詞出現於女性名詞的前面（如‘*men* and *women*, *father* and *mother*, *husband* and *wife*, *son* and *daughter*’；不過‘bride’與‘widow’就要分別跑到‘bride-groom’與‘widower’的前面去了）；英語也常以男性名詞來兼指兩性（如‘*Man* is mortal’, ‘All *men* are created equal’, ‘Like *father*, like *son*’, ‘The child is *father* of the *man*’）；所以我們倒不必爲華語詞彙中的"重男輕女"現象而特別感到內疚。

在這一節裡，我們先談到語言與語用或語言情景之間的關係。只會說「正確無誤」（correct; grammatical）的華語句子還不夠，還要懂得對什麼人、在什麼場合、怎麼樣說「適切妥當」（proper; appropriate）的華語句子。在尊重人際關係、長幼有序、以禮待人與和睦相處的華人社會裡這種語用上的考慮尤其重要。因此，華語教育，不僅要努力訓練學生的「語言能力」（linguistic competence），還得注意培養學生的「語用能力」（pragmatic competence）。

其次，我們談到語言與文化形態或社會背景之間的關係。我們承認語言在一定範圍或一定程度之內受其背後的文化社會的影響。但是反過來說，我們對周遭的環境、社會乃至世界的認知與觀念也會受我們所使用的語言的影響。美國的人類語言學家 Edward Sapir 與 Benjamin Whorf 曾經先後指出：人類的語言不但受社會環境與文化背景的影響，而且語言也反過來影響人的思維與認知。這種觀點世稱「Sapir 與 Whorf 的假設」（Sapir-Whorf Hypothesis），又稱「Whorf 的假設」（Whorfian Hypothesis）或「語言的相對性理論」(linguistic relativity）。因此，我們對於語言與民族、文化、社會、政治、教育等的關係，應該採取寬容務實而富於彈性的態度。對於同一個國家或社會裡不同族羣的語言或方言，都非但要容納異己，而且更應該一視同仁，切忌以行政措施橫加干涉甚或強制。特別是強勢語言的使用者與提倡者，應該承認弱勢語言的存在價值與活動空間，所有型態的大眾傳播與文藝活動都應該積極賦與弱勢語言一席之地。主事語文政策者，尤其要揚棄"文以載道"、"語以馴民"等意識形態的包袱，應以寬容務實的態度對待語言。千萬不能盲信所謂的"公權力"，在不該過問的語文問題上，隨便動用公權力。例如，過去有人忽然心血來潮地主張信封上受信人的稱呼應該從送信人郵差先生的觀點一律使用'先生、女士、小姐'等稱呼，而不應該使用'教授、博士、董事長、總經理'等頭銜或學位。部定的國中國文教科書也從善如流地採納這個主張而規定於國文常識中。但是寄信人真正關心的倒不是送信人郵差先生的觀點，而是受信人董事長或總經理的觀感。於是，在"言必恭敬"與"禮多人不怪"的考慮下，把國文常識的意見棄之如敝屣。又如，有鑒於當前各級學校女老師之增多，而苦無相當於'師母'的名詞來稱呼女老師的先生，教育部曾經在多位"專家學者"商議之後決定採用'師丈'的稱呼。專家學者可能是以表示"年輩較尊者的通稱"的'丈'（如'岳丈、或'丈人'之'丈'）來命名為'師丈'，但是在學生與女老師的感覺裡'師丈'的'丈'却變成表示"男子的通稱"或"妻稱夫"的'丈'，總覺得如此稱呼似乎有欠恭敬而不大禮貌。因此，'師丈'一詞雖經正式公佈並通令使用

，但事實上使用的人並不多。當前國內社會急待解決或補救的語言問題不少，受信人或女老師的先生應該如何稱呼並不是重要問題，不妨讓當事人依照"約定俗成"的原理自行解決。原住民的語言與文字問題、"國語"與"方言"之間逐漸形成的緊張關係、所謂的"省籍情結"與語言文字之間的因果關係、海外華裔社會的華語教育等，倒是應關心而未關心、應研究而未研究的問題。我們希望有人從「人類語言學」 (anthropological linguistics)、「社會語言學」 (socio-linguistics) 與「語言規劃」 (language planning) 等觀點來研究這些問題，並提出具體可行的建議來處理這些問題。語言是人類用來表情達意，溝通人際關係的工具。如果運用妥當，可以促進人與人之間的了解與信賴，進而建立和睦的羣體與祥和的社會。但是如果運用不妥當，反而足以產生人與人之間或族羣與族羣之間的誤解與猜忌，甚或破壞羣體的團結與社會的安寧。美國的社會語言學家 Deborah Tannen 先後出版 *That's Not What I Meant*（《我可不是這個意思！》）與 *You Just Don't Understand*（《你根本不了解》）兩本專書，深入淺出地討論人與人之間語言溝通的困難以及兩性之間語言表達上的差異，以及如何因而引起摩擦、糾紛與衝突等問題。我們懇切希望國內外的華語語言學家也以華語為題材來討論同樣的問題，好讓大家深切了解語言的建設性與破壞性，更加珍視與善用語言這個唯有萬物之靈人類所擁有的無價之寶。

四、詞法分析實例

　　華語的詞，依所含音節的多寡，可以分為「單音（節）詞」

（monosyllabic word）、「雙音(節)詞」（bisyllabic word）
與「多音(節)詞」（polysyllabic word）等幾種。華語的詞，
還可以依所含語素的多寡以及構成語素與語素之間的組合關係，
分爲只含有單一「語素」（morpheme）的「單純詞」（simple
word）、由一個「詞根」（root）（或「詞幹」（stem））與
「詞綴」（affix）組合而成的「合成詞」（complex word）
，以及由詞根與詞根（或詞幹與詞幹）組合而成的「複合詞」
（compound word）。在這些分類中，最重要的應該是複合詞，
因爲複合詞可以依其內部結構而分爲「並列式複合詞」（coor-
dinative compound）、「述補式複合詞」（predicate-comple-
ment compound）、「述賓式複合詞」（predicate-object
compound)、「偏正式複合詞」（modifier-head compound)、
「主謂式複合詞」(subject-predicate compound)（或「主評
式複合詞」(topic-comment compound)）等幾種，而且複合
詞的內部結構與外部功能之間有極其密切的關係。

　　以複合動詞‘動搖’與‘搖動’爲例，雖然都由同樣的兩個語素
‘動’與‘搖’合成，但是其內部結構却並不一樣。‘動搖’是由‘動’
與‘搖’兩個動詞語素並列而成並列式複合動詞，可以做不及物動
詞用（如‘他的決心動搖了’），也可以當及物動詞用（如‘接二連
三的失敗都不能動搖他的決心’）；而且，主語與賓語都必須是抽
象名詞（如‘（他的）決心’與‘（接二連三的）失敗’）。另一方面
，‘搖動’是由述語動詞‘搖’與補語動詞‘動’合成的述補式複合動
詞，可以做不及物動詞用（如‘旗子搖動了’），也可以當及物動
詞用（如‘他搖動了旗子’）；而且，主語與賓語一般都是具體名

詞(如'旗子'與'他')。但是，'搖動'與'動搖'這兩個複合動詞之間最大的差別是：只有述補式的'搖動'可以在中間插入表示可能的'得'或不可能的'不'(如'搖得動'與'搖不動')，而並列式的'動搖'則不能插入'得'或'不'(如'*動得搖'與'*動不搖')。

再以複合動詞'幫助'與'幫忙'爲例，雖然都含有及物動詞'幫'，而且詞義也相近，但是具有不同的內部結構。在'幫助'裡，及物動詞'幫'與另外一個及物動詞'助'合成並列式及物複合動詞，含有'幫而助之'的意思。另一方面，在'幫忙'裡，及物動詞'幫'則以由形容詞轉成名詞的'忙'爲賓語，形成述賓式不及物複合動詞。述賓式的'幫忙'可以在述語動詞與賓語名詞之間插入「動貌標誌」（aspect marker）的'了、過、着'等(如'幫了忙'、'幫過忙')，也以用數量詞、領位名詞或代詞、形容詞等來修飾賓語名詞(如'幫過幾次忙'、'幫個忙'、'幫了我的大忙')，但是不能另外帶上賓語(試比較：'*幫忙你'與'幫你（的）忙')。並列式的'幫助'不能在兩個並列動詞之間插入任何詞語（如'*幫過助'、'*幫個助'、'*幫了我的大助'），但是後面必須帶上賓語(如'幫助你')。

又'嘲笑、譏笑、微笑、偷笑、大笑、奸笑、獰笑'等複合動詞都含有動詞'笑'，但是'嘲笑、譏笑'是由兩個及物動詞（卽'嘲之笑之'、'譏之笑之'）並列而成的並列式及物複合動詞，而'微笑、大笑、狂笑、奸笑、獰笑'則是由形容詞或副詞修飾不及物動詞'笑'而成的偏正式不及物複合動詞(卽'微微地笑、偷偷地笑、大聲地笑、奸詐地笑、猙獰地笑')。前一類並列式及物複合動詞含有貶義，而且必須帶上賓語（如'他們在{嘲/譏}笑我們'）；

後一類偏正式不及物複合動詞不一定含有貶義，而且不能帶上賓語(試比較：'*他們在{微/偷/大/奸/獰}笑我們}與'他們在(對我們{微/偷/大/奸/獰}笑')。這個分析不但表示動詞'笑'有及物與不及物兩種用法，而且還表示及物用法的'笑'含有貶義(如'他們在笑我們')，但不及物用法的'笑'却不含有貶義(如'他們在(對我們)笑')。從這樣的分析，我們還獲得有關華語詞法的一則規律：並列複合詞在一般的情形下由兩個詞類相同(如動詞與動詞、名詞與名詞、形容詞與形容詞)、次類相同(如及物動詞與及物動詞、不及物動詞與不及物動詞)，而且詞義相同或相近的語素合成「同心結構」(endocentric construction)。

　　主謂式複合詞可能由主語名詞與述語不及物動詞(如'地震、兵變、輪廻、便秘、耳鳴、心肌梗塞')或主語名詞與述語形容詞(如'頭痛、面熟、眼紅、性急、心裡美、耳朵軟')等合成，也可能由主語名詞、及物動詞與賓語名詞(如'佛跳牆、肺結核、膽結石、螞蟻上樹')、主語名詞、副詞與不及物動詞(如'胃下垂、金不換')或主語名詞、副詞與形容詞(如'春不老、心絞痛')等合成。以動詞為述語的主謂式複合詞一般都充當名詞，但是其中有些以不及物動詞為述語的雙音主謂式複合詞還可以充當動詞(如'很久沒有地震過了'、'你又在便秘了？')。以形容詞為述語的主謂式複合詞，有充當名詞的(如'氣虛、血虛、春忙、頭痛、心絞痛、心裡美、百日紅')，但是大多數都充當形容詞(如'很{頭痛/面熟/眼紅/性急/心煩/命苦/年輕}')。

　　傳統的漢語語言學，一向以「字」(character; logograph)為研究的對象。因此，有研究「字音」的聲韻學、有研究「字形」

的文字學、有研究「字義」的訓詁學，却很少討論到「字用」或「詞用」。這是因為傳統的漢語語言學偏重「字」的概念，而忽略了「詞」（word）的緣故。在古漢語裡極大多數的漢語詞彙都屬於單音詞；所以「字」幾乎就是「詞」，忽略了詞用或詞法的研究，似乎沒有什麼嚴重的問題發生。但是在當代華語裡，雖然大多數的常用詞彙仍然是單音詞，却產生了大量的雙音詞與多音詞；因而單靠字義而不討論詞義或詞用，勢必無法解決問題。例如，'生產'與'產生'都由同樣動詞'生'與'產'合成，但是這兩個複合動詞的意義與用法應該如何區別？《 國語日報辭典 》541頁對'生產'一詞所做的注解相當煩瑣，但最重要的動詞用法可能是"(三)生息產業……憑勞作掙錢過生活"與"(四)生孩子"。另外，該辭典542頁對'產生'所做的注解是"(一)生下來；耕作、製作"與"(二)發生"。有意學習華語的外籍學生，恐怕無法從這些注解真正了解華語動詞'生產'與'產生'的意義與用法。其實，'生產'與'產生'都可以充當及物動詞（如'**生產**汽車'與'**產生**公害'）與不及物動詞（如'她快要**生產**'與'問題已經**產生**'）；但是做及物動詞使用的時候，'生產'是以「主事者」（agent；包括公司、工廠等機構設施）或「工具」（instrument；如機器）為主語的「動態動詞」（actional verb）（試比較：'{我們（的工廠）一年可以{生產/*產生}{汽車/自行車}'與'{我們準備/他勸我們}{生產/*產生}{玩具/冰箱/電氣用品}'），而'產生'則是以「起因」（cause）為主語的「靜態動詞」（stative verb）（試比較：'工廠的廢液{產生/*生產}了很大的{公害/金屬污染}'與'我們（的工廠){產生

/*生產}大量的{廢液/廢氣/廢棄物}')。也就是說,'生產'是主語名詞有意或自願的製造某些事物(這些事物通常用具體名詞來表示),而'產生'却是主語名詞無意或非自願的製造有形的事物(如具體名詞的'廢{液/氣/料/棄物}、垃圾'等)或引起無形的事物(如抽象名詞的'問題/影響/結果/弊端/髒亂/公害'等)。又如'痛苦'與'苦痛'都由兼做動詞與形容詞的'痛'與'苦'合成。《國語日報辭典》552頁對'痛苦'所做的注解是"身體或精神上感到不快活",而701頁對'苦痛'所做的注解是"同「痛苦」(552頁)",顯然是做完全的同義詞來處理。但是根據一般人的用法,'痛苦'可以有名詞(如'我的痛苦')、形容詞(如'很痛苦、比我痛苦')與動詞(如'痛苦了一輩子')三種用法,而'苦痛'却常只做名詞用(試比較:'我的苦痛'、'*很苦痛、'*比我苦痛'、'?*苦痛了一輩子')。再就單純詞'怕'以及複合詞'害怕'與'恐怕'而言,《國語日報辭典》的注解分別是"(一)恐懼;(二)想是、或者,猜測的意思"(286頁),"心裡恐慌"(222頁)與"(一)害怕、恐懼;(二)疑慮的詞,有點兒'或者'、'似乎'、'大概'的意思"(290頁);似乎也做同義詞來處理。其實,'怕'、'害怕'與'恐怕'這三個詞中,'怕'的用法最廣,有以有生名詞為主語的不及物形容詞用法(如'我很怕')與及物形容詞用法(如'我很怕他'),而且還有以有生名詞、無生名詞或「空號代詞」(empty pronoun)為主語並下接「情態動詞」(modal verb)的推測動詞或副詞用法(如'我怕明天會下雨'、'這事情怕不會成功'、'天這麼黑,怕要下雨了')。'害怕'的用法最受限制,通常只以有生名詞為主語而做不及物形容詞用(如'我很害怕'、'?我很害怕他'

、‘?*我**害怕**明天會下雨了’、‘*這事情**害怕**不會成功’、‘*天這麼黑，**害怕**要下雨’）。‘恐怕’的用法也相當受限制，不能做形容詞用（如‘*我很**恐怕**’、‘*我很**恐怕**他’），只能做推測副詞用（‘**恐怕**明天會下雨’、‘這事情**恐怕**不會成功’、‘天這麼黑，**恐怕**要下雨了’），而且可以出現於句中與句首的位置（試比較：‘他{恐怕/(?)怕}不會答應’、‘{恐怕/?*怕}他不會答應’）。

以上的討論顯示：偏重詞義而忽略詞法功能（包括詞類、內部結構、在句子中出現的位置，與其他詞語的連用限制等）的辭典注解或華語教學，都無法明確掌握或辨認（同義）詞的意義與用法。這種情形不僅出現於複合詞裡，而且還在單純詞中發現。例如，華語的副詞‘又’與‘再’翻成英語的時候都會變成‘again’，那麼‘又’與‘再’究竟應該如何區別？《國語日報辭典》119 頁對‘又’的注解是“（一）表示重複或反覆；（二）用‘又’來連結平列着的意思；（三）表示動作或情況先後接連；（四）表示加強、加重的語氣；（五）表示更進一層；（六）零，表示數目的附加”；而81頁對‘再’的注解則是“（一）又一次；（二）下一次；（三）更”，並就每一種意義或用法附上一些例句。這些注解都偏重詞義，而且內容相當複雜而煩瑣；因此，我們應該設法把‘又’與‘再’的意義與用法明確地加以對比，從中整理出簡單而明白的規律來。首先，‘又’與‘再’都是表示重複的副詞（相當於英語的‘again’），但是‘再’與「尚未實現」（unrealized）的動作或「未來時間」（future time）連用，而‘又’則與「已經實現」（realized）的動作或包括過去時間與現在時間在內的「非未來時間」（non-future time）連用。試比較：‘我明天{**再**/***又**}來’、‘他昨天{*

再/又}來’、‘你{*再/又}在嘆氣了’、‘下一次{再/*又}來的時候
’、‘請你{再/*又}說詳細些’、‘如果{再/*又}犯校規’、‘他的病
{*再/又}轉成肺炎了’、‘剛吃完飯{*再/又}看起書來了’、‘擦了
{再/*又}寫吧’、‘擦了{*再/又}寫了’、‘擦了{*再/又}寫，寫了
{*再/又}擦’、‘(將來){再/*又}想去的時候’、‘你{*再/又}要
去了’。其次，表示並列用‘又…又…’(如‘做得{*再/又}快{*再
/又}好’，‘{*再/又}在工廠做工，{*再/又}在夜校唸書’、‘{*再
/又}會唸，{*再/又}會作，{*再/又}會寫’)。最後，‘又’可以出
現於否定詞‘不、沒(有)’之前加強否定語氣(相當於‘並’)(如
‘他{*再/又}不是小孩子，怎麼不懂這個’、‘{*再/又}沒(有)說
你，你生什麼氣’)，而‘再’則可以出現於形容詞之前加強程度語
氣(與‘更’或‘最’的用法類似)後面常與否定詞連用(如‘那{再/*
又}好{沒有/不過}了’、‘做得{再/*又}快({再/*又}好)，也沒
有他那麼快(那麼好)’)。這裡特別注意：在所有‘又’與‘再’的用
法中，‘又’都與「已經實現」的動作或事態有關，而‘再’則與
「尚未實現」的動作或事態有關。

其次，華語的‘二’與‘兩’都是表示阿拉伯數字‘2’的數詞，
但是二者在意義與用法上究竟有什麼樣的區別？表示「基數」的
時候，在量詞前面單做個位數用‘兩’(如‘{兩/*二}個’)、在十位
數後面的個位數用‘二’(如‘十{二/*兩}(個)’)、在十位數上用
‘二’(如‘{二/*兩}十(個)’)、在百、千、萬、億、兆等位數上
‘二’與‘兩’都可以用(如‘{二/兩}{百/千/萬/億/兆}(個)’)；但
是表示「序數」的時候，只能用‘二’，不能用‘兩’(試比較：‘(*第)
兩次革命’與‘(第)二次革命’)。因此，有關‘兩’與‘二’用法最簡

單的規律是：在量詞前面單做個位數或表示成雙一對用'兩'（如
'兩{個/邊/樣/下}'、'兩{廣/晉/漢/極/造/難/口子/小無猜/相
情願}'），在'百、千、萬、億、兆'等位數上'兩'與'二'都可以
用，其他地方一概用'二'（如'二次大戰、二手貨、不二價、說一
不二、至高無二、二郎腿、二拇指、二氧化碳'）。

　　這裡附帶提一提語言變遷的問題。韓愈在〈祭十二郎〉一文
中有"而視茫茫，而髮蒼蒼，而齒牙動搖"的詞句。依照現代華語
的說法，'齒牙動搖'一般都說成'牙齒搖動'，複合名詞與複合動
詞的詞序都倒過來了。由此可窺見，從唐朝到現在大約一千年之
間華語詞彙變化的一斑。詞彙演變不僅顯現於詞序的改變，而且
也發現於詞類的變化。例如，'寶貝'本來是由兩個名詞語素'寶'
與'貝'並列合成的複合名詞（如'他是我的心肝寶貝'），但是現
在卻既可做動詞（如'不要太寶貝你的孩子'）又可做形容詞（如
'他這個人很寶貝'）。又如，'幽默'本來是由英語名詞'humor'
譯音而來的名詞（如'這個人不懂幽默'），但是現在也可以用做
形容詞（如'他的談吐很幽默'），甚至比照'踢他一脚、罵他一
頓'而獲得'幽他一默'的動詞用法。又前面提到述賓式複合動詞
'幫忙'因為本身已經含有賓語，所以不在複合動詞外面再帶上賓
語名詞。不過，與'幫忙'在詞形與詞義上相似的並列式複合動詞
'幫助'則可以帶上賓語名詞組；因此，在「比照類推」（analo-
gy）的影響下，'幫忙'也開始帶上賓語名詞組了（如'幫忙我十
年的朋友'）。這種詞類演變的現象，常常是在不知不覺之間產生
，而逐漸擴散的。而且，有時候，詞類的改變相當劇烈，因為複
合詞的內部結構與外部功能之間會產生矛盾或乖離的現象。例如

，‘游泳’本來是由兩個同義動詞語素‘游’與‘泳’合成的並列式複合動詞，但是現在却產生了‘游個泳’這樣的述賓式動詞用法。又如‘小便’與‘大便’本來是由形容詞語素‘小、大’與名詞語素‘便’合成的偏正式複合名詞，但是現在也產生了‘小便小好了，但是大便還沒有大完’這樣的述賓式動詞用法。這種詞類功能的改變究竟是由那些人在什麼時候發動的？我們却毫無所悉。詞彙的演變也發現於詞音。記得當年在臺灣開始推行華語的時候，‘弟弟’與‘妹妹’這兩個音節都讀去聲與輕聲（即〔ㄉㄧˋ ㄉㄧ‧〕與〔ㄇㄟˋㄇㄟ‧〕）。但是過了一段時間以後，‘弟弟’與‘妹妹’就逐漸獲得上聲與陽平的讀音（即〔ㄉㄧˇ ㄉㄧˊ〕與〔ㄇㄟˇ ㄇㄟˊ〕）來稱呼別人家裡的小弟弟與小妹妹。再過了一段期間，上聲與陽平讀法的‘弟弟’與‘妹妹’也可以用來稱呼自己家裡的弟妹或子女。而且，上聲與陽平的讀音也逐漸由‘弟弟、妹妹’擴散到‘爸爸、媽媽’，甚至‘哥哥、姊姊’；使用這種讀音的人也逐漸由孩童擴散到成人。包括《國語日報辭典》在內的大多數辭典，都沒有把這個詞音與詞義的變化記錄下來，可見大家並不十分了解或注意語言演變的事實。

五、句法分析實例

華語裡有許多「認知意義」（cognitive meaning）相同，而「句子形態」（surface form）却相異的句子。這些句子，似乎都含有同樣的「命題內容」（propositional content），都講述同樣的事情。但是在「言談功能」（communicative function）上，究竟有怎麼樣的區別？這些言談功能上的區別，能不能用一

些簡單有用的規則來做有系統的說明？

　　例如，下面①的「有無句」（或「有字句」）與②的「存在句」（或「在字句」）都似乎在描述同樣的情景，但是這兩個例句的意義與用法是否完全一樣？

① 教室裡有人。
② 人在教室裡。

在①的例句裡，「說話者」（speaker）可能認識教室裡的人，也可能不認識這個人；但是「聽話者」（hearer 或 addressee）却不認識這個人。另一方面，在②的例句裡，說話者與聽話者都認識教室裡的人。也就是說，①句裡的'人'代表「未知」（unknown）或「新」（new）的「信息」（information）；而②句裡的'人'則代表「已知」（known）或「舊」（old）的信息。因此，①句裡的'人'只能與'一個、幾個、許多'等無定數量詞連用；而②句裡的'人'則只能與'那一個、每一個、所有的'等有定數量詞連用。試比較：

③ 教室裡有{一個人/幾個人/許多人/*那一個人/*每一個人/*所有的人}。
④ {那一個人/每一個人都/所有的人都/??一個人/??幾個人都/?許多人都}在教室裡。

不過，如果在無定的'一個人/幾個人/許多人'前面加上'有'字而

變成「有字句」與「在字句」的「混合型」，就可以說得通。但是有定的'那一個人/每一個人/所有的人'仍然不能出現於這種「混合型」。試比較：

⑤　有{一個人/幾個人(*都)/許多人(*都)}在教室裡。

⑥　有{*那一個人/*每一個人都/*所有的人都}在教室裡。

又「範域副詞」(scope adverb)'都'不能在⑤句裡出現('(*都)'表示：如果含有'都'字，句子就不通)。這是因為華語的'都'通常都與有定主語或賓語連用，不能與無定主語或賓語連用。因此，下面含有無定數量詞'兩本書'的有無句⑦雖然通，但是同樣含有'兩本書'的存在句⑧則在'兩本書'後面加上'都'而變成有定名詞組的時候才可以通。試比較：

⑦　桌子上有兩本書。

⑧　{兩本書都/??兩本書}在桌子上。

華語裡用'兩（本書）'與'兩（本書）都'來區別無定與有定，而英語裡則用'two'與'both'來區別無定與有定。試比較：

⑨　There are {*two/*both*} books on the desk.

⑩　{*Both/*Two*} books are on the desk.

英語的數詞裡只有'two'與'both'可以區別無定與有定，而華語

裡則所有數詞都可以用‘都’來區別無定與有定，例如：

⑪　{五本書都/?*五本書}在桌子上。

又華語裡的疑問詞（如‘誰、什麼、哪（一個）、怎麼、幾（個）、多
少、多（大）’）是無定的，所以不能與‘都’連用。但是如果這些疑
問詞做為「全稱」（universal）代詞使用（如‘誰（＝無論誰，任
何人）、什麼（＝無論什麼（東西）、任何（東西）、哪（＝無論哪、
任何）’）的時候，這些疑問詞就可以與‘都’連用，而且必須出現
於‘都’的前面。試比較：

⑫　誰(*都)沒有來呢？
⑬　(無論)誰都沒有來。
⑭　他(*都)不想吃(*無論)什麼(東西)呢？
⑮　{他(無論)什麼(東西)/(無論)什麼(東西)他}都不想吃。

另外，‘三個你(的)弟弟’表示「部分」（partitive；即你的弟弟
不只三個）而屬於無定，但是‘你(的)三個弟弟’則表示「全部」
(holistic) 而屬於有定。這種「部分無定」與「全部有定」的區
別也顯示在「有字句」與「在字句」之間的接受度判斷差異上面
。試比較：

⑯　外面有{三個你(的)弟弟/?你(的)三個弟弟}。

⑰　{你(的)三個弟弟/??三個你(的)弟弟} 都在外面。

⑱　有 {三個你(的)弟弟/??你(的)三個弟弟} 在外面。

這種無定與有定的區別，甚至也顯現於'一本你的書'與'你的一本書'之間。試比較：

⑲　桌子上有 {一本你的書/?你的一本書}。

⑳　{你的一本書/??一本你的書} 在桌子上。

㉑　有 {一本你的書/??你的一本書} 在桌子上。

華語裡'一本你的書'與'你的一本書'之間在名詞組定性上的差別，似乎相當於英語裡'a book of yours'與'one of your books'之間在名詞組定性上的差異。試比較：

㉒　There is {*a book of yours* /?? *one of your books*} on the desk.

㉓　{*One of your books* /?? *A book of yours*} is on the desk.

　　在①到㉓的華語與英語例句裡，無定名詞組出現於「有無句」的動詞'有'或 'There is…' 句型的 'Be' 動詞後面充當補語；而有定名詞組則出現於「存在句」的動詞'在'或'…is…'句型的 'Be' 動詞前面充當主語。從談話功能的觀點來說，句子的每一個成分都傳達某一種信息。有些句子成分傳達「舊的」或「已知

的」信息，而有些信息則傳達「新的」或「未知的」信息。有定
名詞組常代表舊的或已知的信息，而無定名詞組則常代表新的或
未知的信息。新的信息中，最重要的信息叫做「信息焦點」（in-
formation focus）。「談話功能」或「功能背景」（functional
perspective）有一個原則叫做「從舊到新的原則」（From Old
to New Principle）。這個原則要求：代表舊的或已知信息的句
子成分盡量靠近句首的位置出現，而代表新的或重要信息的句子
成分(特別是信息焦點)則盡量靠近句尾的位置出現。上面所討論
的華語「有字句」與「在字句」，以及英語的'There is…'句型
與'…is…'句型，就是「從舊到新」這個原則的體現。

　　除了「有字句」與「在字句」以外，下面㉔到㉛裡含有「存
在動詞」（existential verb；如'躺、坐、站、貼、掛、擺'）
與處所詞的「存在句」，㉜到㉟裡含有「隱現動詞」（verb of
appearance and disappearance；如'來、去、走、跑'）與起
點詞或時間詞的「隱現句」，以及㊵到㊺裡含有「氣象動詞」
（meteorological verb；如'下（{雨/雪/霜}）、起（霧）、打（雷）、
出（太陽）'）的「氣象句」裡，出現於這些動詞後面的名詞組都
代表信息焦點；因此，必須是無定的，不能是有定的(包括人稱
代詞、專有名詞等；如果是專有名詞的話，必須帶上無定數量詞
'（一）{個/位}'）。試比較：

㉔　{那一個人/??一個人} 躺在牀上。
㉕　牀上躺着 {一個人/??那一個人}。
㉖　{他的(一張)相片/??一張(他的)相片} 貼在牆上。

㉗ 牆上貼着 {一張(他的)相片/??他的(一張)相片}。

㉘ 他躺在牀上。

㉙ ??牀上躺着他。

㉚ ??牀上躺着小李子。

㉛ 牀上躺着個小李子。

㉜ {那兩個人/??兩個人} 從前面來了。

㉝ 前面來了 {兩個人/??那兩個人}。

㉞ {那些客人/??三個客人} 昨天走了。

㉟ 昨天走了 {三個客人/??那三個客人}。

㊱ 他們昨天走了。

㊲ ??昨天走了他們。

㊳ ??昨天走了楊大媽。

㊴ 昨天走了位楊大媽。

㊵ 下雨了!

㊶ 雨已經停了。

㊷ 風已經停了,但是雨還在下。

㊸ 出太陽了!

㊹ 太陽還高掛在天空。

㊺ 太陽都已經出來了,你還不起來呀?

以出現於句尾的無定名詞組爲信息焦點的「有字句」、「存在句」、「隱現句」與「氣象句」都有向聽話者引介信息焦點的談話功能;因此,可以統稱爲「引介句」(presentative sentence)。

現在比較下面㊻的「非把字句」與㊼的「把字句」。這兩個

句型在意義與用法上究竟有什麼差異？

㊻ 他看完了(那一本)書了。

㊼ 他把(那一本)書看完了。

「從舊到新的原則」告訴我們：㊻句的信息焦點是受事賓語'(那一本)書'，而㊼句的信息焦點則是述語動作'看完'。因此，如果「對比焦點」(contrastive focus)落在受事賓語(如'摘要'與'論文')，就要用㊻的「非把字句」；但是如果對比焦點落在述語動作(如'抄'與'背')，就用㊼的「把字句」。試比較：

㊽ 他看完了摘要(了)，不是論文。

㊾ ?他把摘要看完了，不是論文。

㊿ 他把摘要抄了，不是背了。

(51) ?他抄了摘要了，不是背了。

「從舊到新的原則」也告訴我們：代表新信息的無定名詞組要盡量靠近句尾，而代表舊信息的有定名詞組則可以靠近句首的位置。因此，無定的'一本書'不容易出現於「把字句」(除非是把'一本書'解釋爲「殊指」(specific；卽雖然談話者知道是那一本書，而聽話者却不知道，在指涉功能上相當於'某一本書')，而有定的'那一本書'則不受這種限制。試比較：

(52) 我把{那一本書/??一本書}看完了。

除了以上的差別以外，華語的「把字句」還有一個特徵；那就是，謂語裡不能單獨出現單音動詞，必須是雙音動詞或三音動詞，或者是單音動詞必須帶上「動貌標誌」（aspect marker；如'了、過、着'）、「動相標誌」（phase marker；如'完、到、掉、住、得'）或「處所」、「終點」、「趨向」、「情狀」、「結果」等補語。試比較㊷與㊸，以及㊹與㊺的例句：

㊷　他要看書。

㊸　??他要把書看。

㊹　?*他把書放。

㊺　他把書放｛好了/下來了 / 在桌子上 / 得很整齊/得整整齊齊的｝。

㊻的前半句雖然很像㊹句，但是由於述語動詞'放'後面還有後半句，所以可以通。

㊻　他把書一放，就跑出去了。

　　「把字句」的談話功能之一，是依照「從舊到新的原則」把有定賓語名詞組移到述語動詞的前面，以便述語動詞能夠靠近句尾的出現來充當信息焦點。凡是充當信息焦點的句子成分，都必須在語音與語意上具有相當的「份量」（weight）；例如，音節要長一點、讀音要重一點、修飾語要多一點、或語意要加強一點。有關談話功能的另外一個原則，叫做「從輕到重的原則」（From

Light to Heavy Principle)。這個原則要求：越重要的信息要用份量越重的句子成分來表達；而且，份量越重的句子成分要越靠近句尾的位置出現。試比較下面⑱到㉑裡a.到c.的例句(在這些例句裡下面標有黑點的句子成分是句子的信息焦點)：

⑱ a. 我們應該立刻澄清這個問題。

b. 我們應該立刻把這個問題澄清。

c. 我們應該立刻把這個問題加以澄清。

⑲ a. ?我們應該追根究底的弄清楚這一個問題。

b. (?)我們應該追根究底的把這一個問題弄清楚。

c. 我們應該把這一個問題追根究底的弄清楚。

⑳ a. ?我們應該一清二楚的調查這個問題。

b. (?)我們應該一清二楚的把這個問題加以調查。

c. 我們應該把這個問題調查得一清二楚。

㉑ a. ??他從頭到尾一五一十地告訴我事情的經過。

b. ?他從頭到尾一五一十地把事情的經過告訴我。

c. 他把事情的經過從頭到尾一五一十地告訴我。

　　華語裡不少句型或句型變化，都與「從舊到新」以及「從輕到重」這兩個功能原則有關。例如，㉒a.的「主動句」可能以賓語'老張'或謂語'打了老張'為信息焦點，而㉒b.的「被動句」則可能以述語動詞'打了'或謂語'被老李打了'為信息焦點。

㉒ a. 老李打了老張。

b. 老張被老李打了。

⑥與⑥的例句顯示：如果對比焦點落在述語動詞與受事名詞，就常用⑥a.的主動句；反之，如果對比焦點落在施事名詞與述語動詞，就常用⑥a.的被動句。試比較：

⑥a. 老李打了老張，踢了老王。

b. （？）老張被老李打了，老王被老李踢了。

⑥a. 老張被老李打了，被老王踢了。

b. （？）老李打了老張，老王踢了老張。

如果對比焦點落在同一個施事者對於同一個受事者的兩個述語動詞，那麼⑥a.的被動句似乎比⑥b.的主動句通順。試比較：

⑥a. 老張被（老李）打了，踢了。

b. （？）老李打了（老張），踢了老張。

⑥與⑥的例句則顯示：主語名詞的字數較長而語意內涵較豐富的時候，⑥b.的被動句似乎比⑥a.的主動句通順；而賓語名詞的字數較長而語意內涵較豐富的時候，則⑥a.的主動句似乎比⑥b.的被動句通順。試比較：

⑥a. （？）正好坐在公車上的便衣警察抓到了扒手。

b. 扒手被**正好坐在公車上的便衣警察**抓到了。

⑥⑦ a. 警察抓到了**正要翻牆企圖行竊的小偷**。

b. （？）**正要翻牆企圖行竊的小偷**被警察抓到了。

又如，含有直接賓語與間接賓語的「雙賓句」可以有⑥⑧a.與⑥⑧b.兩種不同的詞序或句型。

⑥⑧ a. 我要送**一本書**給**小明**。

b. 我要送（給）**小明一本書**。

⑥⑨與⑦⑩的例句顯示：如果對比焦點落在終點補語，就常用a.的句型；反之，如果對比焦點落在受事賓語，就常用b.的句型。試比較：

⑥⑨ a. 我要送一本書給**小明**，不是（給）**小華**。

b. （？）我要送（給）**小明**一本書，不是（給）**小華**。

⑦⑩ a. （？）我要送**一本書**給小明，不是**一枝鋼筆**。

b. 我要送（給）小明**一本書**，不是**一枝鋼筆**。

⑦⑪與⑦⑫的例句則顯示：如果終點補語的字數較長而語意內涵較豐富的時候，就較常用a.的句型；反之，如果受事賓語的字數較長而語意內涵較豐富的時候，就較常用b.的句型。試比較：

⑦⑪ a. 我要送一本書給**一位從美國到臺灣來研究中國歷史的朋**

友。

b. （？）我要送（給）**一位從美國到臺灣來研究中國歷史的朋友**一本書。

⑫ a. （？）我要送**一本敍述從軍閥抬頭到抗戰結束期間的書**給他。

b. 我要送（給）他**一本敍述從軍閥抬頭到抗戰結束期間的書**。

　　下面⑬到⑱的例句顯示：英語的被動句也具有類似華語被動句的談話功能。

⑬ a. 　　John hit Dick.

b. 　　Dick was hit by John.

⑭ a. 　　John *hit Dick and kicked Bob.*

b. （？）*Dick was hit* by John and *Bob was kicked* by John.

⑮ a. 　　Dick was *hit by John* and *kicked by Bob.*

b. （？）*John hit* Dick, and *Bob kicked* Dick.

⑯ a. 　　Dick was *hit and kicked* (by John).

b. 　　John *hit* (？ Dick) *and kicked* Dick.

⑰ a. （？）*A plainclothes policeman who happened to be on the bus* caught the pickpocket.

b. 　　The pickpocket was caught by *a plainclothes policeman who happened to be on the bus.*

⑱ a.   The policeman caught *a burglar who was climbing over the wall to break into the house.*

    b.   (?)*A burglar who was climbing over the wall to break into the house* was caught by the policeman.

同樣的，⑲到㉓的例句顯示：英語的雙賓句也具有類似華語雙賓句的談話功能。

⑲ a.   I will send *a book to John.*

    b.   I will send *John a book.*

⑳ a.   I will send a book *to John,* not *(to) Dick.*

    b.   (?)I will send *John* a book, not *Dick.*

㉑ a.   (?)I will send *a book* to John, not *a fountain pen.*

    b.   I will send John *a book,* not *a fountain pen.*

㉒ a.   I will send a book to *a friend who has come from the States to Taiwan to study Chinese history.*

    b.   (?)I will send *a friend who has come from the States to Taiwan to study Chinese history* a book.

㉓ a.   (?)I will send *a book which deals with the*

historical period between the rise of warlords and the end of the war against Japan to him.

b. I will send him *a book which deals with the historical period between the rise of warlords and the end of the war against Japan.*

以上從談話功能以及功能背景的觀點，討論華語的一些句型，並拿這些結論與英語裡相對應的句型做了簡單的對比分析。除了「從舊到新的原則」與「從輕到重的原則」以外，湯廷池（1985）〈國語語法與功用解釋〉（收錄於湯廷池（1988）《漢語詞法句法論集》105-147頁，臺灣學生書局印行）還討論了「從低到高」（From Low to High）與「從親到疏」（From Familiar to Strange）這兩個功能原則在華語句法裡的應用。如果說「形式句法」（formal syntax）的討論對象是句子的「句法結構」（syntactic structure），那麼「功能句法」（functional syntax）的討論對象是句子的「信息結構」（information structure）。上面的討論顯示：形式句法與功能句法，雖然討論的對象不同，研究的目標與方法也不盡相同，但是應該可以相輔相成，對於華語教學做出應有的貢獻。至於有關形式句法的分析，作者已經發表了不少文章，有興趣的讀者不妨參考臺灣學生書局印行的《漢語詞法句法論集》（1988）、《漢語詞法句法續集》（1990）、《漢語詞法句法三集》（1992）、《漢語詞法

四集》(1992)、《漢語詞法句法五集》（近刊）等。

＊本文曾刊載於《華文世界》(1993)67期38-41頁、68期38-41頁、69期73-78頁、70期35-39頁、71期63-70頁。

談如何分析漢語複合詞的內部結構：

敬答謝質彬先生

一、前　言

　　《華文世界》寄來河北大學謝質彬先生的文章〈關於‘春分’、‘夏至’等詞的內部結構——與湯廷池教授商榷〉，並徵求我的意見。這篇文章針對我在《華文世界》53期、54期、64期、65期、66期發表的文章〈漢語的「字」、「詞」、「語」與「語素」〉裡所列舉的一些漢語複合詞的內部結構提出質疑。謝先生的文章寫得很平實，內容也很中肯，充分表現他實事求是的治學態度。由《華文世界》轉來的香港中文大學趙汝明先生的信中，正好也

提到海峽兩岸學術交流的重要性。個人一向也相信「眞理愈辯愈明」，在學術討論中眞正重要的不是爭誰是誰非，而是經由共同合作來更進一步接近事實或眞理。因此，除了建議《華文世界》全文刊登謝先生的大作以外，也抽空草寫這篇文章來回答謝先生，藉以表達個人的敬意。

在未寫本文之前，先就有關漢語複合詞內部結構的基本觀點做一些背景說明。

（一）〈漢語的「字」、「詞」、「語」與「語素」〉這一篇文章不是專門討論漢語複合詞內部結構的論文，因爲複合詞是在探討「詞」這個概念的時候，與單音詞、雙音詞、多音詞以及單純詞、合成詞、複合詞這些分類一併介紹的。裡面的例詞大都採自陸志韋等（1975）《漢語的構詞法》（香港中華書局香港分局）、任學良（1981）《漢語造詞法》（北京中國社會科學出版社）、朱德熙（1982）《語法講義》（商務印書館）、趙元任（1968）《中國話的文法》（加州巴克來大學出版社）等幾本書。例如，謝先生首所質疑的'春分'與'秋分'在趙元任（1968:368）中分析爲主謂式，'秋分'在陸志韋等（1975:94）中也分析爲主謂式，而'夏至'與'多至'則在趙元任（1968:368）、陸志韋等（1975:94）、任學良（1981:135）、朱德熙（1982:32）中都分析爲主謂式。謝先生所質疑的其他例詞大都來自這些專書。雖然我自己選用這些例詞的時候也在心裡做過一些斟酌與篩選，但是仍然有若干存疑的地方，正好可以趁謝先生的質疑正式提出來討論。

（二）謝先生不但質疑傳統的分析，而且也提出他自己的分析。但是他的論證大都來自詞義的解釋，而複合詞的內部結構（包

括主謂式、述賓式、述補式、偏正式、並列式等)則基本上屬於
句法結構的問題。複合詞的詞義解釋與句法結構之間固然有某種
連帶關係，不過這種連帶關係不是明顯而絕對的，也不是恒常不
變的；因而必須藉這些複合詞的句法功能或表現來加以檢驗。我
們首先必須確定這些詞義解釋或詞源典故是可靠可信的，是大家
都已經接受或可以接受的，而不是牽強附會的。因為有些詞義解
釋或詞源典故可能有問題，甚至可能是後人牽強附會的，也就是
所謂的「民間詞源」 (folk etymology)。例如，英語的新郎叫
做 'bridegroom'，在古英語叫做 'brÿd (新娘) guma (男人)'
，再演變為 'bride (新娘) grome (小伙子)'。後來 'guma' 與
'grome' 這兩個詞在英語裡消失了。大約在十六世紀的時候人們
覺得非有個講法或拼法不可，就以較為熟悉的 'groom (馬夫)'
，來代替了。於是，'新娘的男人' 就變成 '新娘的馬夫'，並且繼
續存在於現代英語的詞彙中。這篇文章的目的與重點在於詞法分
析，而不在於訓詁，所以我們要在謝先生在文中所提出的詞義解
釋都是有根據而可靠的前提假設下進行討論。

(三)其次，我們要了解有些複合詞的詞義很明確，但是其內
部結構却無法確定。例如，'物色' 一詞，在陸志韋等 (1975:67)
分析為由名詞修飾名詞而成的偏正式動詞，而任學良(1981:190)
則更認為：'物色' 本為犧牲的顏色，借來指人的形貌，再由偏正
式名詞的表形貌轉為偏正式動詞的表訪求或尋找；並且舉《後漢
書》・〈嚴光傳〉 "光武令以物色訪之" 的典故與 "以其形貌求之也"
的注解為證。但是，'物色' 是陸志韋等 (1975) 與任學良 (1981)
所能舉出的唯一由名詞修飾名詞而成的偏正式動詞；其他由名詞

與名詞合成的複合動詞也只有‘犧牲’與‘意味（着）’兩個，而且都列入陸志韋等（1975:102）的並列式動詞裡。同樣地，由名詞與名詞合成的複合形容詞（如‘狼狽、矛盾、風雅、江湖、勢利’）雖然也都在陸志韋等（1975:120）列爲並列式，却附有“大多數的例詞，分類可疑”的但書。其他由名詞與動詞（如‘功勞、軍警、膳宿、情感’）或由動詞與名詞（如‘醫藥、習俗’）合成的名詞，以及由動詞與名詞（如‘興時’）或由名詞與動詞（如‘風流、恩愛’）合成的形容詞也都在陸志韋等（1975:102）列爲並列式，但是都分別附有“大多數的例子，分類可疑”與“例子不多，並且分類有可疑的”這類但書。可見，詞義甚至詞源的推定是一回事，而內部結構的推定又是另一回事。同時，我們也應該注意構詞上的「能產性」（productivity；又稱「孳生力」）以及「無標性」（unmarkedness；卽一般常**見的**構詞法）與「有標性」（markedness；卽特殊例外的構詞法）的問題。

　　（四）詞義雖然是決定複合詞內部結構的重要依據之一，但是複合詞內部與外部的句法功能也是決定內部結構的重要依據。例如，‘搖動’與‘動搖’都由‘搖’與‘動’這兩個語素合成；在表面形態上而言，所不同的只是兩個語素的前後次序而已。但是‘搖動’可以說成‘搖 {得/不} 動’，因此是述補式動詞；而‘動搖’則不能說成‘動 {得/不} 搖’，因此可能不是述補式動詞，而是並列式動詞。並列式複合詞，在無標的情形下，由詞類與次類都相同而且詞義也相同或相近的兩個語素合成，而‘動搖’則完全符合這些並列式複合詞的句法與語義要求。又如：‘嘲笑、譏笑、微笑、傻笑、奸笑、獰笑’都含有‘笑’這個語素。但是‘嘲、譏、笑’都屬

於及物動詞而含有貶義，因此整個複合詞可以分析爲並列式及物動詞，並且可以拿‘他們在{譏笑/嘲笑/笑}你們’這類例句裡的用法來支持這個分析。另一方面，‘微、傻、奸、獰’都屬於形容詞，而‘笑’則是不及物動詞；因此，整個複合動詞不可能是並列式，而只可能是偏正式（比較：‘{微微/傻傻/奸詐/猙獰}地笑’），而且是不及物動詞。至於貶義抑或非貶義，則由形容詞語素來決定。這個分析可以從‘他們在(對你們){微笑/傻笑/奸笑/獰笑/笑}’這類例句裡的用法來獲得支持。再如，‘獲得、取得、博得、贏得、記得、認得、吃得、懂得、曉得、覺得、值得、樂得、省得、免得、懶得’都含有‘得’這個語素。其中，‘{記/認/吃}得’可以說成‘{記/認/吃}不得’，所以可以分析爲述補式動詞；‘{獲/取/博/贏}得’裡‘獲、取、博、贏、得’都屬於表示取得的同義及物動詞，而整個複合動詞也屬於表示取得的及物動詞，所以可以分析爲並列式動詞。至於‘{懂/曉/覺/值/樂/省/免/懶}得’，則比較複雜；既不能在前後兩個語素之間插入否定詞‘不’，而前後兩個語素也不同類且不同義。同時，‘{認/吃}得’與‘{獲/取/博/贏}得’都只能以名詞組爲賓語；‘{懂/曉}得’則除了以名詞組爲賓語以外還可以用子句或動詞組做補語（如‘我曉得{這件事/他已經來了/怎麼樣照顧自己}’）；‘覺得’可以用以形容詞爲述語的子句或形容詞組做補語（如‘我覺得{李先生很可靠/很疲倦}’）；‘{樂/懶}得’只能以動詞組爲補語（如‘我{樂/懶}得替他跑一趟’）；而‘{值/省/免}得’則可以用子句或動詞組做補語（如‘…{值/省/免}得(你)跑一趟’）。因此，這些複合動詞雖然可以判定不是並列式，也可以因爲無法插入‘得、不’而暫時不歸入述補式，但

是究竟應該把‘得’分析為「動相標誌」（phase marker；或稱「動相詞綴」（phrasal affix））而把這些動詞視為「合成詞」（complex），抑或應該把這些動詞視為由動詞或形容詞語素（表示知覺或情狀）修飾動詞‘得’（表示達成或結果）的偏正式複合動詞，則值得更進一步討論。關於這些動詞的內部結構與外部功能，請參考湯廷池（1990）〈漢語動詞組補語的句法結構與語意功能：北平話與閩南話的比較分析〉，（1991a）“The Syntax and Semantics of Resultative Complements in Chinese: A Comparative Study of Mandarin and Southern Min” 與（1991b）〈漢語述補式複合動詞的結構、功能與起源〉的有關分析。

（五）有時候，複合詞的語義內涵與句法功能都相當確定，但是仍然會發生句法功能的改變，因而會影響內部結構的分析。例如，‘幫忙’是由動詞‘幫’與名物化的形容詞‘忙’合成的述賓式動詞，而‘幫助’是由兩個同義及物動詞‘幫’與‘助’合成的並列式動詞；因此，‘幫忙’可以說成‘幫{了/過}（你的（大））忙’’，而‘幫助’却不能說成‘*幫{了/過}（你的（大））助’。同時，本來只有並列式的‘幫助’可以在後面帶上賓語（如‘幫助朋友’），但是‘幫忙’與‘幫助’在詞義上極為相近，因而有些人在「比照類推」（analogy）下，開始在‘幫忙’後面也帶上賓語（如‘幫忙我十年的朋友’）。又如，‘大便’與‘小便’本來都是由形容詞修飾名詞合成的偏正式名詞，但是在母親與小孩之間常聽見 “大便大好了沒有？”、“小便小好了，大便還沒有大好”這樣的對話，顯然是把偏正式名詞當做述賓式動詞用了。再如，‘游泳’本來是由兩個同義動詞合成的

並列式動詞，但'是在'今天早晨游了一小時的泳'這種說法裡却當做述賓式動詞使用。連來自英語'humor(ous)'的譯音詞'幽默'，本來不具有任何內部結構，却也除了名詞與形容詞用法(如'他{這個人不懂幽默/的談吐很幽默}')以外，在與'踢他一脚、罵他一頓'等的比照類推下，產生了'幽他一默'這樣的述賓式動詞用法。

從以上的討論可以知道：詞義或詞源解釋不是決定複合詞內部結構唯一而可靠的依據。更重要的是：複合詞內部的句法結構與外部的句法功能，尤其是對於某類複合詞一律適用的特定句法限制。同時，我們也應該了解：複合詞的內部結構與外部功能都可能發生變化，因而導致詞義解釋與內部結構之間的差距甚或矛盾。我們更要承認：有些複合詞內部結構的句法分析是不確定的，因爲我們提不出具體而明確的句法功能來做爲歸類的證據。以下，就謝先生所提出的質疑，一一提供我們的看法。由於篇幅的限制，我們無法做深入的討論或更透徹的分析，還請謝先生原諒。

二、漢語複合詞內部結構的分析實例

謝先生針對着我那篇文章所列舉的三十來個漢語複合詞的內部結構，從古漢語訓詁的觀點提出質疑。他的結論是：'春分、秋分、夏至'是偏正式複合詞，不是主謂式複合詞；'虧空、講和、平反'是並列式複合詞，不是述賓式複合詞；'披肩'是述補式複合詞，不是述賓式複合詞；'跳高、跳遠、湊巧、趨巧、走紅、走黑、走挺、走俏、走軟、走疲'是述賓式複合詞，不是述補式

複合詞，‘治安、鎮定、鎮靜、充實’是並列式複合詞，不是述補式複合詞；‘顧問、假冒、酸痛、業已、立卽、果眞、預先’是並列式複合詞，不是偏正式複合詞；‘過濾、具體、抽象’是述賓式複合詞，不是偏正式複合詞。在下面的討論裡，我們先摘要地提出謝先生的分析與結論，然後才提出我們的分析與看法。

二·一 ‘春分’與‘秋分’

謝先生認爲：‘春分’與‘秋分’的‘分’，來自表示晝夜長短相等的‘日夜分’；‘分’在這些複合詞裡表示均等，而與‘鈞、均、等’同義。因此，謝先生主張：‘春分’與‘秋分’實際上是“春之日夜分”與“秋之日夜分”，應該分析爲偏正式複合詞，不應該分析爲主謂式複合詞。我們認爲謝先生的分析很有道理，他的結論也值得今後研究漢語詞法的人做參考。不過，這裡附帶有兩個小問題應該注意。第一個問題是：漢語複合詞內部結構的分析，是否必須以有關詞源或典故的知識爲先決條件？陸志韋等（1975）、趙元任（1968）、朱德熙（1982）以及謝先生所提的丁聲樹等（1961）《現代漢語語法講話》，都是國學造詣很深的學者，這些學者究竟是無意中忽略了謝先生所提出的詞源典故，還是有意或無意地憑藉他們「本地人的語感」（a native speaker's intuition）來進行分析。趙元任（1968:368）對於‘春分’與‘夏至’的英文注解分別是“the spring divides, —vernal equinox”與“the summer (is at its) extreme, —summer solstice”，似乎暗示趙先生是運用自己的語感把這些複合詞分析爲主謂式。詞源典故的知識與本地人的語感發生衝突或產生矛盾的時候，應該如何選擇或謀求協調？在無法查明典故或不能確定詞源的時候

，本地人的語感與句法功能的分析是不可缺少的；而本地人之間依據語感所做的語義或句法判斷常常也相當一致。因此，如何決定詞源、語感與分析三者之間的優先次序，以及如何謀求三者之間的平衡，是大家應該關心的方法論上的問題。第二個問題是：‘春分’與‘秋分’，除了“春或秋之日夜分”這個解釋以外，還可能有另外一個解釋。那就是，‘春分’（通常是陽曆的三月二十一日或二十二日）與‘秋分’（通常是陽曆的八月八日或九日）分別位於‘立春’（陽曆二月四日或五日）與‘立夏’（陽曆五月六日或七日）以及‘立秋’（陽曆八月八日或九日）與‘立多’（陽曆十一月七日或八日）的中間，正好是春季與秋季“平分”或“均分”的日子。這個詞義解釋，不僅與前面幾位學者的詞法結構相吻合，而且讀陽平而表示“拆開”的動詞用法，在現代漢語的‘分’中仍然保留。這個詞義解釋，也不必擬設在‘{春/秋}分’之前有“{春/秋}之日夜分”這種說法的存在，更不必考究‘日夜分’裡的讀法（究竟是陰平還是去聲？）與用法（究竟是動詞、名詞或形容詞？又如果是與‘均、等’相當的形容詞用法，那麼爲什麼這種‘分’的形容詞用法在現代漢語裡消失了？）。關於這兩種詞義解釋的孰優孰劣，我們不在此詳論。

二·二 ‘夏至’與‘冬至’

謝先生認爲：‘夏至’與‘多至’的‘至’是‘極’的意思。但是他反對劉公望《語文研究》（1987:3）·〈‘夏至’並非主謂結構辨〉的分析把‘{多/夏}至’解釋爲“{夏/多}季的極點”，而主張應該理解爲“{夏/多}日至”或“{夏/多}至點”。因此，這兩個複合名詞不應該分析爲主謂式，而應該分析爲偏正式。對於謝先生的分析與結論，我們的看法基本上與前面二·一的看法相似；一方面肯定謝先生的觀點，另一方面却尋求其他可能的答案。例如，‘至’與

'極'除了名詞用法以外，可不可能有動詞用法來表示"到（或在）黃道上最北或最南的一點"，因爲謝先生所引用的《論衡》·〈說日篇〉最後一段話"春秋未至，故謂之分"裡的'至'，似乎是動詞用法；而且，他所引用的《月令章句》中"極者，至而還之辭也"似乎也把'極'與'至'用做動詞。如果'至'或'極'有表示"到（或在)極點"的動詞用法，那麼仍然有分析爲主謂式的可能。關於這一點，我們不準備在這裡詳細討論。

二·三 '披肩'

謝先生認爲：'披肩'是'披之於肩'或'披在肩上'的省略，'肩'不是'披'的受事賓語，而是表'披'的處所補語；因此，'披肩'是述補式複合(名)詞，而不是述賓式複合（名）詞。對於謝先生這個主張，我們有兩點看法。

第一點是漢語述補式複合詞的內部結構應該如何定義的問題。一般漢語詞法學者(如陸志韋等（1975:75-81)、任學良 (1981:157-165)、朱德熙（1982:33）都把述補式複合詞分析爲由述語動詞或形容詞(如'累倒、忙壞、急死')與補語動詞(包括'完、到、掉、住、中、著、了'等動相動詞與'進、出、開、起'等趨向動詞)或形容詞合成。雖然陸志韋等（1975:76）以'壞極了'的'極'視爲北平話裡唯一以副詞爲述補式複合詞補語的用例，而任學良 (1981:164) 則把以副詞(或由副詞與動詞合體而成)的'非'爲補語的'除非'與以動詞'開'爲補語的'除開'並列爲述補式複合介詞，但是據我們所知並沒有人主張以介詞組(如'於肩'、'在肩上')爲述補式複合詞的補語。事實上，漢語的述補式複合詞都限於二音節(唯一的例外是因爲表可能或不可能的'得、不'的插入而形成三音節)，因而補語必須限於單音(節)詞，也就排

除了介詞組成為補語的可能性。依照這個定義，由動詞語素‘披’與名詞語素‘肩’合成的‘披肩’，不可能是述補式複合詞。

第二點是有關語言分析與舉證的基本問題。述賓式複合詞的賓語名詞所擔任的語意角色不一定是「受事（者）」，也可能是「起點」（如‘下{樓/臺/車/馬}’分別表示‘從{樓/臺/車/馬（背）}上下來；其他如‘出軌、跳樓、離家、退伍’等述賓式複合詞的賓語名詞也都表示起點）、「終點」（如‘入場、上樓、下海、到校、跳水’）、「處所」（如‘出場、隔壁、住校、跳馬’）、「結果」（如‘中風、傷風、結核、咳嗽、造謠、起草、出版’）、「時間」（如‘傍晚、凌晨、迎春、臨月、立春’）、「工具、手段」（如‘跳繩、開刀、拼命’），甚至可能擔任兼具「主事（者）」與「受事（者）」的「兼語」（如‘鬥雞、賽馬’）。這些擔任起點、終點、結果、工具、手段等的賓語名詞很多都可以用介詞組‘{從/到/在/用}……’等來解義；但是仍然應該分析為賓語，而不應該分析為補語或狀語。類似的情形也發生於由名詞修飾語與動詞被修飾語合成的偏正式複合詞。例如，出現於‘路祭、空襲、多眠、毒殺、瓦解’等偏正式複合詞的名詞語素‘路、空、多、毒、瓦’分別擔任「處所」（‘在路上’）、「起點」（‘從空中’）、「時間」（‘在多季’）、「手段」（‘用毒藥’）、「情狀」（‘像瓦一般’）等語意角色，但是仍應該分析為名詞性的狀語，不能分析為介詞組狀語。也就是說，可以用介詞組來解義是一回事，但是否應該分析為介詞組是另外一回事。謝先生說：“‘披肩’是‘披於肩’或‘披在肩上’的省略”，但是他恐怕無法舉證先有‘披於肩’或‘披在肩上’的說法，然後才有‘披肩’的說法。‘披肩’不是‘披在肩上’，而是‘披在（兩）肩上的東西或服飾’；而且，不太可能先

有'披在肩上的服飾'的說法，然後才有'披肩'的說法，很可能是直接造詞而產生'披肩'。順便一提的是：任學良（1981:146）也把'披肩'列為述賓式複合名詞。無論如何，「實證科學」（empirical science；又稱「經驗科學」）的「舉證責任」（onus; burden of proof）落在主張有先後說法的一方。

二・四 '虧空'

謝先生認為：'虧空'裡的'虧'與'空'是同義詞，而且可以與亦屬同義詞的'空、缺'合成'虧虛、空虛、虧缺、空缺'等複合詞；所以應該是並列式複合詞，不是述賓式複合詞。

謝先生的基本觀點沒有錯；漢語的並列式複合詞基本上由同義或近義（只有'呼吸、取捨、起伏、來往'等少數反義或對義並列的例外）而且是同詞類的語素所合成的「同心結構」（endocentric construction; 卽構成語素與整個複合詞屬於同一詞類或具有同樣的語法功能），'虧空'很可能與'虧欠、虧損、虧蝕、虧短、虧耗、虧折'一樣本來是以並列式的形式產生的。問題是本來屬於並列式的複合詞，却也可能演變成為述賓式複合詞或取得述賓式複合詞的功能。例如，'游泳'本來是由表示在水裡浮動的兩個動詞語素'游'與'泳'合成的並列式複合動詞，但是後來却產生了'游了泳'或'游個泳'等述賓式用法。同樣地，許多人都把'小心'分析為由形容詞語素'小'與名詞語素'心'合成的偏正式複合形容詞；但是根據陸志韋等（1975:84），'小心'也具有'小點兒心'的述賓式用法。我們在前言裏也提到偏正式複合名詞'小便'與'大便'的述賓式動詞用法（如'小便小好了，大便還沒有大完'）。

根據我們的調查，'虧空'與'虧欠、虧損、虧蝕、虧短、虧

耗、虧折’等並列式複合動詞不同，似乎已經取得了述賓式動詞用法而可以說成‘他做生意虧了空’，甚至有人接受‘虧了大空’、‘虧了幾十萬元的空’等說法（有些人認爲‘虧損’也可以說成‘虧了損’）。陸志韋等（1975:85）也把‘虧空’列入述賓式（卽他們所謂的「動賓格」），却認爲述語動詞‘虧’與賓語名詞‘空’之間不能插入任何成分。這可能是因爲北平話‘虧空’裡的‘空’讀輕聲，所以前後兩個語素之間的語音關係比較緊密；而在臺灣一般人却把‘空’讀成陰平，所以前後兩個語素的關係較爲鬆懈，允許動貌標誌或其他成分的插入。我們並不否認漢語裡「地區(或方言)差別」（geographical or dialectal variation）甚或「個別差異」（idiolectal difference）的存在；因此，‘虧空’之應該歸入並列式抑或述賓式，全看這個複合動詞的實際用法。

二・五 ‘講和’

謝先生認爲：‘講和’裡的‘講’是‘和’的意思；因此，‘講和’是並列式複合詞，不是述賓式複合詞。但是，《說文》之把‘講’注爲"和解也"也，以及高誘、鮑彪等人之把《戰國策・西周策》裡"今君禁之，而秦未與魏講也"的‘講’注爲"和也"或"和解也"，與‘講和’的內部結構並無必然的關連；因爲決定‘講和’內部結構的主要因素，不是‘講’字之能否做‘和（解）’解釋，而是複合詞‘講和’的語法功能如何。

根據兩點理由，我們認爲現代漢語的‘講和’可以分析爲述賓式複合動詞。第一，在述語動詞‘講’與（由形容詞轉類成）名詞賓語‘和’之間可以插入動貌標誌（如‘講了和，停了戰’），有些人甚至接受數量詞的插入（如‘講了幾次和都沒有講成功’）。第二，根

據我們的調查，一般人都把‘講和’解釋爲‘互商和解’（臺灣東方書店《國語大詞典》526頁‘講和’的注解）或‘商量和解’（國語日報社《國語日報辭典》778頁‘講和’的注解）；也就是說，除了‘和解’之外還多一層‘商量’的意思。我們的調查也顯示：一般人都把‘談和’與‘講和’視爲同義詞，在意義與用法上並沒有什麼兩樣；有些人甚至說比較常用‘談和’（這可能是受了‘（國共）和談’等說法的影響）。順便一提的是：陸志韋等（1975:87）與任學良（1981:150）也都把‘講和’列爲述賓式複合動詞。

二‧六 ‘平反’

　　謝先生引用《漢書‧雋不疑傳》的“有所平反，活幾何人？”（注：“如淳曰：‘反，音幡，幡奏使從輕也。’”）與《漢書‧張湯傳》的“平亭疑獄”，認爲：‘平’表示‘公平審判’，而‘反’則表示‘推翻原案，從輕定罪’；因此，‘平反’是並列式複合詞，不是述賓式複合詞。

　　我們已經在前面談到不能僅憑詞義或解義來決定複合詞的內部結構，更重要的是複合詞的語法功能。這裡我們暫且不討論‘平反’的語法功能，而只想提醒大家：僅憑詞義或解義來決定複合詞的內部結構常導致“公說公有理、婆說婆有理”的結論。任學良（1981:147-148）也引用《漢書‧雋不疑傳》的用例與注。不過，他另外引用王先謙引《通鑒》胡注的補注“平反，理正幽枉也”而認爲：‘幽’指‘錯案’，‘枉’指‘寃’案，‘平反’是“糾正錯案寃案”，也就是“把判錯的案件改正過來”的意思。因此，他的結論是：‘平反’是述賓式複合詞，與謝先生的結論正好相反。

　　根據我們的調查，一般語言學系學生都認爲‘平反’是述賓式複合詞；因爲在他們的語感裡，‘平’與‘反’既不同義，又不同詞類（許多人認爲：‘平’是動詞或由形容詞轉類成動詞，而‘反’是由動詞或形容詞轉類成名詞）。一般字典的注解似乎也反映這種語感。例如，《國語日報辭典》與《國語大詞典》對‘平反’一詞的注解分別是“把寃枉案件辦正過來，叫他不再受寃枉”(255頁)與“謂昭雪寃案”。依照謝先生的看法，‘平’是“公平審判”（及物動詞用法，即後面可以帶上賓語），而‘反’是“推翻原案，從輕定罪”（不及物動詞用法，即後面不能帶上賓語）。但是，根據我們的分析與研究，並列式複合詞裡兩個動詞的「詞類」（即動詞）與「次類」（如及物與及物，不及物與不及物）都必須相同。由於謝先生所提出的解釋與分析並不符合並列式複合動詞的語法限制，所以我們傾向於把‘平反’視爲述賓式複合動詞。

二·七　‘跳高’與‘跳遠’

　　謝先生認爲：‘跳高’與‘跳遠’裡的‘高’與‘遠’，與‘舉重’裡的‘重’一樣，都是由形容詞轉類成名詞；因此，‘跳高’與‘跳遠’都是述賓式複合詞，不是述補式複合詞。他甚至指出，我把‘舉重’列爲述賓式複合詞，兩相比較之下，“似乎在處理上不夠一致”。

　　其實，‘跳高’與‘跳遠’裡的‘高’與‘遠’都是形容詞，並沒有轉類成爲名詞；因此，可以插入‘得、不’而說成‘跳{得/不}{高/遠}’，而能夠插入‘得、不’是述補式複合動詞的重要語法特徵之一。這並不是說，所有的述補式複合動詞都可以在中間插入‘得、不’，而只是說凡是在中間可以插入‘得、不’的都是述補式

複合動詞。換句話說，能否插入'得、不'是認定述補式複合動詞的「充足條件」（sufficient condition），而不是「必要條件」（necessary condition）。另一方面，'舉重'裡的'重'則已經轉為名詞而失去形容詞的語法功能；因此，既不能說成'*舉{得/不}重'，也不能說成'舉得很重'（試比較：'跳得很{高/遠}'）。這就是我們把'舉重'分析為述賓式複合動詞的理由。

二·八 '治安'

謝先生認為：'治安'裡的'治'是'亂'的反面，指政治清明；而'安'是'危'的反面，指國家安定。他還舉《漢書·賈誼傳》裡"天下已安已治矣"的用例為證。因此，他的結論是：'治安'是並列式複合詞，不是述補式複合詞。

另一方面，任學良（1981:157）則把'治安'解釋為"社會的安寧秩序"，並且列為述補式（他所稱的「補充式」）複合名詞之一。陸志韋等（1975:102）雖然把'治安'列為並列式複合詞，却認為是由動詞'治'與形容詞'安'合成。我們推測：任學良（1981）大概是把'治安'解釋為"治而使之安"而分析為述補式複合詞。不過，'治安'一般都不做動詞使用，而做名詞使用。由述補式轉成名詞的較少，而由並列式轉成名詞的却較多。就這一點而言，謝先生的分析似乎較優。又並列式複合詞一般都由同義而同詞類的兩個語素合成。陸志韋等（1975）把'治安'分析為由動詞與形容詞合成，而謝先生則認為由兩個形容詞合成。關於這一點，謝先生的分析也比較合理。

'治安'裡的'治'與'安'本來可能都是形容詞用法，而且是同義詞；所以有"長治久安"這樣的並列說法。其他，如'治平'也除

了"治國平天下"的含義外，還表示"國家安和"；'治世'也不表示
"治理人世"，而表示"太平之世"。既然'治'與'安'是同義形容詞
，那麼就符合構成並列式複合詞的語法要件。不過，'治安'不當
形容詞用，而做名詞用。而且，詞義也從正面或褒義的"安寧或
安和的秩序"（如'維持治安'）轉爲中立或中性的"秩序"；因此，
我們可以說'(社會)治安良好'，也可以說'(社會)治安不好'。不
過，關於這個分析，我們有一個問題留待下一節才討論。

二·九 '鎭靜'與'鎭定'

謝先生認爲：'鎭'訓'安'，又訓'止'，與'靜、定'同義；所
以'鎭靜'與'鎭定'都是並列式複合詞，不是述補式複合詞。他所
提出的證據仍然是古漢語的有關訓詁；包括《廣雅·釋詁》("鎭
，安也")、《楚辭·抽思》裡"顧搖起而橫奔兮，覽民尤以鎭"
的王逸注("鎭，止也")、《詩經·邶風·柏舟》裡"靜言思之"的
毛傳注("靜，安也")、《說文》("定，安也")、《詩經·邶風
·日月》裡"胡能有定？"的毛傳注("定，止也。")等。

其實，在謝先生所批評的那一篇文章裡（即湯廷池（1989-
1992）〈漢語的「字」、「詞」、「語」與「語素」〉，並收錄
於湯廷池（1992）《漢語詞法句法三集》1頁至57頁），'鎭靜'
與'鎭定'同時出現於述補式複合（形容）詞與偏正式複合（形容）
詞（參湯廷池（1992:35,38））。當時，我們是參照任學良（1981:
163）之把'鎭靜'與'鎭定'分析爲述補式複合形容詞，以及陸志韋
等（1975:68,97）之把'鎭靜'與'鎭定'（尤其後者是在與並列式
複合形容詞'透徹'對照之下）分析爲偏正式複合形容詞，做先後

兩種不同的處理的。我們曾經推測：任學良 (1981) 是把'鎮{靜
/定}'的'鎮'分析爲表示"壓服"或"使靜止"的動詞語素(可能是在
與'鎮{壓/痛/紙/心}'等複合詞裡'鎮'字的用法比照類推之下做
這樣的分析)，也就把'鎮{靜/定}'解釋爲 "鎮而使之{靜/定}"的
述補式複合詞。我們也推測：陸志韋等 (1975) 把'鎮'與'定'分
別分析爲表示"壓服"(或"使靜止")與"(使)安定"的動詞，並可能
把'鎮'解釋爲修飾「作格動詞」 (ergative verb) '(使)定'的
手段或情狀狀語(卽"定之以鎮")，所以就成爲偏正式複合形容詞
。現在，謝先生又提出了並列式複合形容詞的第三種分析；而且
，這三種分析都似乎言之成理。如此，我們究竟應該如何決定
'鎮定'與'鎮靜'這兩個複合詞的內部結構？

　　謝先生的文章幾乎都是從訓詁或字義的觀點來分析複合詞的
內部結構的；例如，'鎮'、'靜'、'定'以及訓詁這些字的'止'、
'安'都是同義形容詞，所以'鎮靜'、'鎮定'(以及'靜止'、'安
定'、'安靜'等)都應該是(同義)並列形容詞。我們認爲：謝先生
對'治安、鎮靜、靜定'這些複合詞的分析與理由是相當堅強有力
的。但是我們也要想一想：任學良與陸志韋先生等爲什麼會提出
與謝先生截然不同的觀點與分析？關於這一個問題，我們有兩點
要提出來討論。

　　第一，任、陸兩位先生都是國學造詣很深的學者，他們必然
也了解有關的訓詁，必然也能提出這方面的證據。例如，'鎮'之
在'鎮{壓/痛/心/紙}'這些複合詞裡具有動詞功能是不爭的事實
，他們也可能從《國語 》(如"爲摯幣瑞節以鎮之"、"社稷之鎮
也")與《左傳》(如"夫固謂君訓衆而好鎮撫之")等古漢語的文

獻資料裡舉出'鎮'的動詞或名詞用法。結果，各家的看法可能都
有道理，所提出的證據也可能同樣有力，我們也就對這些不同的
分析難分高低。

　　第二，更重要而更有意義的問題是：漢語複合詞內部結構的
分析是不是必須以訓詁的知識爲基礎？一般使用漢語的人，是不
是必須懂得有關字義的訓詁才能判斷複合詞的內部結構？根據我
們的調查與研究，一般使用漢語的人雖然說不出各類複合詞的類
型與名稱，但是對各類複合詞的語法功能所做的「合法度判斷」
(grammaticality judgement 或 acceptability judgement)
卻是相當一致的。也就是說，以漢語爲母語的人都賦有一種「語
言直覺」(linguistic intuition) 或「語言能力」(linguistic
compentence) 來了解並運用漢語複合詞的內部結構與外部功能
之間的關係。這種直覺或能力，並不是由父母或老師教出來的，
也不是從辭典或文獻資料裡找出來的，而是構成人類認知能力
(特別是語言能力)的一部分而隱藏在大腦的皮質細胞裡面。這種
「內化」(internalize) 的語言能力與「外在」(exterior) 的
訓詁知識應該沒有直接或必然的關係，雖然訓詁的知識與訓練可
能有助於語言能力的「外顯」(externalization) 或「形式化」
(formalization)。

　　我們的調查與分析顯示：一般使用漢語(包括受了幾年語言
分析訓練)的人都不會把'治安、鎮定、鎮靜'分析爲由同義形容
詞合成的並列式複合詞，因爲在他們的語感裡'治'與'鎮'不像是
形容詞。他們的語感會接受'很靜'，甚至會接受'很安'與'很定'
，卻無法接受'很治'與'很鎮'。如果大家認爲漢語複合詞的內部

結構是純學理上的問題而與經驗事實無關，那麼謝先生憑訓詁知識的分析有其意義與價值。但是如果認爲研究語言或分析語言的目的在於探討或詮釋人類的語言能力，那麼任、陸兩位先生的答案也仍然有存在與備查的價值。因爲我們可以用這些不同的答案來對一般使用漢語的人做實驗與研究，藉以發現那些答案才是真正具有「心理上實在性」（psychological reality）的分析，可以用來辨別並詮釋「可能的複合詞」（possible compound）與「不可能的複合詞」（impossible compound）。

二·一〇 '充實'

謝先生認爲：'充實'是由同義（動詞或形容詞）詞'充'與'實'合成；所以應該是並列式複合詞，而不是述補式複合詞。他的理由，以及我們針對這個分析的評論，與前面兩節的內容相似，因而這裡不再贅述。任學良（1981:159）把'充實'分析爲兼具動詞（如'充實基層'）與形容詞（如'內容（很）充實'）功能的述補式複合詞。陸志韋等（1975）裡找不到'充實'這個複合詞，但在102頁卻把'充滿'列爲由動詞'充'與形容詞'滿'合成的並列式複合詞。可見，任、陸兩位先生都把'充'分析爲動詞，因爲我們雖然可以說'很滿'甚至'很實'，却很難說'很充'。根據我們的分析與研究，漢語的並列式複合詞在無標或一般的情形下必須由同詞類的語素並列而成。陸志韋等（1975:102-103）在列舉了一些由不同詞類的語素合成的並列式複合詞以後，都加上"分類可疑"、"例子不多"、"只有這一個例子"、"文言和古白話的例子現在都不用了"等但書。

二·一一 '湊巧'與'趕巧'

　　謝先生認為：'湊巧'的'湊'表示'會'或'遇'，'湊巧'、'趕巧'、'碰巧'都同義，而'巧'是表示"難得的機會"的名詞語素；因此，'湊巧'與'趕巧'都是述賓式複合詞，不是述補式複合詞。但是，他只對'湊'字提供訓詁上的證據，而對於最重要的'巧'字的名詞用法與"難得的機會"這個解釋却沒有提出任何證據或討論。

　　任學良（1981:163）把'湊巧'與'趕巧'都分析為述補式形容詞（實際上還可以當修飾整句的副詞），並把'湊巧'注為"遇得正好"。我們認為他的解釋與分析都有些道理，因而把'{湊/趕/碰}巧'分析為'{湊/趕/碰}得{巧/好}'的述補結構。這種述補結構，不但見於複合詞，而且也發現於句法結構（如'你來得{很/不}巧'。。'巧'的形容詞性，不僅表現於'巧妙、乖巧、靈巧'等並列式複合形容詞，而且也顯現於'巧婦、巧計、巧言'等定語用法與'巧奪天工、巧發奇中'等狀語用法。在一般使用漢語的人的心目中，'巧'的形容詞用法也有其「心理上的實在性」；因為他們知道'巧'可以用程度副詞'很、太'來修飾，也可以用否定詞'不'來否定。相形之下，'巧'的名詞性却相當薄弱；'巧'做為名詞的時候，不但是「粘著語素」（bound morpheme），而且通常都做"妙技"或"技術"解（如'技巧'）。我們並不是說謝先生的分析不可能，而是說他還要提出一些討論或證據來證明確實比我們原來的分析好。

二・一二　'走紅、走黑、走挺、走俏、走軟、走疲'

　　謝先生認為：'紅'與'黑'指"機遇"與"運氣"，'挺、俏、軟、疲'則指"銷路"與"行情"，都是名詞語素；因此，'走{紅/黑

/挺/俏/軟/疲}'都是述賓式複合詞，不是述補式複合詞。

我們覺得謝先生在尚未充分討論或提供證據之前，就下了結論了。這些以動詞'走'爲述語，而以形容詞'紅、黑、挺、俏、軟、疲'（因而可以用'很'等程度副詞來修飾，其中'紅、黑、軟'還列入趙元任 (1968:445) 最常做爲述補式複合詞補語的形容詞）爲補語的複合詞是近幾年來在臺灣爲了描述股市行情而新造的詞。'紅'表示股票上漲，而'黑'則表示股票下跌，因而有'長紅'與'長黑'的說法。'挺'與'俏'表示股票行情上揚或看好，而'疲'與'軟'則表示股票行情滑落或看壞。'走'在這裡是不及物動詞，在意義與用法上類似'變'或'變得'，而後面的形容詞則表示結果或狀態。謝先生說這些含有'走'字的複合詞是述賓式，却沒有討論'走'的及物動詞用法。我們認爲：'走'基本上是不及物動詞，'走{動/散/失/錯/漏}'等都屬於述補式複合動詞（陸志韋等 (1975: 75,98) 也把'走錯'與'走漏'分析爲述補式）。'走'的及物用法主要見於「使動及物」(causative-transitive) 用法，如'走{人/筆/嘴/馬/棋/火/樣/私/肚子}'等，在這些例詞裡'走'後面的名詞都擔任兼具賓語與主語的「兼語」(pivotal object)。其他，如'走{路/索/(好)運}'等複合詞裡面出現的名詞也相當於句法結構上的處所或（表結果的）終點補語，因而這裡的'走'也不是典型的及物動詞。連在外表上最具及物相的'走{味/油}'也都涵蘊'{味/油}走'，因此也可能是來自使動及物用法，而使動及物用法又來自「始動不及物」(inchoative-intransitive) 用法。'走{紅/黑/挺/俏/軟/疲}'等複合動詞並不涵蘊'{紅/黑/挺/俏/軟/疲}走'；因此，很難主張這裡的'走'具有使動及物用法。

二·一三 '顧問'

謝先生認為：'顧問'的'顧'也是'問'的意思，因為韋昭對《國語·晉語八》裡"昔者吾有豎柎也，吾朝夕顧焉"的注是"顧，問也"。所以'顧問'是並列式複合詞，不是偏正式複合詞。他的論點一直都是漢語複合詞內部結構的分析必須以訓詁知識為基礎；結果所有字義都必須追溯到古漢語裡的用法，而且似乎越原始越好。而我們的觀點則是：字義或訓詁只是決定漢語複合詞內部結構的因素之一，還要注意到複合詞的語法功能，也要考慮到現在使用漢語的人的語感。

陸志韋等（1975:52）也把'顧問'列為由動詞'顧'修飾動詞'問'（並轉類）而成的複合名詞，而與'通知、買辦、留守、費用'等並列。再看現代漢語字典如何了解'顧問'這個複合詞的意義與用法。《東方書店國語大詞典》366頁對於'顧'字字義的註解，只有"回視、臨視、眷念、關念"而沒有"詢問"，而對'顧問'的注解則是"機關或團體但備諮詢無固定職務之人員"。《國語日報辭典》927頁對'顧'字的註解是"回頭看、轉頭看；（文）看；關心；注意到、考慮到；到來"，而對'顧問'的註解則是"㈠照料、經管（如'毫不顧問'）；㈡機關或團體裏聘的沒有一定職務只是專備諮詢的高級人員"。臺灣圖書出版社於1968年出版的《增訂版標準學生詞典》546頁對於'顧'與'顧問'的註解則分別是"看、管、眷念、照料"與"㈠專供人商量事情的人；㈡管（例'概不顧問'）"。可見，在現代漢語裡，不但'顧'字已沒有'問'的含義，而且'顧問'也除了名詞用法之外還產生了表示"照料、（經）管"的動詞用法。因此，我們常聽到有人說"他雖然在名義上擔任顧問，但

是實際上旣不顧又不問"或"我這個顧問一向只顧不問"這樣的話。。如果把'顧'解釋為'問',那麼"旣不顧又不問"或"只顧不問"這樣的話就變得毫無意義。在現代漢語裡較為常用的'顧{客/主/家/及/慮/忌/盼/念/惜/戀/全/臉(面)/面子/盼自雄/名思義/影自憐/此失彼/言不顧行}'以及'{主/回/照/枉}顧'等詞彙中也沒有一個'顧'字表示'問'。

趙元任 (1968:431-434) 舉了一些本來是偏正式或述補式複合詞却在現代口語裡獲得述賓式動詞用法的例詞(如'體(了一堂)操、軍(完了)訓、(再)左(一點兒)手、(給他)小(一點兒)便、(先)提(你個)醒'以及單純詞、譯音詞與成語獲得述賓用法的例詞或例句(如'幽(了他一)默、慷(他人之)慨、滑(天下之)稽、(出恭入政→)出(完了一次)恭')。可見,詞彙的意義與用法不是靜止不變的,而是新陳代謝甚或自强不息的。我們雖然肯定謝先生從訓詁上研究複合詞內部結構的意義,却並不贊成把訓詁當做"緊身衣"(strait jacket)死死地套在現代漢語上面來限制其變化與活用。

二·一四 '過濾'與'過慮'

由於手民的錯誤與校對上的忽略,'過慮'變成了'過濾'。'過慮'表示"過分或不必要地憂慮",是由副詞語素'過'(如'過{大/小/當/謙/獎}')與動詞語素'慮'合成的偏正式複合動詞。至於'過濾',則由表示"經過"的動詞語素'過'與表示"濾紙"或"(過)濾器")的名詞語素'濾'合成的述賓式複合動詞。這裡的賓語名詞'濾'不宜分析為受事(者),而似宜分析為工具或手段,因為在'把水(加以)過濾'這樣的說法裡'水'才是受事(者)。有趣的

是，漢語的‘過濾’在日語却說成‘濾過’；這可能是因爲漢語屬於
「動賓語言」（VO language）而日語則屬於「賓動語言」（OV
language），所以雖然用同樣的兩個漢字却受了日語基本詞序的
影響而與漢語的詞序相反。又在現代漢語裡，‘濾’多用做動詞而
很少用做名詞。因此，‘濾紙、濾器、沙濾水’等複合詞裡的‘濾’
都是動詞用法；而且，我們也很少聽到‘過了濾’這樣的說法。

二・一五 ‘假冒’

　　謝先生認爲：‘假冒’的‘冒’也是‘假’的意思，所以是並列式
複合詞，不是偏正式複合詞。這裡似乎又牽涉到了古漢語訓詁與
現代漢語語感之間的差距問題。爲了了解現代漢語裡‘假冒’一詞
的意義與用法，我們再一次查閱上一節裡所提到的三本字典裡有
關‘假’、‘冒’與‘假冒’的註解。《東方書店國語大詞典》491頁與
97頁對‘假’、‘冒’、‘假冒’的有關注解分別是“借、非眞”、“謂以
爲亂眞”與“勇往無所顧忌、不加審愼、犯、假託”；《國語日報
辭典》61頁與81頁則分別是“借、不是眞的”、“用假的冒充眞
的”、與“{頂/向}著鹵莽不愼重、假{託/充}”；而《增訂版標準學
生詞典》30頁與44頁則分別是“借、眞的反面”、“用假的來冒充
眞的”與“覆罩、向上衝、不顧一切勇往直前、假託、干犯、不謹
愼”。從這些注解裡我們似乎可以發現，在現代漢語裡‘假’的基
本意義主要有兩個：一是動詞用法的“借”（如‘假{借/手/道/公济
私}’；而另一是形容詞（或副詞）用法的“非眞”或“眞的反面”（如
‘假{裝/扮/冒/充/託/釋/山/象/面具/招子}’）。而‘假冒’的‘冒’
則做‘假託’解；也就是說，結合了‘假（＝非眞）’的形容詞意義與

'託'的動詞意義。例如，"自由，自由，多少罪惡假汝之名而行"
的動詞，'假'只單純地表示"借、藉"；而'冒名頂替'的動詞'冒'
則表示"假冒"而含有"虛僞地"的情狀意義。在許多人的語感上
，連本來與'借用'同義而不表任何貶義的'假借'都逐漸帶上貶義
（如'假借名義'常被解做"虛僞地或不經許可而擅自借用別人名
義"）。因此，我們認爲謝先生所主張的並列式分析在詞源上可能
正確，但是就現代漢語的語感而言偏正式的分析也似乎言之成理
。順便一提的是，陸志韋等（1975:64）把'假充'列爲偏正式複
合動詞。

二·一六 '酸痛'

　　謝先生認爲：'酸痛'的'酸'與'痛'同義（例如《廣雅·釋詁
："瘁〔＝'酸'〕，痛也"），所以是並列式複合（形容）詞，而不是
偏正式複合（形容）詞。相形之下，陸志韋等（1975:69）則把'瘁
（＝酸）痛'分析爲由形容詞語素'酸'修飾形容詞語素'痛'合成的
偏正式複合形容詞。因此，這裡又牽涉到古代訓詁與現代語感之
間之齟齬。《東方書店國語大詞典》1057頁與《國語日報辭典》
850頁對於'酸'都只有"悲痛"的注解，而沒有"痛"的注解；但對
於'酸痛'的注解則分別是'疼（＝痛）'與'肌肉感覺不舒服'。另一
方面，《增訂版標準學生詞典》499頁則對'酸'與'酸痛'分別注
爲"微痛（如'脚酸'）"與"微痛無力"，似乎在'酸'與'痛'之間做
了字義上的區別。根據我們的調查，一般人都接受'我的腿又酸
又痛'或'只有一點兒酸，並不痛'這樣的說法來表示'酸'與'痛'
是兩種不同的感覺；而且，對'你的腿是怎麼個痛法？'的問話，
也以'酸痛'或'有點酸酸地痛'這樣的話來回答。可見，在這些人

的語感裡，'酸痛'的偏正式分析確實有其心理上的實在性。因此，我們雖然並不反對謝先生的並列式分析，但是同時也接受陸志韋等（1975）的偏正式分析；而且，就現代漢語而言，比較傾向於偏正式的分析。

二・一七 '具體'與'抽象'

謝先生認爲：'具體'與'抽象'應該是述賓式複合詞，而不是偏正式複合詞。其實，在我們那一篇文章裡，'具體'與'抽象'這兩個複合形容詞前後兩次在述賓式複合詞與偏正式複合詞裡出現（參湯廷池（1992:34,38））。我們也知道任學良（1981:154）把'具體'與'抽象'都分析爲述賓式。既然如此，爲什麼既要分析爲述賓式，又要分析爲偏正式？這一點本來應該在那篇文章的附註裡加以說明，却忽略了。下面補充說明我們當時的考慮。

謝先生說：'具'是"應有盡有"的意思，並舉趙岐對《孟子・公孫丑上》"……冉牛、閔具體而微"的註解"體者，四枝〔＝肢〕股肱也。……具體者，四枝皆具"。但是'具體'與'抽象'之在現代漢語裡做形容詞使用，並不是由於國人自己的造詞，而是從日語詞彙裡借來的。劉正埮、高名凱、麥永乾、史有爲等編《漢語外來詞詞典》（1984年上海辭書出版社）164頁與66頁分別認爲：現代漢語的'具體'與'抽象'分別來自日語的'具體'〔gutai〕與'抽象'〔chūshō〕；而日語的'具體'與'抽象'則分別意譯英語的'concrete'與'abstraction'〔應該是'abstract'〕。在日語裡，'具體'與'抽象'都做形容詞使用，所以通常都要加上漢字形容詞詞尾的'的'字（讀〔teki〕）；如果要做動詞使用，就要加上漢字動詞詞尾的'化'字（讀〔ka〕），並且還要加上所謂的「輕量動詞」

（light　verb）'する'（相當於漢語的'做'）。雖然謝先生與劉正埰等（1984）都提到'具體'來自'具體而微'的典故，但這恐怕只是猜測，並無日語文獻資料方面的確切證據。日語裡來自漢語的動詞，無論其內部結構如何（如'研究、讀書、證明、橫行'）都可以直接帶上輕量動詞'する'而成爲動詞。但是日語的'具體'與'抽象'必須帶上'化'才能成爲動詞；而且，與其他仿傚漢語所造的日語名詞（如'理想、理性、理智、理論、民主'）一樣，加上'的'可以做形容（動）詞使用，加上'化'（與輕量動詞'する'）可以做動詞使用。因此，我們的推論是：日語的'具體'與'抽象'雖然借用漢字，甚至可能是仿傚漢語詞法造的詞，但是當初造的是名詞，而不是動詞。如果我們的推論是正確的，那麼由動詞語素與名詞語素合成的複合名詞就有偏正式的可能。例如，漢語的'將軍、主席、同學、跳繩、烤肉、積雪、敬酒、配線、回電、罰款、航路、食具、獎狀、贈品'等都由動詞語素與名詞語素合成，但是都應該分析爲以動詞語素修飾名詞語素的偏正式複合名詞。'具體'與'抽象'也就可能分析爲'{具有體/抽出象}這個屬性'，正如'將軍'與'同學'表示'{率領軍隊/一起學習}的人'。任學良（1981：154）說：'抽象'是述賓式動詞，又轉化成形容詞。但是我們雖然可以說'很{具體/抽象}'，却很少說'加以{具體/抽象}'；可見，這兩個複合詞在漢語裡也很少當動詞來使用。我們在那一篇文章中，把'具體'與'抽象'在"V/N（卽動詞修飾名詞）"的項目下列在另外一對來自日語的形容詞'積極'與'消極'後面，就是這個意思。因此，我們一方面贊成任先生與謝先生的述賓式分析，另一方面也把偏正式的分析提供大家做參考。

二·一八 '業已'、'立即'、'果真'、'預先'

謝先生認爲：'業'與'已'、'立'與'即'、'果'與'真'，以及'預先'都分別是同義詞；因此，'業已'、'立即'、'果真'以及'預先'都是並列式複合詞，而不是偏正式複合詞。謝先生的唯一證據仍然是古漢語的訓詁，沒有討論到這些複合詞的語法功能，更沒有考慮到使用現代漢語的人的語感或心理上的實在性。由於篇幅的限制，也爲了避免一再重複同樣的論證，我們在這裡只提到任學良 (1981:192) 把'立即'與'立刻'都列爲偏正式，而陸志韋等 (1975:72) 則把'業已'（副詞修飾副詞）、'立即'（動詞修飾副詞）、'果真、預先'（副詞修飾形容詞）都分析爲偏正式。至於爲什麼謝先生與任、陸兩先生的分析不同，以及兩種分析的優劣何在，就只好請大家自己去分析或論證了。

三、結　語

以上就如何分析漢語複合詞的內部結構，提出個人的看法，以便就教於謝質彬先生。寫這一篇文章的用意，不在爭辯孰是孰非，因爲我們認爲眞理不是絕對的，而是相對的；也就是說，沒有超越時空的絕對而永恆的眞理。尤其，科學的語言學與語言分析在中國仍然是新興的學問；恐怕還要經過許許多多的學者不斷的嘗試與錯誤，漢語詞法的眞相與全貌才能逐漸呈現出來。我們也認爲"批評容易，分析難"，所以從來不對批評的文章提出答辯。但是，謝先生的文章不但有批評，還有自己的分析；而且，評論的態度非常誠懇。我們努力以同樣誠懇的態度來回答謝先生的

批評；同時，虔誠地希望海峽兩岸語言學同道之間的交流從此更
加活潑，更加親善。

　　*本文刊載於《華文世界》(1994)71期42-46頁，並繼續於72
、73、74期刊完。

文言否定詞的語義內涵與出現分佈

　　漢語文言詞彙的否定詞相當豐富，大致可以分爲三類。一類
是相當於現代北平話'沒有'的否定詞，如'罔、末、微、靡、亡
、無、毋、莫'等；另一類是相當於現代北平話'不是'的否定詞
，如'匪、非'；而第三類是其他否定詞，如'弗、不、無、莫、
勿、毋、休、亡、否、未、盍、蓋'等❶。下面分類舉例討論。

　　在例句①裡出現的否定詞都出現於名詞的前面，並可以用現
代北平話的'沒有'來解釋；而在例句②裡出現的否定詞則雖然出

---

❶　以下例句與注解參許（1963）與王力（1962）。又'亡'、'毋'、'無'與
　　'莫'的重複出現於兩類否定詞是由於兼具兩類否定詞的意義與用法的緣
　　故。

現於名詞的前面，却與現代北平話的'不是'同義。①裡的否定詞在句法功能上屬於動詞，而②裡的否定詞則否定補語名詞組或謂語動詞組。

① a. 欲報之德，昊天罔極。(《詩經》·〈小雅蓼莪〉)

　 b. 雖欲從之，末由也已。(《論語》·〈子罕〉)

　 c. 微管仲，吾其被髮左衽矣。(《論語》·〈憲問〉)

　 d. 室靡棄物，家無閒人。(歸有光·〈先妣事略〉)

　 e. 亡是公者，無是人也。(《漢書》·〈司馬相如傳〉)

　 f. 身自持築臿，脛毋毛。(《史記》·〈秦始皇本紀〉)

② a. 我心匪石，不可轉也。(《詩經》·〈邶風柏舟三章〉)

　 b. 子非魚，安知魚之樂？(《莊子》·〈秋水〉)

在例句③裡出現的'莫'，雖然也可以用'沒有'來解釋(如'富人沒有一個肯把女兒嫁給他的'與'沒有一個人和京兆尹講話的')，但是'莫'字底下常與表示'之人'的'者'連用。

③ a. 及平長，可娶妻，富人莫肯與者。

　　 (《史記》·〈陳丞相世家〉)

　 b. 為京兆尹門下督，從至殿中，侍中諸侯貴人爭欲揖(萬)章，莫與京兆尹言者。(《漢書》·〈游俠傳〉)

許 (1963:186-187) 認為：例句③裡的'莫'是與'無'字同義的動詞用法，而例句④裡的'莫'是與'無人'同義的無定代詞用法。試

比較：

④ a. 子曰：「莫我知也乎！」子貢曰：「何為其莫知子也？」
　　（《論語》・〈憲問〉）

　 b. 雖使五尺之童適市，莫之或欺。（《孟子》・〈滕文公〉）

根據許 (1963:186) 的分析，代詞用法的'莫'限於指人，而且只限於充當主語；在語意上相當於'莫…者'。因此，'莫我知'是'無知我者'，'莫知子'是'無知子者'，而'莫之或欺'是'無或欺之者'。

　　否定詞與稱代詞之間的密切關係，不但見於'莫'，而且還見於'弗'。根據許 (1963:211-213) 的分析，例句⑤裡'弗'字的作用相當於'不…之'；也就是說，'弗'是否定詞'不'與代詞賓語'之'的結合體。因此，'弗得則死'是'不得之則死'，'弗受'是'不受之'，'弗食'是'不食之'，而'弗學'是'不學之'。

⑤ a. 一簞食，一豆羹，得之則生，弗得則死。嘑爾而與之，
　　行道之人弗受。（《孟子》・〈告子〉）

　 b. 雖有嘉肴，弗食，不知其旨也；雖有至道，弗學，不知
　　其善也。（《禮記》・〈學記〉）

但是秦漢以後，'弗'（動詞後面不帶賓語）與'不'（動詞後面帶賓語）的區別逐漸消失，後來這兩種否定詞的用法幾乎完全相同，例如：

⑥　a.　後家居長安，長安諸公莫弗稱之。

　　　　　（《史記》・〈魏其武安侯列傳〉）

　　b.　儕輩之中，有弗疾惡之者乎？有弗鄙之者乎？

　　　　　（王陽明・〈示龍場諸生〉）

　　以上否定詞的意義與用法，或者充當動詞（如①到③的例詞）、或者與‘者’（如④的‘莫’）或‘之’（如⑤的‘弗’）結合。但是例句⑦裡的‘毋’與‘不’則似乎可以分析為純粹的否定（副）詞。

⑦　a.　子絶四：毋意，毋必，毋固，毋我。

　　　　　（《論語》・〈子罕〉）

　　b.　子毋讀書遊説，安得此辱乎？（《史記》・〈張儀列傳〉）

　　c.　用臣之計，毋戰而略地，不攻而下城，傳檄而千里定。

　　　　　（《漢書》・〈蒯通傳〉）

　　相形之下，例句⑧裏的‘毋’以及‘無、勿、莫、休’則不是單純的否定詞而表示禁止語氣；因而可以說是充當「情態動詞」（modal verb），相當於現代北平話的‘不要、不可（以）、別’。

⑧　a.　無友不如己者，過則勿憚改。（《論語》・〈學而〉）

　　b.　籍曰：「彼可取而代也。」梁掩其口，曰：「毋妄言！族矣。」（《史記》・〈項羽本紀〉）

　・c.　願早定大計，莫用衆人之議也。

　　　　　（《資治通鑑》・〈赤壁之戰〉）

d. 明月高樓休獨倚，酒入愁腸，化作相思淚。（范仲淹詞）

根據許（1963:187），秦漢以前只用'無、毋、勿'，而秦漢以後才開始使用'莫'。又秦漢以前，無論是表示有無之無或表示禁止之詞，'無'與'毋'都可以通用，但是後世則以有無之'無'爲主，而禁止之詞則多用'毋' ❷。又許（1963:395）認爲；'毋'與'勿'的區別，和'不'與'弗'的區別相似；卽'勿'是'毋'與代詞賓語'之'的結合體。因此，'過則勿憚改'的'勿'改用'毋'的時候就要說成'過則毋憚改之'。另外，① e.的'無'與① f.的'毋'在用法上和⑧ a.的'無'與⑧ b.的'毋'並不相同；前者出現於賓語名詞的前面表示有無之無(動詞用法)，而後者則出現於述語動詞的前面表示禁止(情態動詞用法)。

否定詞'亡' ❸有下列四種不相同但仍然相關的意義與用法：

⑨　a. 不幸短命死矣！今也則亡，未聞好學者也。
　　　（《論語》，〈雍也〉）

　　b. 支離叔曰：「子惡之乎？」滑介叔曰：「亡，予何惡？」
　　　（《莊子》，〈至樂〉）

　　c. 方今天下饑饉，可亡大自損減以救之，稱天意乎？
　　　（《漢書》，〈貢禹傳〉）

---

❷ 參許（1963:394）。
❸ '亡'字在古書中讀〔ㄨˊ〕，與'無'同。'亡'做動詞'不在'解時，讀〔ㄨㅊˊ〕。另外，'亡'做選擇或連接副詞'抑或；還是'解(如'秦之攻趙也，倦而歸乎？亡其力尚能進，愛主而不攻乎？'《戰國策》·〈趙策第三〉)時，古書中有作'妄'或'忘'的，所以宜讀〔ㄨㅊˊ〕。參許（1963:405）。

d.　上遣使者分條中都官詔獄繫者，亡輕重一切皆殺之。

（《漢書》·〈丙吉傳〉）

⑨ a.的‘亡’與‘無’同，是否定詞與動詞的結合用法。⑨ b.的‘亡’
與‘然、唯；是、可（以）’相對，在現代北平話做‘不是（的）’解
。這種獨立用來表示否定的說法，除了‘亡’以外還有‘否’與‘毋’
（如⑩ a.與⑩ b.句）。⑨ c.的‘亡’是純粹的否定詞用法，其作用與
‘不’字同。至於⑨ d.‘亡’，則出現於反義並列詞（如‘輕重、愚
智’）之前，做‘不論、無論、不分’解。‘亡’的這種用法，也見
於‘無’（如⑩ c.句）。試比較：

⑩　a.　公孫丑曰：「樂正子強乎？」曰：「否」。「有知慮乎
　　　？」曰：「否」。「多聞識乎？」曰：「否」。

　　　（《孟子》·〈告子〉）

　　b.　原思爲之宰，與之粟九百。辭。子曰：「毋！以與爾鄰
　　　里鄉黨乎！」（《論語》·〈雍也〉）

　　c.　且天之亡秦，無愚智，皆知之。（《漢書》·〈項籍〉）

否定詞‘未’主要有兩種不同的用法。⑪ a.的‘未’與‘不’並用
而出現於形容詞（‘易’）之前，可見與‘不’字同義。⑪ b. c. d.的
‘未’都出現於動詞‘嘗、聞’❹之前做‘未嘗、未曾、不曾；還沒有’

---

❹　⑪ c.裡動詞‘聞’前面的‘有’可以分析爲表示「完成貌」的「動貌動詞」
　　（aspectual　verb）；⑪ d.裡動詞‘聞’前面的代詞賓語是因爲否定而引
　　起的「賓語提前」（object preposing）。在上古漢語裡，凡是出現於
　　否定詞‘不、毋、未、莫’後面的代詞賓語都要移到動詞的前面來，

解。另一方面，⑪ e. f.的‘未’則出現於句尾，形成正反問句或選擇問句。這種以否定詞之出現於句尾來形成疑問句的情形，除了‘未’以外，亦見於‘否’與‘無’，如⑫的例句。

⑪　a.　人固不易知，知人亦未易也。

　　　（《史記》・〈范雎蔡澤列傳〉）

　　b.　小人有母，皆嘗小人之食矣，未嘗君之羹，請以遺之。

　　　（《左傳》隱公元年）

　　c.　喪爾親，使民未有聞也，爾罪二也。

　　　（《禮記》・〈檀弓〉）

　　d.　仲尼之徒，無道桓、文之事，是以後世無傳焉，臣未之聞也。（《孟子》・〈梁惠王〉）

　　e.　君除吏已盡未？吾亦欲除吏。

　　　（《史記》・〈魏其武安侯列傳〉）

　　f.　今日上不至天，下不至地，出於子口，入於吾耳。可以言未？（《三國志》・〈蜀志諸葛亮傳〉）

⑫　a.　宦三年矣，未知母之存否？（《左傳》・宣公二年）

　　b.　悟道的人，還有喜怒哀樂無？（《清雍正帝御選語錄》）

例如：

（ⅰ）　居則曰：「不吾知也。」（《論語》・〈先進〉）

（ⅱ）　以吾一日長乎爾，毋吾以也。（《論語》・〈先進〉）

（ⅲ）　我無爾詐，爾無我虞。〔‘無’同‘毋’〕（《左傳》宣公十五年）

（ⅳ）　大道之行也，與三代之英，丘未之逮也。（《禮記》・〈禮運〉）

（ⅴ）　諫而不入，則莫之繼也。（《左傳》・宣公二年）

根據王（1962：260-261），這種代詞賓語的提前僅出現於‘不、毋、未、莫’後面，並不出現於‘弗、勿、非、無’後面。

　　文言否定詞，除了與動詞或代詞賓語‘之’結合以外，還可以與疑問詞‘何’結合來形成否定疑問詞‘盍’（古代亦寫作‘蓋’）而做‘何不；為什麼不’解，例如：

⑬　a.　顏淵季路侍，子曰：「盍各言爾志？」
　　　　　（《論語》・〈公冶長〉）

　　b.　王欲行之，則盍反其本矣。（《孟子》・〈梁惠王〉）

　　c.　子蓋言子之志於公乎？（《禮記》・〈檀弓〉）

　　否定詞不但可以單獨使用，而且還可以與其他否定詞連用，因而形成「雙重否定」（double　negation）來強調肯定。常見的否定詞連用有‘莫不、莫非、非不、非無、無…不、無非、未嘗不、未嘗無、未嘗非’等，例如：

⑭　a.　權以示臣下，莫不響震失色。
　　　　　（《資治通鑑》・〈赤壁之戰〉）

　　b.　溥天之下，莫非王土；率土之濱，莫非王臣。
　　　　　（《詩經》・〈小雅谷風北山二章〉）❺

　　c.　非不悅子之道，力不足也。（《論語》・〈雍也〉）

　　d.　非無謀士，非無勁卒，奈權臣不欲戰何。

　　e.　無草不黃，無木不萎。（《詩經》・〈小雅谷風三章〉）

---

❺　文言的‘莫非’與‘無非’做‘無一不是；沒有一個不是、沒有一樣不是’解，與白話的‘莫非’做‘莫不是；別是、只怕、大概’與‘無非’做‘只是、不過’解的意義與用法不同。參許（1963:189-191）。

f. 見子弟甥姪無不愛。（歸有光・〈先妣事略〉）

g. 自耕稼陶漁至為帝，無非取於人者。
（《孟子》・〈公孫丑〉）❺

h. 先帝在時，每與臣論此事，未嘗不嘆息痛恨於桓、靈也。
（諸葛亮・〈出師表〉）

i. 彼眾昏之日固未嘗無獨醒之人也。
（顧炎武・《日知錄》，〈廉恥〉）

j. 雖命之所存，天實為之，然而累汝至此者，未嘗非予之
過也。（袁枚・〈祭妹文〉）

又有些否定詞常與固定的詞語連用，幾乎形成複合詞。例如，⑮
a. b.的'毋乃、無乃'表示推測而做'只怕'解；⑯ a. b. c.的'莫若
、莫如、不如'係就二者衡量優劣得失而選擇可取的一端；⑰ a.
b. c.的'非獨、非唯、非但'以及'非徒、不獨、不唯、不但、不
特'等常與後面的'亦、而又'等搭配而表示'不祇、不只'；⑱ a.
b. c.的'得無、將無'表示測度做'莫非、恐怕、大概'解；而⑲ a.
b.的'未嘗'則表示過去的經驗而做'不曾、沒有過'解。

⑮ a. 得一城而失信於民，毋乃不可乎？

b. 君人者將禍是務去，而速之，無乃不可乎？
（《左傳》隱公三年）

⑯ a. 今為君計，莫若遣腹心自結於外。
（《資治通鑑》・〈赤壁之戰〉）

b. 東亦客也，不可以久。圖久遠者，莫如西歸。
（韓愈・〈祭十二郎文〉）

c. 司馬錯欲伐蜀，張儀曰：「不如伐韓。」

(《戰國策》·〈秦策〉)

⑰ a. 非獨無益，而又害之。(《孟子》·〈公孫丑〉)

b. 服五石散，非唯治病，亦覺神明開朗。

(《世說新語》·〈言語篇〉)

c. 非但我言卿不可，李陽亦謂卿不可。

(《世說新語》·〈規箴篇〉)

⑱ a. 曰：「日食飲得無衰乎？」曰：「恃鬻耳」。

(《戰國策》·〈趙策〉)

b. 問曰：「老莊與聖教同異？」對曰：「將無同」。

(《世說新語》·〈文學門〉)

⑲ a. 子食於有喪者之側，未嘗飽也。(《論語》·〈述而〉)

b. 逝者如斯，而未嘗往也。(蘇軾·〈前赤壁賦〉)

　　從以上文言否定詞的例句與用法，我們可以獲得下列三點結論。

　　(一)古代漢語否定詞數目之豐富❻，是由於這些否定詞除了單純的否定概念以外，還表示其他語意概念(如'無(＝不有)、莫(＝無…者；不要)、弗(＝不…之)、勿(＝毋(＝不要)…之)、非(＝不是)、盍(＝何不)、未(＝不已)、否(＝不V(動詞))'等)的

---

❻ 根據太田 (1958:298) 的統計，在《論語》中出現的否定詞計有'無、毋、莫、勿、亡、末、不、弗、非、否、未、微、盍'十三個，而在《孟子》中出現的否定詞則計有'無、莫、勿、亡、罔、靡、不、弗、非、否、未、微、盍'十三個。除了'靡'與'罔'分別見於來自《詩經》與《書經》的引用，而'毋'與'末'不見於《孟子》('末'字在《論語》中亦僅見一例)以外，這些否定詞應該反映戰國時代魯國的方言詞彙。

緣故。因此，從古代漢語豐富的否定詞彙到現代漢語相當貧瘠的否定詞彙(如現代北平話的‘不、沒、別、甭、休’)反映了漢語否定詞彙從「綜合形式」(synthetic form) 到「分析形式」(analytic form) 的演變。這種否定詞在意義與用法上的分化，從早期‘無’之與‘無有’或‘不有’並用，以及‘無’之原來表示‘不有’與‘不要’到後來分化成‘無’之表示‘不有’與‘毋’之表示‘不要’中可見一斑。

　　(二)各種否定詞屬於一定的詞類與次類，並常具有特定的連用限制。例如，否定詞‘無’❼具有及物動詞用法而可以帶上名詞做賓語，例如：

⑳　a.　大車無輗，小車無軏，其何以行之哉？
　　　　(《論語》·〈為政〉)

　　b.　雖不得魚，無復災。(《孟子》·〈梁惠王上〉)

　　c.　不出戶庭，无咎。(《周易》·〈節〉)

　　d.　眾口所移，毋翼而飛。(《戰國策》·〈秦策〉)

王 (1962:267) 指出：出現於‘無’字後面的動詞或形容詞常可以分析為經過「轉類」 (conversion) 而成為名詞，例如：

㉑　a.　蓋均無貧，和無寡，安無傾。(《論語》·〈季氏〉)

　　b.　孟嘗君曰：「客何好？」曰：「客無好也」。

---

❼ ‘無’字古書上又寫做‘无’或‘毋’。

日：「客何能？」曰：「客無能也。」

（《戰國策》·〈齊策〉）

不過，也有'無'字後面出現動詞'有'的例句，以及不用'無有'而用'不有'的例句。'無'與'無有'的並用，似乎是爲了增加音節或調整韻律❽；而'不有'的'不'則不僅否定'有'，而且否定整個謂語，因而在句法與語意功能上相當於現代漢語的'不是有'。試比較：

㉒　a.　其竭力致死，無有二心。（《左傳》成公三年）

　　b.　雖無有質，誰能間之？（《左傳》隱公三年）

　　c.　有叔如此，不如無有。（《史記》·〈陳丞相世家〉）

　　d.　詩曰：「靡不有初，鮮克有終。」（《左傳》宣公二年）

　　e.　不有博奕者乎？（《論語》·〈陽貨〉）

又如，否定詞'弗'與'勿'兼含代詞賓語'之'，所以出現於這些否定詞後面的及物動詞一般都不帶賓語❾；而否定詞'不、毋、無（＝毋）'則並不包含這種代詞賓語，所以出現於後面的動詞

---

❽　根據太田（1958:302），'無有'的用例到了中世與近世逐漸增多，例如：

　　（ⅰ）　且謂駿物無有殺理。（《世說新語》·〈汰侈〉）

　　（ⅱ）　彼辱者無有罪過。（《大莊嚴論經》卷十二）

❾　王（1962:262）認爲'弗'字後面帶賓語的情形很少見而僅舉'雖與之俱學，弗若之矣'（《孟子》·〈告子上〉）的例句。另外，'勿'字後面也有'百畝之田，勿奪其時'（《孟子》）與'魯人欲勿殤童汪踦'（《禮記》·〈檀弓下〉）等賓語在後面出現的情形；不過，第二句的'勿'出現於陳述句，而非出現於祈使句。

既可以帶賓語，又可以不帶賓語。試比較：

㉓　a.　亟請於武公，公弗許。（《左傳》隱公元年）

　　b.　雖有嘉肴，弗食，不知其旨也。（《禮記》·〈學記〉）

　　c.　一簞食，一豆羹，得之則生，弗得則死。
　　　　（《孟子》·〈告子上〉）

　　d.　無友不如己者，過則勿憚改。（《論語》，〈學而〉）

　　e.　己所不欲，勿施於人。（《孟子》·〈衛靈公〉）

　　f.　左右皆曰可殺，勿聽。（《孟子》·〈梁惠王下〉）

㉔　a.　老婦不聞也。（《戰國策》·〈趙策〉）

　　b.　不問馬。（《論語》·〈鄉黨〉）

　　c.　不知其善也。（《禮記》·〈學記〉）

　　d.　不及黃泉，無相見也。（《左傳》成公二年）

　　e.　無欲速，無見小利。（《論語》·〈子路〉）

　　f.　子毋讀書遊說，安得此辱乎？（《史記》·〈張儀列傳〉）

王（1962:262-263）指出：出現於‘不、弗、勿、毋、無（＝毋）’後面的名詞常可以分析為經過轉類而成為動詞或形容詞，例如：

㉕　a.　晉靈公不君。（《左傳》宣公二年）

　　b.　臣實不才，又誰敢怨？（《左傳》成公二年）

　　c.　小信未孚，神弗福也。（《左傳》莊公十年）

　　d.　毋友不如己者。（《論語》·〈學而〉）

　　e.　子絕四：毋意，毋必，毋固，毋我。

（《論語》・〈子罕〉）

f. 王無罪歲，斯天下之民至焉。（《孟子》・〈梁惠王上〉）

再如，'非'❿可以否定（主語）補語名詞組或謂語動詞組，在句法功能上相當於現代北平話的'不是'，例如：

㉖ a. 是非君子之言也。（《禮記》・〈檀弓上〉）

b. 管仲非仁者與？（《論語》・〈憲問〉）

c. 非不説子之道，力不足也。（《論語》・〈先進〉）

d. 我非愛其財而易之以羊也。《孟子》・〈梁惠王上〉）

e. 我心匪石，不可轉也。（《詩經》・〈邶風、柏舟〉）

f. 匪來貿絲，來卽我謀。（《詩經》・〈衞風、氓〉）

否定詞'莫'除了表示禁止或勸止以外，還可以兼含無定代詞'者'（相當於現代北平話的'的'）而做'無…者、沒有…的；沒有誰、沒有哪一種{東西/事情}'解❶，例如：

㉗ a. 羣臣莫對（＝羣臣沒有誰回答）。

（《戰國策》・〈楚策〉）

b. 不患莫己知（＝不擔心沒有誰了解自己）。

（《論語》・〈里仁〉）

c. 過而能改，善莫大焉（＝沒有哪一種善事比這個更大）。

（《左傳》，宣公二年）

---

❿ 古書上'非'字又寫做'匪'字。

❶ 不過'莫'的否定性無定代詞用法到後來就逐漸消失；因此，'莫'也可以與'者'連用而在意義與用法上相當於'無'，例如：
　　及平長可娶妻，富人莫肯與者。（《史記》・〈陳丞相世家〉）

此外，否定詞'否'兼含動詞（組）而可以單獨成句，並與'亡'獨立
用於應對句中，例如：

㉘　a.　赴以名，則亦書之；不然，則否（＝不書）。
　　　　（《左傳》，僖公二十三年）

　　b.　公孫丑曰：「樂正子強乎？」曰：「否（＝不強）。」
　　　　「有知慮乎？」曰：「否（＝無知慮）。」
　　　　（《孟子》·〈告子〉）

　　c.　客曰：「亡，更言之！」（《戰國策》·〈齊策〉）

　　d.　滑介叔曰：「亡，予何惡？」（《莊子》·〈至樂〉）

最後，在上古漢語中否定詞'不、否、未、非'等已經出現於
句尾形成疑問句；到了唐代連'無'也開始出現於句尾而具有類似
疑問助詞的用法⑫，例如

㉙　a.　子去寡人之楚，亦思寡人不？（《史記》·〈張儀列傳〉）

　　b.　丞相可得見否？（《史記》·〈秦始皇本記〉）

　　c.　君除吏已盡未？（《史記》·〈魏其武安侯列傳〉）

　　d.　是天子非？（《後漢書注引獻帝起居注》）

　　e.　秦川得及此間無？（李白詩）

---

⑫　這些出現於句尾的否定詞可以單獨使用，但也可以與'乎、邪'等疑問
　　助詞或'也'（如'彼中還有這個也無？'、'喫飯也未？'（《祖堂集》））
　　合用。句尾否定詞'無'經過'磨、麼'（如'失損高價，求嗔也磨（王梵志
　　詩）、'張眉努目喧破羅，常翁及母怕你麼'（悉曇頌））等訛化而演變成
　　宋代的'麼'與清代的'嗎'。參太田（1958:360）與（1988:211-222）。

f. 肯訪浣花老翁無？（杜甫詩）

另外，'不'在漢代的文獻中已經出現於述語動詞與補語動詞之間，例如：

㉚ a. 漢兵夜追不得。（《史記》・〈匈奴列傳〉）

b. 今壹受詔如此，且使妾搖手不得。

（《漢書》・〈外戚傳〉）

c. 田爲王田，賣買不得。（《後漢書》・〈隗囂傳〉）

而否定詞'沒'則似乎到了唐代才出現⑬，例如：

㉛ a. 暗去也沒雨，明去也沒雨（權龍褒詩）

b. 鬢髮沒情梳（袁暉詩）

c. 深山窮苦沒人來（李商隱詩）

d. 船頭一去沒迴期（白居易詩）

'無、無有'與'沒、沒有'同時出現以後，後者逐漸取代前者⑭而演變成現代北平話的'沒(有)'，到了元明之間'沒(有)'已經能否定動詞(組)，例如：

---

⑬ 太田（1958:301）認爲否定詞的'沒'是由'陷沒、埋沒'等'沒'的動詞用法演變出來的。

⑭ 根據太田（1958:302）的推測，這個取代的時期大約發生於宋元之間。他反對'沒'由'未(曾)'演變而來的說法，因爲'不曾、未曾'的說法亦多見於中世與近世，而其出現似乎較晚於'沒'的出現。

㉜ a. 更兼又沒有爹娘。(《警世通言》)

　　b. 我從不曾見，回說沒有。(同上)

　　c. 此詩何人所作？沒有落款。(同上)

　　d. 粉房裡沒有呵？(《救風塵》)

　　e. 藥錢也沒有與他。(《金瓶梅詞話》)

　　f. 你想是沒有用早飯。(同上)

　　g. 一夜通沒來家。(同上)

　　h. 還有紙爐蓋子上沒燒過。(同上)

　　i. 不知他還在那裡沒在。(同上)

另一方面，否定詞的'非'則在漢代佛經中開始與'是'連用而形成'非是'，而'非是'又被'不是'取代，例如：

㉝ a. 其子言：「非是正道」。(《阿闍世王經》)

　　b. 妻子奴婢，非是我有。(《齋經》)

　　c. 皆為精進行，為奉佛教，不是愚癡食人施也。

　　　(《禪行法想經》)

　　(三)各種否定詞的選用常與句子的「情態」（modality）、「動貌」（aspect）或「言談功效」（illocutionary force）有相當密切的關係。例如，'勿、毋、無(＝毋)、莫'常用於表示禁止或勸止的祈使句而做'不要、別'解；'非'常用於判斷句與條件句而分別做'不是'與'如果{不是/沒有}'解；'微'經常出現於假設句而做'要不是'解；'未'可以視為'已'的否定而含有完成貌

'還(沒)有'的意思;'盍'❺可以視爲'何不'(＝爲什麼不)的合音
而表示商請或勸令;而其他否定詞則多用於陳述句而表示單純的
否定。試比較:

㉞　a.己所不欲,勿施於人。(《論語》・〈衞靈公〉)

　　b.　大毋侵小。(《左傳》襄公十九年)

　　c.　無使滋蔓。(《左傳》隱公元年)

　　d.　秦王車裂商君以徇曰:「莫如商鞅反者。」
　　　　(《史記》・〈商君列傳〉)

㉟　a.　我非生而知之者。(《論語》・〈述而〉)

　　b.　前日之不受是,則今日之受非也;今日之受是則前日之
　　　　不受非也。(《孟子》・〈公孫丑下〉)

　　c.　吾非至於子之門則殆矣。(《莊子》・〈秋水〉)

　　d.　民非水火不生活。(《孟子》・〈盡心上〉)

㊱　a.　微管仲,吾其被髮左衽矣。(《論語》・〈憲政〉)

　　b.　雖曰未學,吾必謂之學矣。(《論語》・〈學而〉)

　　c.　盍各言爾志?(《論語》・〈公冶長〉)

　　d.　王欲行之,則盍反其本矣。(《孟子》・〈梁惠王〉)

否定詞與情態詞的合用也見於現代北平話的'別(＝不要)'與'甭
(＝不用)';而否定詞與條件連詞的合用也見於'要不(是)、要不

❺　'盍'字古書上又寫做'蓋'或'盇'。

、要麼、（要）不然、否則'等說法⑯。這些否定詞中的演變似乎也顯示從上古漢語的「綜合形式」（單純詞）到現代漢語「分析形式」（複合詞）的發展趨向。

　　*本文曾刊載於《中國語文》(1993) 436 期，45-51頁；437 期，49-55頁；438期，18-23頁。

---

⑰　例如：'要不是，就芸二爺去'（《紅樓夢》，二十七回）；'要不，瞧瞧林妹妹去好'（同上，六十四回）；'不麼，這會子忙的是什麼？'（同上，十六回）；'要不然，老太太叫你進去了，就不得展才了'（同上，十七回）；'否則不但有污辱兄清操，卽弟亦不屑爲矣'（同上，三回）。參太田 (1958:322-323)。

參 考 文 獻

許世瑛 (1963)《常用虛字用法淺釋》，臺北市，復興書局。

王力 (1962)《古代漢語》，北京。

太田辰夫 (1962)《中國歷史文法》，東京都，江南書院。

太田辰夫 (1988)《中國語言通考》，東京都，白帝社。

北平話否定詞的語意內涵與出現分佈

現代北平話的否定詞計有'不、沒、別、甭、休'等五個。其中，'不'是「最無標」(least marked) 的否定詞；因為'不'不含有任何情態或動貌意義，其出現分佈最為廣泛。'不'在北平話的意義與用法，主要有下列七種❶。

(一)出現於謂語或補語(包括動詞(組)、形容詞(組)以及修飾這些詞組的副詞與狀語)的前面來表示單純的否定（「方括弧」〔……〕表示否定詞的「否定範圍」(scope of negation)）。

---

❶　參呂等 (1980:71-73) 的說明與例句。

① a. 他不〔會(流利地説英語)〕。

　　b. 他的英語説得不〔(大)流利〕。

　　c. 他們不〔可能不〔會不〔來(跟你商量)〕〕〕。

(二)單獨出現來回答問話，並表示與問話的意思相反。

② a. "他會來嗎？""不，他不會來。"

　　b. "他不很能幹吧？""不，他很能幹。"

　　c. "再聊一會吧。""不{了/啦}，我有事呢。"

(三)出現於述補式複合動詞或述補結構的述語成分與補語成分之間來表示"不可能"，與表示"可能"的'得'相對。

③ a. 我一個人搬不動這張桌子。

　　b. 這個問題，他解釋了半天都解釋不清楚。

　　c. 這些書裝得進去裝不進去？

(四)以'{動詞/形容詞}不{動詞/形容詞}'的形式來形成「正反問句」(A-not-A question)。

④ a. 你明天去不去？

　　b. 他會不會説英語？

　　c. 這個杯子乾(淨)不乾淨？

　　(五)在 '管 {他/它}' 或 '不管' 的引介下,以 '{動詞/形容詞/名詞} 不 {動詞/形容詞/名詞}' 的形式來表示 "無論這樣或不這樣"。

⑤　a.　不管(你)來不來,都要打個電話給我。

　　b.　不管他畫得好不好,我都要。

　　c.　管他老師不老師,先溜了再說。

　　(六)在 '什麼' 的引介下,以 '{動詞/形容詞/名詞} 不 {動詞/形容詞/名詞}(的)' 的形式來表示 "這樣做或不這樣做都{無所謂/不在乎}"。

⑥　a.　什麼謝不謝的,別提這個了。

　　b.　什麼難不難,只要肯下工夫做就不難。

　　c.　什麼條件不條件(的),沒有條件我們自己創造條件。

　　(七)以 '不…不…' 的形式連接:(甲)兩個詞義相同或相近的單音節動詞來表示 "既不…也不…";(乙)兩個詞義相反或相對的單音節形容詞或方位詞來表示 "適中";(丙)兩個詞義相反或相對的單音節動詞、形容詞、名詞來表示 "既不像這,又不像那,而是一種不大令人滿意的中間狀態";(丁)兩個詞義相對或相關的動詞(組)來表示 "如果不…就…"。

⑦　a.　他不說不笑,一直悶坐在那裡。

b. 他們不聲不響地走開了。

c. 他不胖不瘦，是個中等身材。

d. 他不左不右，是個中間溫和派。

e. 他不(急)統不(急)獨，主張先提倡民主並消滅特權。

f. 你每天都這樣不死不活的，簡直是醉生夢死。

g. 他家的室內裝璜不中不西，很能顯現他那中學為體、西學為用的作風。

h. 最近的年輕人都打扮得不男不女的。

i. 那我們就約定七點鐘在咖啡室見面，不見不散。

j. 不打不(成)相識，他們吵了一場架以後卻變成了朋友。

⑦i，j的例句中以否定詞‘不’來引介條件子句的情形，也出現於下面的例句。

⑧ a. 少壯不努力，老大徒悲傷。

b. 年輕的時候不鍛鍊身體，老了以後就會後悔。

否定詞‘沒’與‘不’在北平話裡形成「互補分佈」(comple-
mentary distribution)；即‘沒’僅出現於‘有’的前面，而‘不’則
出現於‘有’以外的所有詞語的前面。‘有’在北平話裡主要有兩種
用法：一種是出現於賓語名詞組前面充當及物動詞；另一種是出
現於動詞的前面充當表示「完成貌」(perfective aspect)的「動
貌動詞」(aspectual verb；如‘他還沒有來’)或移到動詞的後面
去充當表示完成貌的「動貌標誌」(aspect marker；如‘他已經

來了’)。這也就是說，北平話的‘有’與‘了’是同屬於完成貌語素
‘有’的兩個「同位語」(allomorph)❷，正如北平話的‘不’與‘沒’
是同屬於否定語素‘不’的兩個同位語。這兩個語素與其同位語之
間的關係可以非正式地用下面⑨的「詞音規律」(morphopho-
nemic rule) 表達出來。

⑨　a.　不→沒/—有（必用規律）

　　b.　沒有→沒/__…❸（可用規律）

⑩　a.　有→了/～沒__

　　b.　了#動詞→動詞__了❹（必用規律）

⑨a 規定：北平話的否定詞在‘有’的前面用‘沒’，其他地方一概
用‘不’。而⑨b 則規定：‘沒有’在句中的位置出現的時候，可以
「簡縮」(reduce) 為‘沒’。因此，‘沒’在語意內涵或解釋上仍然

---

❷　參 Wang (1965) 的有關討論與分析。

❸　「斜線」(slash；即‘/’)讀做“在…的語境裡”(in the environment
of…)，而斜線後面的「語境下線」(environmental bar；即‘__’)
表示「改寫箭號」(rewrite arrow；即‘→’) 左邊的詞語（如⑨a.的
‘不’與⑨b.的‘沒有’）所出現的語境（如⑨a.裡的‘不’出現於‘有’的前面
的時候）。又⑨b.裡語境下線後面的「點線」(leaders) 表示後面還有
其他詞語出現（即‘沒有’並不在句尾的位置出現）。在北平話裡，‘沒有’
只能在句中的位置簡縮為‘沒’，但是在所謂的「臺灣國語」裡卻有人把
出現於句尾的‘沒有’都加以簡縮，例如：“你作業做完了沒(有)？”“還
沒(有)。”另外，⑨b.的規律也可以寫做‘有→φ/沒__…’。

❹　⑩a的‘～沒__’表示：當‘有’前面沒有出現‘沒’的時候，動貌動詞‘有’
要變成動貌標誌‘了’；而⑩b.的規律則規定：出現於動詞前面的‘了’要
移到動詞後面做動詞的動貌標誌（如‘了來’要變成‘來了’）。又⑩b.的
規律也可以用‘了’做為完成貌標誌的「基本形式」(base) 而寫做‘了
→有/沒__’（即‘了’在‘沒’後面要改寫成‘有’）。

相當於'沒有'，仍然含有完成貌語素'有'的含義。⑩a與⑩b分別規定：北平話的完成貌語素除了在否定詞'沒'後面用'有'以外，其他地方一概用'了'；而且，出現於動詞前面的'了'要移到動詞的後面做詞尾。依照⑨與⑩的規律，我們可以衍生或認可下面⑪的例句，而排除⑫的例句。

⑪　a.　他昨天來了。

　　b.　他昨天沒有來。

　　c.　他昨天來了沒有？❺

⑫　a.　*他昨天有來。

　　b.　*他昨天沒有來了。

　　c.　？他昨天有沒有來？❻

　　這樣的分析可以預測：北平話裡'沒(有)'與動詞'有'或動貌標誌'了'的出現分佈有許多共同的地方。

　　(一)表示存在的動詞'有'，例如：

---

❺　在閩南話裡，只存在與⑨相對應的"a.唔→無/＿有；b.無有→無"或"唔＋有→無"(即與「'不/沒'交替」('不/沒' alternation)相對應的「'唔/無'交替」('唔/無' alternation))，卻不存在與⑩的「'有/了'交替」('有/了' alternation)相對應的規律)。因此，與北平話⑪的例句相對應的閩南話例句與合法度判斷如下：a.伊昨昏**有**來。b.伊昨昏**無**來。c.伊昨昏**有**來**無**？

❻　在臺灣所使用的北平話裡，⑫的正反問句已經相當普遍地被接受，而且⑫的肯定陳述句也逐漸為大家所接受。這些合法度判斷上的演變不一定是受了閩南語的影響，而可能是由於⑩「'有/了'交替規律」的消失所致。請注意與⑫的例句相對應的閩南話正反問句是'伊昨昏**有**來**無**？'，而不是'*伊昨昏**有無**來？'，因為閩南話裡並沒有後一種說法。

⑬　a.　外面(沒)有人。

　　b.　今天(沒)有風。

　　c.　飯也(沒)有，菜也(沒)有。

(二)表示領有的動詞'有'❼，例如：

⑭　a.　我(沒)有多餘的錢(可以借給你)。

　　b.　他(沒)有兄弟姊妹(可以幫助他)。

　　c.　我(從來沒)有過這樣的經驗。

(三)出現於抽象名詞的前面，並可以受程度副詞修飾的'有'，例如：

⑮　a.　最(沒)有意思的是這最後幾段。

　　b.　他的話太(沒)有道理了。

　　c.　我覺得很(沒)有面子。

(四)出現於數量詞的前面來表示達到這個數量的'有'，例如：

---

❼　表示領有的'有'常可以充當「控制動詞」(control verb)或「兼語動詞」(pivotal verb)使用；因而母句賓語(卽所謂的「兼語」)常可以解釋爲子句動詞在語意上的賓語(如⑭a句)或主語(如⑭b句)。表示存在的'有'也可以有這樣的兼語動詞用法，例如：
（ⅰ）　屋裡沒(有)人在講話。
（ⅱ）　店裡沒(有)這種尼龍傘賣。

⑯   a.   這塊地估計（沒）有五十坪。

       b.   從這裡到火車站大概（沒）有三公里。

       c.   這條魚（沒）有十斤（重）嗎？

（五）出現於形容詞前面而表示比較或相似的‘有’；這時候形容詞可以受程度副詞‘那麼、這麼’的修飾，而且形容詞前面還可以出現名詞組來表示比較或相似的人或事物，例如：

⑰   a.   花開得（並沒）有（碗口）那麼大。

       b.   他的個子大概（沒）有（你）這麼高。

       c.   問題{有（你說的）那麼嚴重嗎？/沒（有）（你說的）那麼嚴

          重。}

（六）出現於動詞的後面（賓語名詞組前面）來表示動作已經完成或事態已經發生的動貌標誌‘了’，例如：

⑱   a.   他去了，但是他太太沒（有）去。

       b.   這一本書我已經看完了，他還沒（有）看完。

       c.   “你見了他沒有？”“我還沒（有）見他呢。”

（七）出現於形容詞後面來表示事態產生或變化的‘了’；這時候形容詞後面還可以帶上數量詞，例如：

⑲   a.   衣服{乾了/還沒（有）乾}。

b. 天氣{暖和了/還沒(有)暖和}。

c. 你的頭髮{白了不少/沒(有)白多少}。

(八)出現於動詞與期間補語或回數補語之間的‘了’；表示動作開始到完成所經過的時間或所發生的次數，例如：

⑳ a. 他{睡了/沒(有)睡}一個鐘頭。

b. 她{休息了兩個月才/還沒(有)休息兩個月就}上班。

c. 這一課書我{念了/還沒(有)念}十遍。

(九)出現於動詞與含有數量詞的賓語之間的‘了’；表示物量，例如：

㉑ a. 他生了三天病；我一天病也沒(有)生。

b. 我買了五本書；你卻一本書也沒(有)買。

c. “你叫他找來了一份材料沒有？”“我沒(有)叫他找材料。”❽

(十)‘是、姓、好像、屬於、認為、希望、需要、作為’等不表示變化而無所謂動作完成的狀態動詞❾，不能與動貌標誌‘了’

---

❽ ㉑c問句裡的動貌標誌‘了’雖然依附於‘來’，但其修飾範圍卻伸及‘叫他找來’。因此，答句裡的‘沒(有)’也出現於‘叫他找’的前面而與‘了’相對應。

❾ 參呂等 (1980:315)。

連用，因而也很少以'沒(有)'來否定，例如：

㉒　a.　他{以前是(*了)/*從來沒(有)是}我的好朋友。

　　b.　他{已經屬於(*了)/*還沒(有)屬於}老一輩的人物。

　　c.　我{曾經希望(*了)/從來沒(有)希望}你去的。

　　(十一)情態動詞'會、(應)該、可以、願意'等不能與'了'連用，因而也不能用'沒(有)'來否定。但是情態動詞'能(夠)、要、肯、敢'等則雖不能與'了'連用，卻可以用'沒(有)'來否定❿。試比較：

㉓　a.　我從來{不/*沒(有)}會講法語。

　　b.　他昨天{不/*沒(有)}(應)該缺席。

　　c.　他昨天因事{不/沒(有)}能(夠)來。

　　d.　我以前{不/沒(有)}敢告訴你事實的真相。

　　(十二)動詞標誌'了'不能出現於動詞與動相標誌之間，卻可以出現於動相標誌之後。因此，'沒(有)'也不能出現於動詞與動相標誌之間，卻可以出現於動詞之前。同樣地，'了'與'沒(有)'也不能出現於述補式結構或述補式複合動詞的述語與補語之間，卻可以分別出現於補語的後面以及述語的前面。試比較：

---

❿　參 chao (1968:731) 與呂等 (1980:341)。

㉔　a.　我{聽到了/*聽了到}電話的聲音。

　　b.　我{沒(有)聽到/*聽沒(有)到}電話的聲音。

㉕　a.　你的話，我{聽清楚了/*聽了清楚}。

　　b.　你的話，我{沒(有)聽清楚/*聽沒(有)清楚}。

　　但是，'沒(有)'與'有、了'之間，在出現分佈上也有下列幾點不同的地方。

　　(一)是非問句與正反問句可以單獨用'沒有'來回答，卻不能單獨用'有'或'了'來回答。這是因為完成貌標誌'了'屬於粘著語素，所以不能離開動詞獨立使用；而且，其同位語'有'也只能出現於否定式的緣故。試比較：

㉖　a.　"他走了嗎？""{走了/沒有/*有/*了}。"

　　b.　"他走了沒有？""{走了/沒有/*有/*了}。"

　　(二)在複合動詞'領有、具有、獲有、佔有、含有、懷有、著有、寫有、刻有'等裡面出現的'有'不能用'沒(有)'來否定。這可能是因為一般複合動詞(特別是偏正式複合動詞)形成「句法上的孤島」(syntactic island)，所以不允許否定詞的插入❶。

---

❶　同時，'{佔/含/懷/寫/刻/埋/藏}有'等裡的'有'常可以用動貌標誌'著'來取代；可見，這裡的'有'不表示動作的完成，而表示狀態的持續。又如果複合動詞是屬於述補式，或合成動詞的後項語素是'完、到、掉、住、了'等「動相標誌」(phase marker)，就可以允許否定詞'不'的插入，例如：'打(不)開、搖(不)動、摔(不)破、煮(不)熱；看(不)完、聽(不)到、賣(不)掉、抓(不)住、忘(不)了'。

㉗ a. 這種水果含(*沒)有多種維他命。

b. 這種人懷(*沒)有不可告人的目的。

　　(三)以動詞組爲補語的控制動詞(包括受主語控制的'開始、繼續、答應、決定'與受賓語控制的'請求、幫助、強迫、命令'等)後面通常不能出現'了',卻可以用'沒(有)'來否定,例如:

㉘ a. 他{已經決定(*了)/還沒(有)決定}明天動身。

b. 她昨天{請求(*了)/並沒(有)請求}我們幫她的忙。❷

這是因爲出現於控制動詞後面的動貌標誌'了'只能表示控制動詞的動貌,而'沒(有)'則可以表示控制動詞與補語動詞二者的動貌。因此,如果把例句㉘裡的'了'移到補語動詞的後面或句尾的位置❸,就可以通。試比較:

㉙ a. 他決定明天動身了。

b. 她昨天請求我們幫(了)她的忙了。

　　(四)趨向助動詞'來、去'後面不能出現'了',卻可以用'沒(有)'來否定,例如:

---

❷ 但是呂等 (1980:316) 卻出現'前天請了一位老紅軍來做了一個報告'這樣的例句。

❸ 出現於句尾的'了'可能應該分析爲由表示完成貌的動貌標誌'了'與表示新情境的句尾助詞'了'經過「融合」(merger) 或「疊音刪簡」(haplology) 而合成的。

㉚ a. 他們都{來(*了)/沒(有)來}看我們。
　　b. 我們昨天{去(*了)/沒(有)去}圖書館讀書。

這也是因為出現於趨向助動詞後面的'了'只能表示趨向助動詞的動貌，而出現於趨向助動詞前面的'有'則可以表示包括主要動詞在內的動貌。因此，'了'可以出現於主要動詞的後面，甚至可以出現於主要動詞與賓語之間。試比較：

㉛ a. 他們都來看(了)我們(了)。
　　b. 我們昨天去圖書館讀(了)書(了)。

　　(五)「連動句」(serial-VP construction)的第二個動詞組可以出現'了'，但是不能出現'沒(有)'，例如：

㉜ a. 我去圖書館{借了/*沒(有)借}兩本書。
　　b. 他剛才打(了)電話{叫了/*沒(有)叫}一輛計程車。

這時因為連動句的第二個動詞組一般都與第一個動詞組表示先後關係、同時關係、因果關係等，所以不允許用否定式的緣故，例如：

㉝ a. 我去圖書館(*{不/沒(有)})借書。
　　b. 他經常戴著帽子(*{不/沒(有)})睡覺。

以上的觀察與討論顯示：北平話的否定詞'不'與'沒'形成互

補分佈的同位語,而且否定詞'沒'與動詞'有'或動貌標誌'了、有'之間在出現分佈上具有極密切的關係。呂等（1980:341）認爲：'沒(有)'用於客觀的敍述,限於過去與現在,不能指未來；而'不'則用於主觀意願,可指過去、現在與未來。但是含有完成貌意義的'沒有'(以及與此相對應的肯定式同位語'了')並非完全不能用來指未來時間。例如,下面例句㉞裡的兩個動作'來'與'吃(完)'都發生於未來。

㉞ a. （如果）到了晚上他還沒(有)來,就打電話告訴我。

b. 等我們吃完了飯,就一起去看電影吧。

可見,'沒(有)'的時間意義或動貌意義,不是由否定詞'沒'本身來表達,而是由完成貌標誌'有、了'來表達。否定詞'不',因爲不與動貌標誌'有、了'連用,所以可以不受完成貌的限制而用於現在、未來、過去以及「一切時」（generic tense）,例如：

㉟ a. 他現在不在家裡。

b. 我明天不上臺北。

c. 他昨天不應該對你撒了謊。

d. 我（一輩子）不喜歡數學。

至於'沒(有)'的客觀敍述功能與'不'的主觀意願功能,恐怕也不是來自否定詞本身,而是來自'有'的狀態意義。動貌詞'有',與其他動貌詞(如'在、過、了')一樣,屬於「靜態動詞」（stative

verb)。因此，情態副詞'好像'只能與靜態動詞(如'懂、會'等)
連用，而不能與動態動詞(如'學、讀'等)連用，卻可以在這些動
貌詞出現之下與動態動詞連用，例如：

㊱　a.　他好像{懂/會}英語。

　　b.　*他好像{學/讀}英語。

　　c.　他好像{學/讀}{過/了}英語。

　　d.　他好像{在/沒(有)}{學/讀}英語。

由於'沒(有)'的狀態意義，動詞的動作意義與意願功能就沖淡或
消失了。同樣地，否定詞'不'本身也不具有主觀意願這樣的語意
功能，因爲出現於靜態動詞前面的'不'只表示狀態的不存在，並
不牽涉主觀意願，例如：

㊲　a.　他一點也不像他爸爸。

　　b.　他姓湯，不姓楊。

　　c.　那一塊土地並不屬於我。

只有以有生(或屬人)名詞爲主語而且以動態動詞爲述語的時候，
'不'才表示動作的不發生，並在語言情境或上下文的襯托下獲得
主觀意願(如拒絕做出動作)的解釋。試比較：

㊳　a.　前天請他他沒(有)來，今天沒(有)請他他卻來了。

b. 前天請他他不來，現在不請他他更不來了。⑭

例句㊳a的'沒(有)來'、'沒(有)請'與'來了'都含有表示完成貌的
'有'或'了'，而且時間副詞'前天'與'今天'都表示過去時間；因
此是針對已經發生的事實做客觀敍述。另一方面，例句㊳b的'不
來'、'不請'與'不來'都不含有完成貌的'有'或'了'⑮，因而表示
動作的未完成或未實現。在'請而不(願)來'與'不請卽更不(願)
來'的語用背景考慮下，前後兩個'不來'就獲得主觀意願(卽拒絕
來)的語意解釋。⑯

　　＊本文刊載於《中國語文》442期19-27頁；443期22-30頁。

---

⑭　例句㊳b採自呂等（1980:341）。
⑮　出現於㊳b句尾的'了'應該解釋爲表示新情境或事態變化的句尾助詞'了'。
⑯　關於北平話否定詞'別、甮、休'以及文言否定詞的意義與用法，參湯
　　（1993a）。又關於北平話否定詞與閩南話否定詞的比較分析，參湯
　　（1993b）。

參 考 文 獻

Chao, Yuen Ren (趙元任)，1968, A Grammar of Spoken Chinese, University of California Press, Berkeley.

呂叔湘等，1980，《現代漢語八百詞》，北京：商務印書館。

湯廷池，1993a，〈文言否定詞的語義內涵與出現分佈〉，《中國語文》，436:45-51，437:49-55，438:18-23。

_____，1993b，〈閩南話否定詞的語意內涵與句法表現〉，《國家科學委員會研究彙刊：人文及社會科學》3.2:224-243。

Wang, William S.Y. (王士元) 1965, 'Two Aspect Markers in Mandarin,' Language, 41. 457-470.

閩南話否定詞的語意內涵與句法表現

(On the Semantics and Syntax of
Negatives in Southern Min)

一、前　言

　　在許多的漢語方言裡，表示否定的詞語常不只有一個。因為除了單純的否定詞以外，還出現由這個否定詞與動貌詞或情態詞合音或合義而產生的「合體否定詞」(complex negative)。例如，在北平話裡，單純否定由‘不’來表示；‘不’與‘有’連用而形成‘沒有’，並經過簡縮而成為‘沒’。‘不’並與‘用’及‘要’連用而分別形成‘甭’與‘別’的合音否定詞。其他，如在早期口語與書面語裡出現的‘休’、‘未’與‘非’等，也都可以分析為‘不要’、‘沒

有'、'不是'等合音或合義否定詞 ❶。這種合體否定詞在古代漢語中卽已普遍存在 ❷，但是隨着年代而逐漸減少。這種否定詞的演變，似乎也顯示從上古漢語的「綜合形式」（單純詞）到現代漢語「分析形式」（複合詞與詞組）的發展趨向。

閩南話裡的否定詞，計有'唔〔m̩〕、無〔bo〕、獪〔be〕、無愛〔bo ai～buai〕、莫愛〔mai〕、（唔）免〔(m̩) bian〕、莫好〔m̩ ho(N)～m̩ mo〕'等 ❸。但是這些否定詞中，究竟那些是單純否定詞，那些是合體否定詞？合體否定詞又是那一個否定語素與那些動貌或情態語素如何合音或合義產生的？這些否定詞的語意內涵、出現分佈與句法表現又如何？各個否定詞在出現分佈上特定的限制或句法上特殊的表現應該如何規範或詮釋？爲了回答這些問題，我們先把 Li (1971)、Lin (1974)、Teng (1992) 與 Saillard (1992) ❹等人有關分析的重點加以介紹，然後再提出我們的評述與自己的分析。

二、 Li (1971) 的有關分析

Li (1971) 分析閩南話的兩個否定詞'無'與'唔' ❺，並認爲

---

❶ 關於北平話否定詞的討論，參湯(1993b)。

❷ 例如，除了'不'以外，尚有'無、毋、莫、勿、亡、末、弗、非、否、未、微、盍'等，參湯(1993a)的有關討論。

❸ 另外有'不'與'非'多出現於文讀的複合詞與成語，或來自北平話的借詞；例如'不過〔put ko(文讀)；m̩ ko(白讀)〕、不但、不時、不便、不孝(子)、不二價、不仁不義、玉不琢不成器'與'非常(時)、非類、非正式、非賣品、非池中物'等。

❹ 我們以中文姓氏來代表中文著作，並以英文姓氏來代表英文著作。

❺ 由於閩南話裏的許多詞語都牽涉到「有音無字」的問題，我們盡量設法尋找適當的字來代表這些詞語：一方面多方參考前人文獻裏已經使用的

(→)

其他否定詞的語意及句法功能與這兩個否定詞極為相似。'無'是'有'的否定，因而在語意及句法上與'有'相對應（如①句）。'唔'實際上代表'唔₁'與'唔₂'，兩個在語意與句法上彼此獨立的語素，因而在句子裡呈現不同的出現分佈（如②到④句）❻。試比較：

①　伊{有／無}來。

②　伊{會／獪}來。

③　伊{欲／唔}來。

④　伊{是／＊獪是／唔是}臺灣人。

根據以上的出現分佈，Li（1971:207）把'無'〔bo〕、'獪'〔be〕與'唔₁'〔m̩〕分別分析為否定語素（Neg(ative)）與'有'〔u〕、'會'〔e〕與'欲'〔beh〕的合體，並把'唔₂'〔m̩〕分析為單純的否定詞。這些否定詞裡，否定語素與後面動詞的合義與合體關係以及'無'、'唔₁'與'唔₂'的詞項記載可以分別用⑤a.與⑤b.來表示。

⑤　a.　Neg ＋'有' → '無'

字；一方面根據「義近」與「音似」兩個標準來做適當的選擇、修改或補充。如果找不到同時滿足這兩個標準的字，就權宜地選擇「義近」的字來代表實詞，而選擇「音似」的字來代表虛詞。如果實在找不到適當的字，就暫且以北平話裡所使用的字來代替。又為了減少印刷的麻煩，我們在這篇文章裏盡可能避免另造形聲字來代表閩南話詞語的做法。

❻　有關 Li (1971) 內容的重點介紹，參 Saillard (1992:5-12)。又為了統一整篇論文的用字，並為了分析上的方便，本文在介紹前人文獻時用來代表閩南話否定詞的漢字，與這些文獻中所使用的漢字並不盡相同。又為了行文的方便，我們把有關論文的部分評述（尤其是有關例句的分析與合法度判斷）記載於附註中。

Neg ＋'會' → '繪'

Neg ＋'欲' → '唔$_1$'

Neg ＋ ϕ → '唔$_2$'

b. '無'　　　　　　　　　　　　　　'唔$_1$'

$$\left\{\begin{array}{l} +\text{neg} \\ +\text{completive} \\ +\text{existence} \\ +\text{V} \\ -\underline{\quad}\text{[-transition]} \\ +\underline{\quad}\text{Adj} \\ +\underline{\quad\quad}\text{NP} \\ +\underline{\quad}\text{PP} \\ +\underline{\quad}\text{Aux} \\ +\underline{\quad}\text{VM} \end{array}\right. \qquad \left\{\begin{array}{l} +\text{neg} \\ -\text{completive} \\ -\text{existence} \\ +\text{V} \\ -\underline{\quad}\text{[-transition]} \\ +\underline{\quad}\text{Adj} \\ -\underline{\quad}\text{Np} \\ +\underline{\quad}\text{PP} \end{array}\right.$$

'唔$_2$'

$$\left\{\begin{array}{l} +\text{neg} \\ -\text{completive} \\ -\text{existence} \\ -\text{V} \\ +\underline{\quad}\text{[-transition]} \\ -\underline{\quad}\text{Adj} \\ -\underline{\quad}\text{NP} \\ -\underline{\quad}\text{PP} \\ -\underline{\quad\quad}\text{Aux} \\ -\underline{\quad}\text{VM} \\ -\text{volition} \\ +\text{Neg} \end{array}\right.$$

⑤的分析顯示：除了語意內涵上的差別以外，'唔'與'無'在句法範疇與功能上也屬於不同的詞類：'唔₁'與'無'是動詞，而'唔₂'則是副詞。又'唔₁'與'無'雖然同屬於動詞，但是二者在「次類畫分」（subcategorization）却有區別：'唔₁'只能出現於形容詞（Adjective）或介詞組（PP）的前面；而'無'則可以出現於形容詞、名詞組（NP）、介詞組、（情態）助動詞（Auxiliary）與狀語（Verbal Modifier)的前面。至於'唔₂'，則只能出現於含有「非轉變」（〔-transition〕）這個語意屬性的極少數動詞(如'是'與'知影')的前面。下面⑥到⑫的例句，說明'無'、'唔₁'與'唔₂'三種否定詞之間不同的出現分佈。試比較：

⑥　伊{無／唔₁〔❼〕／*唔₂}老實。（形容組）

⑦　伊{無／*唔₁／*唔₂}屑。（名詞組）

⑧　伊{無／唔₁／*唔₂}著膣唉。（介詞組）❽

⑨　伊{無／*唔₁／*唔₂}愛來。（助動詞）❾。

---

❼ 我們認爲：'唔₁＋老實(形容詞)'只能出現於條件句裡；例如，'伊若唔₁(肯)老實，就逼(互)伊老實'。

❽ 我們認爲：在⑧裡單獨出現的'著膣'（＝'在田裡'）應該分析爲由述語動詞'著'與處所補語'膣'合成的動詞組（VP）；只有在述語動詞前面出現的時候（如'伊著膣（著）做工')才分析爲狀語介詞組。'著膣'的述語動詞功能可以從'伊有著膣抑無(著膣)？'的選擇問句與'伊有著膣無？'的正反問句裡看出來。

❾ 我們認爲：⑨裡與'唔₁'或'唔₂'連用的'愛來'可以出現於條件句中；例如，'伊若唔愛來，就莫愛來'。參上面例句⑥的合法度判斷與❼。Li（1971:205, fn. 6）本人對於⑨句裡'唔₁愛'的合法度判斷也有所保留，却認爲只有把'愛'分析爲主要動詞的時候'唔₁愛'才能變成合法或可以接受。

⑩ 伊{無／*唔₁／*唔₂}真好。（狀語）⑩

⑪ 伊{*無／*唔₁／唔₂}是學生。（非轉變動詞'是'）

⑫ 伊{*無／*唔₁／唔₂}知影。（非轉變動詞'知影'）

　　綜合 Li (1971) 有關'唔'與'無'的分析，除了區別'唔₁'與'唔₂'以外，並在假設抽象的否定語素或否定「形符」（grammatical formative）'Neg' 之下區別'唔₁'（＝Neg＋'欲'）、'唔₂'（＝Neg＋φ）與'無'（＝Neg＋'有'）的語意內涵，且用次類畫分的方式來規範這些否定詞與各種句法範疇之間的連用限制或出現分佈。

三、Lin (1974) 的有關分析

　　Lin（1974）指出：在詞法身分上，'唔₂'屬於「粘著語素」（bound form）或「依後成分」（proclitic）；所以不能單獨出現，而必須「依附」（cliticized to）於後續的句子成分。這就說明：在閩南話的選擇問句中，爲什麼'無'、'𣍐'與'唔₁'都可以單獨出現於句尾，而'唔₁'則無法出現於這個位置。我們也可以指出：'無、𣍐、唔₁'都可以單獨用來回答問話，而'唔₂'則

---

⑩　我們認爲：⑩裡的'眞好'應該分析爲由程度副詞'眞'與形容詞'好'合成的形容詞組（AP）；'無'所否定的不只是程度副詞'眞'，而是整個'眞好'。因此，⑩與⑥基本上都屬於形容詞（組）的否定；'好'及'老實'與否定詞之間的連用限制也基本上相似。唯一的差別是：'老實'比'好'更容易與情態動詞連用（試比較：'做人愛{老實／？好}'）。我們的分析預測：'好'也與'老實'一樣，可以在條件句與'唔₁'連用；例如，'伊若（講）唔₁好，就叫別人'。

不能如此使用。試比較：

⑬ "伊有來抑是無(來)？""{有／無}(來)。"

⑭ "伊會來抑是膾(來)？""{會／膾}(來)。"

⑮ "伊欲來抑是唔₁(來)？""{欲／唔₁}(來)。"

⑯ "*伊敢來抑是唔₂*(敢來)？""{敢／唔₂*(敢來)}。"**⓫**

⑰ "*伊是學生抑是唔₂*(是學生)？""{是／唔₂*(是學生)。"**⓬**

⓫ 在⑯與⑰的問句與答句裡，只要'唔₂'與情態動詞'敢'或判斷動詞'是'連用，這些句子就可以成立；'敢'後面的主要動詞('來')或'是'後面的補語名詞('學生')則可省可不省。又⑯的例句顯示：'唔₂'可以出現於情態動詞'敢'的前面，而在**⓿**的討論以及'伊(唔)肯來'、'汝(唔)免來'、'汝(唔)好入來'與'伊(唔)願來'等例句裡我們也發現'唔₁'或'唔₂'出現於情態動詞前面的用例。因此，我們認爲：只有'無'可以出現於情態動詞前面這個連用限制並不周延。而且，'愛、肯、免、好、願(意)、情願'等情態動詞本身已經表示主語名詞組的主觀意願；所以在這些情態動詞前面出現的'唔'，究竟應該分析爲'唔₁'抑或'唔₂'，也不無疑問。又我們認爲：閩南話與北平話一樣，除了趨向助動詞'來'與'去'是唯一可能的例外以外，一般所稱的「情態助動詞」(modal auxiliary)事實上只是「情態動詞」(modal verb)。因爲漢語的大多數情態動詞都屬於「受主語控制」(subject-control)的「控制動詞」(control verb)；如'{他(不)／伊(唔)}{愛／肯}〔Pro(代表「空號代詞」(empty pronoun))來〕'，而極少數情態動詞則可能屬於以子句爲補語的「提升動詞」(raising verb)；如'{他(不){會／可能}／伊{(勿)會／(無)可能}}來'則從'e(代表「空號節點」(empty node))({(不){會／可能}／{(勿)會／(無)可能}}〔他／伊〕來)'的基底結構衍生)，在句法表現上與一般的「控制動詞」或「提升動詞」並沒有什麼兩樣，因而殊無另立「情態助動詞」這個句法範疇的需要。不過，我們的分析與結論都與'愛、肯、(情)願'之應否屬於情態動詞或助動詞並無直接的關連。關於漢語情態動詞句法功能的討論，參 Li & Thompson (1981: 172-182) 與湯 (1984)；而關於漢語情態動詞在句子的基底結構所出現的位置以及到表層結構的衍生過程，則參 Lin & Tang (1991)。

⓬ 我們也注意到：閩南話的'是'與'知影'是可以比照北平話以 "動詞＋否定＋動詞" 的句式形成正反問句的極少數的例外動詞；例如，'伊是唔是學生？'、'汝知影唔知影伊的名？'。

Lin（1974）的主要貢獻在於從詞法的觀點來支持閩南話裡確實
有兩種'唔'的存在與區別：一種'唔'屬於自由語素，因而可以獨
立使用，甚至可以單獨成句；另一種'唔'則屬於粘著語素，固而
不能獨立使用，更不能單獨成句。這兩種'唔'的區別似乎與前面
'唔₁'與'唔₂'的區別吻合，因而間接支持 Li（1971）的分析。

四、Teng（1992）的有關分析

Teng（1992）討論'唔'、'獪'與'無'三個否定詞，並分別以
"無意願（intention not to；與「行動動詞」(action verb) 連
用時）；相對（contrary；與「狀態動詞」(state　verb) 連用
時）"、"無可能（unlikelihood；與行動動詞連用時）；相反
(contradictory)或相對（與狀態動詞連用時）"與"不存在（non-
existence；不論與行動或狀態動詞連用時）"這三種語意內涵分
派給這三個否定詞 ❸。他還認為：在閩南話的否定詞中，'唔、
未、免'是由單一的語素形成的「單語素詞」(mono-morphemic
word)，而'無、獪、緩、莫'是由兩個語素合成的「雙語素詞」
(bi-morphemic　word) ❹；而且，'唔'是現代閩南話的「原始

❸　Teng（1992:610）也提到'免、未（但出現於複合副詞'猶未'〔ia-boe〕）
、緩（相當於我們的'莫愛'〔mai〕）'等，但沒有做更進一步的分析與
討論。
❹　但是他並沒有說明：「單語素詞」與「雙語素詞」的區別是如何界定的
。如果說語素的數目是純靠語意來決定的，那麼'未'('已'的否定）與
'無'('有'的否定）的詞義都含有否定與時間或動貌的雙層意義('未'在
'未必、未免、未亡人、未定草、未卜先知、未雨綢繆、革命尚未成功'
等文言或書面語說法裡都做'(還)沒有'解，讀音的〔boe〕也暗示在表
示否定的〔b-〕或〔bo-〕外還有其他語素的存在）；又日語裡'未'的讀
音〔mi〕(反映《切韻》的「吳音」)與〔bi〕反映長安音的「漢音」)也（→）

否定語素」（primitive negative morpheme），其他的「雙語素否定詞」（bi-morphemic negative）**⑮** 都可以分析爲'唔'與（情態）動詞'有、會、愛、好'等的合音：

⑱ a.　唔 ＋有 → 無〔m̩＋u → bo〕**⑯**

表示這個詞裡除了代表否定的〔m-〕與〔b-〕以外 還含有其他語素，並與'無'的吳音〔m-u〕及漢音〔b-u〕相對應；就是'唔'也依照其語意分析應該含有否定語素與表示意願的情態語素。另一方面，如果說語素是純靠語音來決定的，那麼'無、𣍐、勿愛、莫'都可能要分析爲〔b-o〕、〔b-e〕、〔m-ai〕、〔m-mo〕，因而非得承認：漢語的語素除了可以由「音節」擔任以外，也可由「音素」或「聲母」擔任。結果，漢語的「單音(節)詞」(monosyllabic word)不一定就是「(單語素)單純詞」((mono-morphemic) simple word)，也可能是「雙語素複合詞」(bi-mor-phemic compound word)；連北平話的'甭'與'別'也都要分別分析爲〔b-eng〕與〔b-ie〕的雙語素複合詞了。(按：Chao (1968:747) 認爲'甭'與'別'分別是'不用'與'勿要'的「合音」(fusion)，但並沒有主張'甭'與'別'是複合詞。)又'免'〔bian〕與'唔免'〔m-bian〕都表示'不必、無需'(如'汝(唔)免來')，因而'免'在語意上也可能屬於雙語素，在語音上也含有可能表示否定語素的〔b-〕。

⑮ Teng (1992:611) 這段敍述又似乎暗示'未'與'免'也可能是雙語素詞，但是下面⑱的說明並沒有包括這兩個詞。

⑯ 在我們的分析裡，Teng (1992) 的'無、𣍐、勿愛、莫'可以分別由'無有、無會、莫愛、莫好'來表示。這樣的分析與表示法有下列幾點好處：(一)所有合音或合義否定詞都用兩個漢字來代表；(二)凡是含有'無'的否定詞都讀〔b-〕音，而含有'莫'的否定詞都讀〔m-〕音；(三)'無'表示不存在(卽'沒有')，而'莫'則表示勸止(卽'不要')。如此，'莫好'(〔m̩＋ho→m̩ hoN ～ m̩ mo〕)的含義與讀音都比'莫'清楚；'無愛'(〔bo＋ai→bo ai ～ buai〕)與'莫愛'(〔m＋ai→mai〕) 在含義與讀音上的區別也與'汝無(有)愛伊'與'汝唔好愛伊'的差別相對應。'無有'與'沒有'的表示法也似乎有助於閩南話與北平話否定詞的比較分析：(一)閩南話裡'無有'與'唔有'之間的語意關係，一如北平話由'沒有'與'不有'之間的語意關係；(二)'唔'在'有'之前變爲'無'音，一如'不'在'有'之前變爲'沒'音(卽'唔→無／＿有；不→沒／＿有')；(三)'無有'必須合音而成爲'無'〔bo〕，'沒有'不合音但可以簡縮爲'沒'〔mei〕(卽'無有→無；沒有→沒(有)')；(四)'無(有)'與'唔'之間形成互補分佈，一如'沒(有)'與'不'之間的形成互補分佈。

b. 唔 ＋會 → 膾〔m̩＋e → be〕

c. 唔 ＋愛 → 勿愛〔m̩－ai → mai〕

d. 唔 ＋好 → 莫〔m̩－ho → m̩ mo〕

Teng（1992:611-612）認爲：'唔'是閩南話裡唯一表示「單純否定」（simple negation）的否定詞，並且可以與行動動詞或狀態詞連用，却不能與「變化動詞」（process verb）連用。另一方面，'無'則用來表示「泛稱否定」（generic negation），並與「過去時間」（past time）及「完成貌」（perfective aspect）發生關係。他還談到「相對否定」（contrary nega-tion）與「相反否定」（contradictory negation）的問題，並試圖以統一的概念整合'無'在閩南話的各種意義與用法。由於Teng（1992）是新近發表的論文，而且所涵蓋的範圍與所牽涉的問題也較廣、較多，所以在後面我們自己的分析裡再針對這一篇論文做更詳盡的評述。

五、Saillard（1992）的有關分析

Saillard（1992）的碩士論文，首先對前面所引述的幾篇論文做了簡單扼要的介紹以後，提出自己的觀點與分析，並順便對前人的文獻做了某些評述。她與 Teng（1992）一樣，並不在閩南話裡區別兩種不同的'唔'，而且也把'唔'視爲表示單純否定的否定詞，但出現於行動動詞前面的'唔'則兼表主觀意願。至於其他的否定詞，則一律分析爲「否定情態詞」（negative modal）；並依其音節數目的多寡，分爲：(a)「單音(節)否定情態詞」、

(b)含有‘會’的「雙音（節）否定情態詞」❶與③其他雙音否定情態詞(可再細分爲與‘無’連用的(i)類及與‘唔’連用的(ii)類)❶，如下面⑲。

⑲　a.　無、𣍐、勿愛、免

　　b.　𣍐曉、𣍐使、𣍐得、𣍐當

　　c.　(i) 無愛、無應該、無應當、無可能；

　　　　(ii) 唔愛、唔捌、唔敢、唔肯、唔通

她認爲：除了‘唔’的「非情態用法」（non-modal　use）⑲以外

---

❶　Saillard (1992:23) 的原文是："在肯定式中出現於其他情態詞後面的「多音(節)情態詞」(polysyllabic negative modal)"。但是所舉的例詞都屬於以‘會’爲前項語素的雙音詞。

❶　她的原文是："在肯定式中不出現於其他情態詞的多音否定情態詞"。但是在她所舉的例詞‘應該、應當、可能’裡出現的‘應、該、當、可、能’等語素都可以分析爲情態詞。又‘無愛’讀成〔bo ai〕時固然是雙音詞，但讀成〔buai〕時却是單音詞。

⑲　Saillard（1992:24）關於這一部分的文字與內容容易令人產生疑義。因爲她在二十三頁20至21行中曾說："由‘唔’否定的〔動詞〕都不帶情態成分"。同時，出現於名詞、動詞或形容詞前面的‘無’並不表示特別的情態意義（除非把‘有’所表示的「不存在」或「未實現」也解釋爲情態意義）。另外，在「否定情態詞」中，‘免’的情態來源與詞彙結構比較特別。例如，‘免’〔bian〕不能分析爲由表示否定的〔b-〕與另一語素〔-ian〕合成，因爲我們根本不知道‘-ian’這個語素可能代表什麼意義。又如，‘免’的否定‘唔免’却與‘免’同義；除了雙音詞可能比單音詞更能强調免除或許可的情態意義以外，二者之間在意義與用法上似無差別（但參下面㉓）。雖然北平話裡也有肯定與否定同義的情形(如‘好(不)容易才買到票’、‘差一點(沒有)昏過去’)，但是我們却推測；閩南話‘免’(可以不、不必)的否定與情態意義，與北平話‘休’(不要)的否定與情態意義一樣，都來自‘免’的動詞用法(如‘免禮、免稅’)，然後在與其他「否定情態詞」的比照類推下(請注意在⑳a.的否定情態詞一覽表
（→）

，所有閩南話的否定詞都與情態詞有關，甚而與情態詞合音而成爲單詞(如⑲a.)的‘無、繪、勿愛、免’等)；然後依照傳統的分類法，把這些否定情態詞分成(a)表示義務、許可、禁止、能力等的「意願情態詞」(deontic modal)與(b)表示推測、可能性等的「認知情態詞」(epistemic modal)。

⑳　a.　（勿）愛、（無）應該、（無）應當、（勿）會使、
　　　　（勿）會得、（勿）會當、（唔）通、免、唔敢、唔肯⑳

　　b.　（無）有、（勿）會、（勿）會曉、（無）可能、唔捌㉑

接着，她在毫無分析與討論之下主張：(一)認知情態詞的‘（勿）會’(如‘這本册會眞重’)是「提升動詞」㉒，因爲補語子句主語

　　　裡，只有‘免’沒有帶上否定語素)產生‘唔免’的說法。這種由於比照類推而產生的錯誤用法也見於北平話裡‘別’及‘休’與‘要’的連用（‘別’與‘休’都表示‘不要’而不應該再與‘要’連用)；例如，‘小囚兒，你別要說嘴’(《金瓶梅詞話》)，‘你休要打我’(《救風塵》)。Saillard（1992: 24)也承認‘免’的特殊性，却在毫無討論之下認爲‘免’是「非衍生詞」(non-derived word)。

⑳　我們還可以加上表示禁止或勸止的‘唔好’。

㉑　把表示“所有、存在、完成”的‘無、有’歸入認知情態詞似乎有些勉強。表示「完成貌」的‘有’宜與英語的‘have (V-en)’一樣歸入「動貌(助)動詞」(aspectual (auxiliary) verb)；表示能力的’（勿）會曉’也應歸入意願情態詞；表示經驗的‘捌’應否歸入意願類也值得商榷。‘（無）可能’的‘可能’，除了充當情態詞以外，還可以有名詞用法(如‘伊無{這／彼}個可能來做這款代誌’)；而且，後面可以帶上其他情態詞(如‘伊可能{會／會當／會曉／愛／應該／敢／免}來’)，而這些情態詞與動詞都可以同時受到否定(如‘伊無可能勿會唔來唉’)。

㉒　Saillard（1992:25）這個主張是以郭（1992)的分析爲根據的，並在該頁脚⑬裡說：郭(1992)所稱的「控制動詞」(意願情態詞)與「提升動詞」(認知情態詞)精確地說應該是「(受)主語控制」的控制動詞與
　　　　　　　　　　　　　　　　　　　　　　　　　　　　　　(→)

〔其實也是母句主語〕不是由情態動詞來決定的，而是由子句的述語動詞來決定的；(二)意願情態動詞的'免'是「主語控制動詞」，因爲'*這本册免眞重'的不合語法是由於母句主語('這本册')與情態動詞'免'的不能連用，而非由於子句主語('PRO')與述語形容詞('眞重')的不能連用㉓。此外，她也參考 Cheng (1981)

「(從主語)到主語」的提升動詞；又以'可能'做爲提升動詞分析時，由於補語子句的主語名詞組不必提升移位，因而導致母句主語位置的空缺，並與主張句子的主語位置必須填滿的「管(轄)約(束)理論」(GB theory) 發生衝突云云。但是意願情態動詞是以含有空號主語的子句爲補語的「二元述語」，因而只可能「受主語控制」，不可能「受賓語控制」；管約理論的「格位理論」(Case theory) 與「論旨理論」(theta theory) 也只允許「從主語到主語」的提升，而不允許「從主語到賓語」的提升，更不允許「從賓語到主語」或「從賓語到賓語」的提升。又把漢語認知情態動詞分析爲提升動詞的理論問題主要有二：(一)如何以獨立自主的論證來支持漢語裡需要'〔IP e V 〔IP …〕〕'的基底結構，即認知情態動詞是以子句爲補語而非以子句爲主語的述語動詞；(二)如何以獨立自主的論證來主張認知情態動詞的補語子句是「非限定子句」(non-finite clause)，因而補語子句的主語名詞無法在子句內獲得格位而必須移入母句，以便獲得格位。管約理論僅以「擴充的投射原則」(the Extended Projection Principle) 或「主謂理論」(predication theory) 來規範有些自然語言的句子主語必須在表層結構出現。但這個主語可能是「實號名詞組」(overt NP)，也可能是「空號代詞」(covert pronoun)；包括「小代號」(pro) 與「空號填補語」(null expletive))；而個別自然語言是否允許空號主語則是屬於「參數」(parameter) 或「參數變異」(parametric variation) 的問題。至於漢語應否承認空號填補詞的存在，那又是另外一個問題。又'可能'除了充當情態動詞(如'他可能會來')以外，還可能充當副詞(如'可能他會來')；因此，'可能'的出現於句首也不是一個問題。

㉓ Saillard (1992:25-26) 這段分析與敍述並不完全正確。認知情態動詞是以命題或子句爲陳述對象的(如'〔〔這本册眞重〕會〕'或'〔e 會〔這本册眞重〕〕')，所以充當母句述語的認知情態動詞對於補語子句裡主語名詞與述語動詞之間的連用限制完全不能過問。但是我們却不能據此認定這個認知情態動詞就是「提升動詞」(英語的'will'也具有與閩南語的'會'相似的句法與語意特徵，但是不能因而斷定英語的'will'是提升動

(→)

所提供的語料來檢驗 Teng（1992） 所提出的否定詞'唔、燴、
無'與行動動詞、狀態動詞、變化動詞之間的連用限制，以及'無'
與「泛稱否定」之間的連帶關係。她的結論是：她自己的調查結
果與 Teng（1992）所做的結論頗有出入❷；而且，她也不同意

詞）。又「主語控制動詞」（subject-control verb）要求補語子句的主
語（'PRO'）必須受到母句主語的控制（即 PRO 與主語名詞必須「同
指標」（co-indexed））；母句主語與情態動詞之間的連用關係倒不是關
鍵問題。情態動詞'免'的「意願來源」（deontic source）是「說話者」
（speaker），而「意願對象」（deontic target）是句子的主語名詞；因
此，'免'做'可以不（做）'解時，主語名詞常用屬人名詞（如'{汝／伊}'明
仔早免來'）。但是'免'做'不必'解時，主語名詞也可以用無生名詞（包
括抽象的行為名詞），述語也可以是形容詞（如'（帶）厝(唔)免大（間）'與
'（娶）某(唔)免水'；有些人認為表示'不必'時，'唔免'似比'免'自然
通順。不過，這個時候主語名詞組通常都是「泛指」（generic），而不
是「殊指」（specific）或「定指」（definite）的。'這本冊免{讀／印／
送／推銷／出錢買}'這些例句，與'*這本冊免眞重'一樣，都在表面上
以'這本冊'為主語，並以'免'為情態動詞，但都是合語法的句子。這是
因為在這些例句裡'這本冊'充當主題並以「空號代詞」（pro）為主語，
具有'〔這本冊〔0_i〔pro 免 {讀／印／推銷／出錢買} t_i〕〕〕'（'t'代表
'這本冊'或「空號運符」（null operator）移位後所留下的「痕跡」
（trace））'的句法結構分析。另一方面，'*這本冊免眞重'却由於'這本
冊'的定指與述語形容詞'眞重'的選擇而不容易獲得'不必'的解釋；而
把'免'解釋為'可以不'並以'這本冊'與'pro'分別充當主題與主語所分
析的句子（即'*〔這本冊〔pro 免〔PRO 眞重〕〕〕'）之所以不合語法
，是由於補語子句的空號主語'PRO'並未受到母句主語'pro'的控制，
反而受到主題名詞'這本冊'的控制的緣故。根據「控制理論」（control
theory），「大代號」必須受到出現於「論元位置」（A-position）的
句法成分（如主語或賓語）的控制而尋得其指涉對象，不能以出現於「非
論元位置」（A-bar position）的主題為其「控制語」（controller）而
獲得指涉對象。Saillard（1992）的論文中出現不少有問題的分析與討
論，我們不再一一詳細評述。

❷ 她在三十頁的註15中提到：這些出入的部分原因可能來自 Cheng
（1981）與她的語料是根據臺灣南部的閩南話，而 Teng（1992）的語
料是以臺灣北部的閩南話為基礎。

只有‘無’能參與泛稱否定，因為‘膾’與狀態動詞連用時也可以表示泛稱否定。最後，她還討論‘無’的句尾助詞用法、否定範域、否定詞提升、否定連用詞等問題。

六、我們的分析：兼評前人文獻

以上我們扼要介紹了Li (1971)、Lin (1974)、Teng (1992)、Saillard (1992) 等論文的主旨，並利用附註對這些論文的部分內容做了評述。在這一節裡，我們要提出自己的分析與結論，並在進行分析的過程中針對以上論文的有關部分做更詳細的評述。

(一)我們把閩南話的否定詞分為：(甲)讀成單音節的「單純否定詞」（simple negative），如‘唔、無、膾、無愛〔buai〕❷⑤、莫愛〔mai〕、莫好〔m mo〕❷⑥、免’以及(乙)讀成雙音節的「合成否定詞」（complex negative），如‘膾{曉／使／得／當}’。也就是說，只有否定詞在語音上變成「依後成分」（proclitic）而與後面的動詞「合音」（fusion）形成單音節時，才承認有「單詞化」(lexicalization) 的可能。至於單獨成音節的否定詞(包括‘唔’〔m〕)與動詞的連用，則一律視為句法上的結合❷⑦。我們說這些否定詞有「單詞化」的可能，因為我們認為這

---

❷⑤ 我們把讀成雙音節〔bo ai〕的‘無愛’分析為否定詞‘無’與動詞‘愛’的連用。

❷⑥ 這是 Teng（1992）‘莫’的讀音。如果這個讀音是讀成兩音節〔m mo〕，那麼我們就與〔m ho〕或〔m hoN〕的讀音一樣視為否定詞‘唔’與情態動詞‘好’的連用。

❷⑦ 這個觀點與我們對北平話否定詞的分析立場一致：只有合音的‘甭’與‘別’是單純否定詞，‘沒’是‘沒(有)’的「簡縮」（reduction）；而其他情形則一律視為句法上的結合。

些否定詞以羅馬音拼字時應該拼成一個單詞，甚至不反對把這些
否定詞用一個方塊字來書寫。但是我並不主張這些否定詞一定要
以單詞的形式儲存於詞彙裡，因爲除了儲存於詞彙之外還有其他
可能的處理方式：例如，否定詞在句法結構裡獨立存在，然後在
「語音形態」（phonetic form）裡才與後面的詞語（如情態動
詞與動貌動詞等）合成單音節；一如英語的'{will/shall/must/
ought/have}'等與否定詞'not'都在句法結構上各自獨立，而在
語音形態上才合成'{won't/shan't/musn't/oughtn't/haven't}'
。我們也注意到：這些否定詞裡否定語素'勿、無、莫'（其實都
是否定語素'唔'幾種不同的語音形態或書寫方式）與動詞語素的
結合，與'無聊、唔願、不服、勿忘草'等複合詞裡否定詞語素與
其他語素結合的情形並不相同。'無聊、唔願、不服'裡的'聊、
願、服'都是不能單獨出現或自由運用的粘着語，也不能直接受
程度副詞的修飾而說成'*眞{聊／願／服}'。但複合詞'無聊、唔
願、不服'是可以單獨出現而自由運用的自由語，也可以受程度
副詞的修飾而說成'眞{無聊／唔願／不服}'；而且，在這些複合
詞裡否定語素'無、唔、不'的「否定範域」（scope of negation）
只限於複合詞內部，並不及於複合詞外部。反之，'燴、無愛、
莫愛、燴曉、燴使'等否定詞裡的'會、愛、會曉、會使'本來就
是可以單獨出現而自由運用的自由語；而且，否定語素'勿、無
、莫'的否定範域也不限於這些「否定情態詞」的內部而及於外
部。例如，在'我{無／燴／無愛／燴使}讀三本冊'的例句裡，所
否定的不只是'有、會、愛、會使'等動貌或情態動詞，而且還包
括'讀三本冊'。因此，'我無讀三本冊'並不表示'讀書'的行爲根
本沒有發生，而只表示所讀的書不到三本。另外，'〔〔勿忘〕草〕'

的詞法結構分析顯示，否定語素‘勿’修飾動詞語素‘忘’形成‘勿忘’之後，‘勿忘’再以定語的功能修飾名詞語素‘草’而形成獨立的複合名詞。反之，‘𣍐{曉／使}’則只能分析爲‘〔勿〔會{曉／使}〕〕’，而且並沒有形成複合詞；因爲‘會曉’與‘會使’本身是可以單獨出現的複合動詞，否定詞‘勿’本來也是獨立的詞，只是在語音上變成「依附成分」（clitic）而與後面的‘會’合音而已（與英語的‘not’變成依附成分‘n't’而與前面的動詞合音的情形並無二致）。因此，在句法結構上，‘勿’與‘會{曉／使}’是兩個獨立的詞；‘𣍐曉講英語’的詞組結構分析不應該是‘〔〔𣍐曉〕〔講英語〕〕’，而應該是‘〔勿〔會曉講英語〕〕’。就這點意義而言，Saillard（1992）所稱的「否定情態詞」（negative modal）可能是容易引人誤解的「誤稱」（misnomer）。

　　（二）在我們所列舉的否定詞中，唯一沒有與動貌詞或情態詞連用而單純地表示否定的是‘唔’[28]。Li（1971）、Teng（1992）與 Saillard（1992）都提到‘唔’的「意願意義」（volitional meaning）。Li（1971）認爲這個意願意義（〔＋volition〕）是否定詞‘唔₁’（＝Neg＋欲）固有意義的一部分，因而把這個‘唔₁’與不具有意願意義的‘唔₂’（＝Neg＋∅）加以區別；並且還認爲‘唔₁’具有動詞的屬性（〔＋V〕）而可以出現於「非變遷動詞」（〔−transition〕，如‘是、知（影）、敢’）以外的動詞[29]、形

---

[28] 這個觀點與 Li（1971）‘唔₂’（＝Neg＋φ）與 Teng（1992）‘唔’的分析相似。我們與 Teng（1992）相同而與 Li（1971）不同的是根據下述理由不在‘唔₁’與‘唔₂’之間做區別。

[29] Li（1971:208）爲‘唔₁’所規定的「次類畫分屬性」（subcategorization feature）中，並沒有表示可以出現於動詞前面的‘＋〔＿＿V〕’（→）

容詞或介詞組的前面，而'唔₂'則不具有動詞的屬性（〔−V〕）並只能出現於「非變遷動詞」的前面。如果我們細看 Li (1971: 208) 爲'唔₁'與'唔₂'所規範的語意句法「屬性母體」（feature matrix），那麼不難發現這兩種否定詞的語意屬性'+neg, −completive, −existence'完全一樣，而句法屬性'___〔−transition〕, ___Adj, ___PP'的正負值則正好相反❸，而且都不能出現於名詞組的前面（'−〔___NP〕'）。以上的觀察顯示：'唔₁'與'唔₂'，除了「意願」與「非意願」的差異以外，所表示的語意內涵完全相同；而二者所出現的句法語境則形成「互補分布」

─────────

（或+〔___〔+transition〕〕），而只有表示不能出現於「非變遷動詞」前面的'−〔___〔−transition〕〕'。雖然次類畫分屬性一般都不用語意屬性來表示語境，更不用「負值」（'−'）來消極地規定不能出現的語境，但我們仍然把他的符號解釋爲"可以出現於「非變遷動詞」以外的動詞前面"（亦可改寫爲積極規定的"可以出現於「變遷動詞」的前面"，即'+〔___〔+transition〕〕）；又 Li (1971) 對於「變遷」與「非變遷」動詞之區別，除了舉些少數的例詞以外，並未做詳細的說明。

❸ '唔₂'的句法屬性中還有'−〔___VM〕'與'−〔___Aux〕'。根據 Li (1971) 的例句，'VM' (verbal modifier) 指的是'眞好'（例句 (11, ii)）的'眞'；如此，'VM'可以分析爲修飾形容詞的程度副詞，並與上面的'−〔___A〕'合併爲'−〔___AP〕'。'〔___Aux〕'的句法屬性沒有出現於'唔₁'的屬性母體中，所以我們並不知道'唔₁'是否能與情態動詞連用（如果所有的句法屬性都用「正值」（'+'）來表示，那麼我們就可以推定凡是沒有在屬性母體裡登記的語境都不能出現。但是由於屬性母體裡「正值」與「負值」並用，所以我們也不能做這樣的推論）。同時，情態詞'肯、愛'本身含有意願意義；因此，我們很難決定出現於這些情態詞前面的'唔'究竟是'唔₁'還是'唔₂'（如果說'肯、愛'表示意願，所以出現於前面的'唔'必然是'唔₁'，那麼決定意願意義的不是'唔'，而是後面的動詞了）。'唔₁'與'唔₂'之間唯一不同的是：'唔₂'底下記載著表示「非意願」的'−volition'與表示「語法形符」（grammatical formative）的'+Neg'，而'唔₁'底下却沒有這樣的記載。但是這個差別並非觀察語言事實所獲得的客觀描述，而是作者所提出的主觀假設；而我們所急需探討的是這個假設的眞僞。

（complementry distribution）。這就表示'唔₁'與'唔₂'並不是
兩個獨立的語素，而是共屬於同一個語素的兩個同位語；甚至事
實上可能只有一個語素'唔'，並沒有兩個同位語'唔₁'與'唔₂'。
也就是說，所謂意願或非意願，並非'唔'本身的固有意義，而可
能是由述語動詞的語意屬性(如「行動動詞」（action verb)、
「狀態動詞」（state verb)、「完成動詞」(accomplishment
verb)、「終結動詞」（achievement verb）等區別)，時制
與動貌意義「語態」(mode) 的「真實」 (realis) 與「非真實」
(irrealis)，以及主語名詞的「主事性」 (agency) 與「定指性」
(definiteness) 等諸多語意因素「滙集」 (amalgamate) 所得
到的語意或語用解釋❸。

　　Teng （1992）即從這個觀點探討否定詞'唔'的意願意義
。他認為：（一）'唔'與行動動詞連用時表示「主事者」(agent)
的意願而含有'拒絕（refusal to)、無意 (intention not to)'
等意思；（二)除了少數例外（如'好、驚、敢、是'❷)以外，'唔'
一般都不能與狀態動詞連用；（三）'唔'不能與「變化動詞」'沈
、破、醒'等連用。我們基本上贊同 Teng (1992) 的觀察結果，
但是願意更進一步討論：在那些語意、句法或語用條件下可以獲
得'唔'的「主觀意願」解釋。

　　（甲)主語名詞經常都是「有生名詞」（animate noun)，
特別是「屬人名詞」（human noun）；以包括抽象名詞在內的

---

❸　參湯(1993b)針對 Chao (1968)、呂等(1980)與朱(1984)所稱北平話的
　　'不'表示「主觀意願」的立場所做的評述。
❷　我們還可以加上'通（＝能)、著（＝對)、捌（＝曾)、肯、愛、甘(願)'
　　等。

「無生名詞」（inanimate noun）爲主語的句子，無法用‘唔’否定。這是因爲只有有生名詞才有主事性而可以充當行動動詞的主語。試比較：

㉑ a. 天氣太熱，{囝仔／狗仔}唔(肯)呷(飯)。

b. {伊／*樹仔}唔(肯)振動。

c. {伊／狗仔／*行情}唔(肯)爬起。

但是也有人認爲：‘車(＝汽車)、計程車’等雖然是無生名詞，但因本身裝有引擎馬達並可供人駕駛而具有啓動行走的能力，所以在適當的語境下也可以與‘唔’連用，例如：

㉒ a. 車(若)唔發動，我哪有什麼辦法？㉝

b. 時間傷過晏，{司機／計程車}唔(肯)來。

以表示自然力的‘天’等爲主語的句子，有時候也可以與‘唔’連用，例如：

㉓ 天若唔落雨，哭也無路用。

(乙)主語名詞組一般都是「定指」（definite）、「殊指」(spe-

㉝ 參與此相對應的英語例句‘The car won't start’裡‘won't’的用法。日語裡也有‘車がスタートしない’(＝‘車子{不肯發動／發不動}’)這樣的說法。

cific)或「遍指」(universal)的。以「泛指」(generic)名
詞組充當主語的句子雖然常用'無'或'繪'否定，但是許多人也接
受用'唔'否定的例句。試比較：

㉔ a. 汝的朋友明仔早{會／欲／唔}來。

 b. (我)有一個朋友明仔早{會／欲／唔}來。

 c. {每一個／大家}攏{會／欲／唔}來。

 d. 狗仔和貓仔攏{無／繪／唔}呷草。

(丙)屬於「動態」(actional)的行動動詞一般都可以用'唔'否
定而表示主語名詞主觀意願的否定(即拒絕或無意)。但是如果
行動動詞帶上'有、了、著、煞(＝完)、掉'等「動相標誌」
(phase marker)、'{落／入}(去)'等方位補語以及期間、回數
、狀態、結果等各種補語而變成完成動詞或終結動詞，那麼就不
能用'唔'否定，而用'無'或'繪'否定。試比較：

㉕ a. 伊早起時{唔／無／繪}讀冊。

 b. 伊(*唔)讀有冊；伊讀{*唔有／無(有)㉞}冊。

㉖ a. 伊人無爽快{唔／無}呷飯；飯呷了伊就來。

㉞ '讀有(冊)'(＝讀得懂(書))的'有'是表示成就的動相標誌，不能把'有'
或'無'放在動詞前面肯定(存在或發生)或否定(如'*伊{有／無}讀有冊')
，而只能把'有'或'無'放在動相標誌的前面肯定或否定；例如'讀無有
(冊)→讀無(冊)'與'讀有有(冊)→讀有(冊)'。'無有'的'無'(也可能是
基底結構的單純否定語素'唔')與'有'合音而成爲'無'；而'有有'則經
過「疊音刪除」(haplology)而成爲'有'。

  b. 飯{*唔呷／呷無}了，伊就來。

㉗ a. 汝({唔／無})找頭路(嘛無要緊)。

  b. 汝{{*唔／無／？膾}找／找{*唔／無／膾}著}頭路（嘛無要緊）。

㉘ a. 飯，我{(唔)呷／(*唔)呷落去(唉)}。

  b. 飯，我呷{*唔／無／膾}落去(唉)。

㉙ a. 這本册，我{*唔／無／膾}讀三點鐘。

  b. 這本册，伊{??唔㉟／無／膾}讀五擺。

  c. 彼隻馬{*唔／無／膾}走甲(＝得)真緊＝(快)。

  d. 伊{*唔／無／膾}氣甲面色攏變。

(丁)屬於「靜態」(stative)的狀態動詞(包括形容詞)的否定，一般都用'無'(否定事態的存在)，或'膾'(否定事態的變化或發生)，不能用'唔'否定。試比較：

㉚ a. 李小姐{*唔／無／膾}(傷){肥／瘦／高／矮}。

  b. 李小姐{*唔／無／膾}(傷過){老實／親切／古意／骨

㉟ 例句㉙a.b.裡如果出現情態動詞'肯'，句子的合法度就會明顯地改善；例如，'這本册，伊唔肯〔PRO讀{三點鐘／五擺}〕'。這可能是由於在這個例句裡期間與回數補語都只修飾或限制子句動詞'讀'，而不修飾母句動詞'肯'；也就是說，只有子句動詞'讀'因期間與回數補語的出現而「受限」或「有界」(bounded)，所以不能與'唔'連用，但這並不妨礙母句動詞'肯'與'唔'的連用。這個分析與結論也支持意願情態動詞是「控制動詞」，而不是「助動詞」。又雖然在動詞後面帶有補語但是仍然做行動動詞使用的時候，可以用'唔'否定(如'伊ㄢ工唔洗清氣')。另外，在表示意願或條件的時候，帶有補語的動詞也可以用'唔'否定(如'伊(若)唔(肯)吞落去，我那有法度')。

力}。

c. 李小姐{*唔／無／繪}親像伊的老母。

d. 李小姐{??唔／無／繪}屬於國民黨。

e. 伊{??唔／無／繪}姓李。

但是，如果這些狀態動詞出現於「非現實語態」的條件子句裡，那麼'唔'就可能與這些狀態動詞連用。試比較：

㉛ 伊若唔(哨){老實／(？)親像伊的老母／屬於國民黨／姓李}我也無辦法。

同時，我們也應該注意到「語用因素」(pragmatic fator) 在語意解釋上可能扮演的角色。例如，㉜的例句顯然比㉚e.裏用'唔'的例句好。

㉜ 李小姐是新女性主義的信徒。伊欲姓家己的姓唔(肯)姓伊翁(＝她丈夫)的姓。

不過，有少數狀態動詞例外地與'唔'連用㊱。這些動詞包括：(一)判斷動詞'是'與知覺動詞'知(影)'；(二)表示情態、情感等的形容詞'好、著(＝對)、驚、敢、甘(願)、情願'與(三)表示情態控制詞'通)＝能)、肯、愛、捌(＝曾(經))；好、敢、驚、甘願、(情)願'（部分動詞與(二)類形容詞重複）等。這些狀態動詞

㊱ 判斷動詞'是'甚至只能用'唔'否定，而不能與其他否定詞連用。

雖然在語意內涵上並未形成語意屬性完全相同的「自然類」（natural class），卻在句法表現上有下列共同的特點。

　　(i)這些狀態動詞可以以肯定動詞與否定動詞直接連用的方式(動詞＋'唔'＋動詞)形成正反問句，例如：

㉝　a.　汝是唔是學生？

　　b.　汝知(影)唔知(影)伊去臺北；伊去臺北，（汝)知(影)唔知影？㊲

　　c.　按呢做，{好唔好／著唔著／敢唔敢／肯唔肯／通唔通／（?）驚唔驚／（?）甘唔甘}？

　　d.　汝{捌唔捌去臺北／?*去臺北，（汝)捌唔捌}？㊳

㊲　根據一些人的反應，後半句出現於句尾位置的正反動詞似乎比前半句出現於句中位置的正反動詞來得自然；例如，'伊好唔好來？'與'伊來好唔好？'、'汝甘唔甘用卽呢多錢？'與'汝用卽呢多錢，甘唔甘？'。有趣的是，這個合法度上的差異不但反映閩南話的正反問句以"動詞組＋否定詞＋動詞"的句式爲主而以"動詞＋否定詞＋動詞組"的句式爲副的事實，而且與北平話「正反問句」從"動詞＋否定詞＋動詞組"到"動詞組＋否定詞＋動詞"的演變相吻合。

㊳　㉝b.與㉝d.後半句的合法度對比顯示：因表示經驗而兼具副詞功能的'捌'似乎比純屬動詞的'知(影)'更不容易因動詞組移前而留在句尾充當述賓。又有些人認爲在下面(i)的例句裡，(ia)比(ib)好。這可能是由於在(ia)裡主語名詞'汝'「C統制」(c-command) 並「控制」(control)大代號(PRO)，而在(ib)裡主語名詞'汝'却沒有控制大代號的緣故。
　　(i) a. 汝肯唔肯〔PRO 去臺北〕？
　　　　　b. ?〔PRO 去臺北〕汝肯唔肯？
(ii) 裡兩個例句的合法度對比更顯示：在'肯'的補語子句裡「實號名詞組」(overt NP) '伊'也可以充當主語((iia))，但不能在補語子句裡含有情態動詞'欲'((iib))；因爲子句主語的'伊'之是否'欲去臺北'並不能由母句主語'汝'之首肯與否來決定或支配。　　　　　　(→)

(ii)這些狀態動詞在用'抑是'（＝還是）連接肯定動詞與否定動詞的方式所形成的「選擇問句」中不能把'唔'後面的動詞或補語成分加以省略㊴。試比較：

a. ㉞　伊欲去臺北抑是唔（去（臺北））？

b.　伊（有）欲去臺北抑是無（（欲）去（臺北））？

c.　伊會去臺北抑是𣍐（去（臺北））？

d.　伊是學生抑是唔*（是（學生））？

e.　伊肯去臺北抑是唔*（肯（去（臺北）））？

f.　我好去臺北抑是唔*（好（去（臺北）））？

h.　伊捌去臺北抑是唔*（捌（去）臺北）））？

(iii)在針對含有這些狀態動詞的 a.「正反問句」、b.「選擇問句」

（ii）　a.　汝肯唔肯〔伊去臺北〕？

　　　　b.　*汝肯唔肯〔伊欲去臺北〕？

但是 (iii) 裡的兩個例句卻都合語法。可見，(iiib)不是由 (iib) 的基底結構裡把補語子句'伊欲去臺北'移前來衍生，而是在基底結構直接衍生(iiib)；'汝肯不肯？'是附加於'伊欲去臺北'的「追問句」(tag question)。

　（iii）　a.　伊去臺北，汝肯唔肯？

　　　　　b.　伊欲去臺北，汝肯唔肯？

如此，(ib) 與(iiia) 的例句也不一定由補語子句的移前衍生，而可能是在深層結構裡直接衍生的。

㊴　參 Lin (1974:42-43) 的有關討論。Lin (1974:43) 並根據這個句法事實而認定'唔₂'是不能單獨出現的「粘著語素」。但是我們卻認為'唔'的不能單獨出現是由於'唔'是純粹表示否定的副詞，所以不能單獨出現（這是閩南話的'唔'與北平話的'不'不同的句法功能）；而'無'與'𣍐'則分別含有動詞'有'與'會'，所以可以單獨出現。

⑩ 與 c.「是非問句」所做的答句裏，也不能單獨用‘唔’來回答。
試比較：

㉟ a. "汝欲*(抑)唔(欲)去臺北？" "{欲／唔}(去(臺北))。"

　　b. "汝欲去臺北抑是唔(*欲)去臺北？" "{欲／唔}(去(臺
　　　　北))。"

　　c. "汝欲去臺北否(＝嗎)⑪？" "{欲／唔}(去(臺北))。"

㊱ a. "汝有抑無(欲)去臺北？" "{有／無}(((欲)去(臺北))
　　　　)。"

　　b. "汝有(欲)去臺北抑是無(欲)去臺北？" "(有／無)((欲)
　　　　去(臺北))。"

　　c. "汝有(欲)去臺北否？" "{有／無}((欲)去(臺北))。"

㊲ a. "汝是唔是學生？" "{是／唔*(是)}(學生))。"

　　b. "汝是學生抑唔是學生？" "{是／唔*(是)}(學生)。"

　　c. "汝是學生否？" "{是／唔*(是)}(學生)。"

這些可以與‘唔’連用的動詞，不但數目非常有限⑫而且句法表現

---

⑩ 除了‘唔’以外的否定詞，都不能以肯定動詞與否定動詞相鄰的句式(動
　　詞＋‘唔’＋動詞)來形成正反問句。這個時候，我們就以用‘抑’連接正
　　反動詞所形成的選擇問句(動詞＋‘抑’＋{無／𣍐}＋動詞)做爲 b.的例
　　句。

⑪ 鄭良偉先生(p.c.)建議用‘唔’(讀〔hoN〕)來代替這裡的‘否’。

⑫ Saillard (1992:66) 還列‘滿’爲可以與‘唔’連用的動詞。但是根據我
　　們的調查，一般人都用‘不滿’而讀〔put boan〕；不過，這裡又可能牽
　　涉到「方言差異」(dialectal variation) 的問題。

相當特殊，顯示這些狀態動詞是屬於例外或「有標」（marked）的動詞。這個「有標性」（markedness）在這些動詞的「正反問句」的句法表現上，尤爲顯著。漢語的「正反問句」大致可以分爲 "動詞＋否定詞＋動詞組"(V-Neg-NP)與 "動詞組＋否定詞＋動詞"(VP-Neg-V)兩大類❹，而閩南話的動詞則基本上採用"動詞組＋否定詞＋動詞"的句式，例如：

㊳ a.　汝（有）欲去臺北無？

　　 b.　汝有去臺北無？

　　 c.　汝會去臺北無？

　　 d.　汝會愛去臺北{膾／無}？

　　 e.　汝有愛去臺北{無／＊膾}？

　　 f.　汝有想欲愛去臺北{膾／無}？

　　 g.　汝看有著無？

　　 h.　汝看會著{膾／無}？

　　 i.　汝看有無？❹

---

❹　「正反問句」(V-not-V question; A-not-A question) 又稱「反復問句」，而 Yue-Hashimoto（1988）則稱爲不表示問話者的意見而單純地向聽話者發問的「中性問句」(neutral question)。朱(1985)把正反問句的基本結構分析爲 "動詞組＋否定詞＋動詞組"，以便包羅‘吃不吃？’(動詞＋否定詞＋動詞)、‘吃飯不吃飯？’(動詞組＋否定詞＋動詞組)、‘吃飯不吃？’(動詞組＋否定詞＋動詞)與‘吃不吃飯？’(動詞＋否定詞＋動詞組)等四種不等的句式。關於漢語正反問句的討論，參 Lin (1974)、Li & Thompson (1979)、湯(1984,1986,1993c)、朱(1985,1990)、黃(1988)、Yue-Hashimoto (1988,1991,1992) 與郭(1992)等。

❹　(38i)的‘看有’是由行動動詞‘看’與表示達成的動相標誌‘有’合成的「合成動詞」(complex verb)，可以在動詞‘看’與標誌‘有’的中間插入動

（→）

然而，我們的例外動詞却只能以“動詞＋否定詞＋動詞組”的句式形成正反問句，而不能以“動詞組＋否定詞＋動詞”的句式形成正反問句。試比較：

㊸　a.　汝{是唔是學生／*是學生唔是}？㊺

　　　b.　汝{知影唔知影伊的名／*知影伊的名唔知影}？

　　　c.　汝{愛唔愛汝的某／*愛汝的某唔愛}？

　　　d.　我{好唔好和汝做夥去／*好和汝做夥去唔好}？

Yue-Hashimoto（1988,1992）參朱(1985)的分析與結論，主張閩南話裡㊷與㊸的對比是「詞彙擴散理論」(lexical diffusion theory) 在句法演變上的效應。根據她的調查，在四百多年前以閩南話撰寫的前後四種不同版本的《荔鏡記》裡所出現的總數二百二十六個正反問句中，二百二十三個都屬於“動詞組＋否定詞

貌動詞‘有’與‘無’來肯定或否定動作目標的達成：卽‘〔看〔有〕有〕’→‘看有’；‘〔看〔無〕有〕’→‘看無’。試比較下面‘看有’與‘看著’（由行動詞‘看’與動相標誌‘著’合成）的肯定式與否定式的對稱性：

（ⅰ）　a.　我看著人。
　　　　b.　我看有著人。
　　　　c.　我看無著人。

（ⅱ）　a.　我看有人。
　　　　b.　我看(有有→)有人。
　　　　c.　我看(無有→)無人。

㊺　雖然有人向我們反應‘汝是學生敢唔是？’的句子似乎可以通，但是這個例句可能應該分析爲由‘汝是學生’的陳述句與‘敢唔是(＝難道不是)？’的追問句合成，並非純粹的正反問句。關於閩南話疑問句裡‘敢’的用法，參黃(1988)與湯(1993c)。

＋動詞”裡否定詞與動詞合音的句式 **46**，而只有三個是否定詞與動詞不合音的‘有文書沒有’、‘有啞沒有’與‘是實情不是’。她認為這個不合音的“動詞組＋否定詞＋動詞”只限於常用詞‘有’（‘沒’是來自北方官話的借用詞）與‘是’，而且是在十六世紀裡與北方官話接觸後受了北方官話的影響而產生的新句式。這個新句式並沒有一下子普及到閩南話裡所有的動詞，而先影響到兩個常用的動詞‘有’與‘是’。她還提到在現今的閩南話裡，動詞‘是’的正反問句却全都出現於“動詞＋否定詞＋動詞組”的句式（以她所調查的臺灣宜蘭地區的閩南話為例，在總共八十個正反問句的用例中動詞‘是’都使用這個句式，另外還有四個‘汝是唔是欲來’這樣以‘是’來表示強調的用例），因而認為這是受了南方官話影響的結果。我們對於這個問題有不同的看法與分析 **47**；而且，上面所舉的例外動詞並不限於‘是’，也不包括‘有’，所以無法從詞彙擴散的觀點來解釋這個例外現象，而必須另覓答案。我們在這裏只提及這些例外動詞都不能與表示意願的情態動詞‘欲’或表示完成的動貌動詞‘有’連用，而在下面的討論以及有關‘唔’的意義與用法的結論中才詳細提出我們的觀點與分析。

　　（戊）行動動詞所指涉的是可以由「主事者」（agent）主語名詞組的意願所控制，而且有起點、過程與終點的行動；狀態動詞所指涉的是沒有明確的起點或終點的延續狀態；而變化動詞所指

46　Yue-Hashimoto（1988,1992）把閩南話的‘伊有歡喜無？’分析為“動詞組＋否定詞”（VP-Neg）的句式，但是事實上‘無’是否定詞‘唔’與動詞‘有’的合音，所以我們仍然把這個句式分析為“動詞組＋否定詞＋動詞”（VP-Neg-V）。

47　參湯(1993c)。

涉的則是沒有起點或過程却有固定終點的事件或變化。行動動詞
幾乎無例外地可以與表示意願的情態動詞'欲'連用，並可以用
'唔'的否定來表示主事者拒絕採取這個行動或無意使這個行動發
生。狀態動詞表示「非主事者」（non-agent；包括「感受者」
（experiencer）與「客體」（theme; patient）等）的屬性或情
狀，絕大多數都不能與表示意願的'欲'連用；除了少數例外，也
不能用'唔'否定，而只能用'無'或'𣍐'的否定來表示這個屬性或
情狀的不存在或不大可能發生。變化動詞與狀態動詞一樣，都以
「非主事者」爲主語，絕大多數也都不能與表示意願的'欲'連用
或用'唔'否定，例如：

⑳ a. 這款車（駛）{＊唔/𣍐}歹（＝壞）。
   b. 代誌（＝事情）{＊唔/𣍐/無}發生。
   c. 這個病人{＊唔/勿會/無}死。

但是變化動詞也與狀態動詞一樣，在特殊的語用情境下允許與
'唔'及'欲'連用，例如：

㉑ （伊）欲死唔死，是伊的代誌，和我無關係。

（己）閩南話與其他大多數漢語方言一樣，並沒有明顯的「時
制標誌」（tense marker）；就是常用的「動貌動詞」（aspectual
verb）與「動貌標誌」（aspect marker）也只有「進行貌」（pro-
gressive aspect）的'著'（＝在）、「完成貌」（perfective aspect）

的‘有’與「經驗貌」(experiential marker) 的‘過’等少數幾個
而已❽。下面㊷的例句顯示，否定詞‘唔’不能與這些動貌標誌連
用。㊸的例句更顯示，‘唔’也不能插入動詞與動相標誌‘著、有
、掉、煞(＝完)、了、到’等的中間來表示不可能或未達成。試
比較：

㊷ a. 伊({*唔/無/繪})著呷飯。❾

    b. 伊盈暗(＝今晚)({唔/無}有呷飯。(‘無有’→‘無’)

    c. 這本小説我({*唔/無/*繪})看過。❺⓿

㊸ a. 伊按怎找也找({*唔/無/繪})著頭路。

    b. 這本冊我看{*唔/有/無}。

    c. 這寡菜可能賣{*唔/繪}掉。

    d. 伊若講起話就講{*唔/繪}煞。

    e. 菜傷多呷{*唔/無/繪}了。

    f. 伊絕對做{*唔/繪}到。

但是以‘捌’與‘好’爲動相標誌或可能補語的時候，在‘捌’之前只

---

❽ 閩南話的完成貌動詞‘有’一般都表示“已存在”、“已發生”或“已實現”。
另外有表示新情境的句尾助詞‘唉’可以出現於狀態動詞或變化動詞後面
表示「起動貌」(inchoative aspect)；例如，‘{(較){肥/大/高/
水}/{歹/破/腫起來}}唉’。

❾ 在‘伊著厝’裡出現的‘著’是狀態動詞，所以不能與‘欲’連用或用‘唔’否
定。在‘伊盈暗({唔/無/繪})著厝呷飯’裡出現的‘著’是介詞，而行
動動詞‘呷(飯)’才是述語動詞，所以可以與‘欲’連用，也可以用‘唔’否
定。

❺⓿ ‘伊唔捌去過日本’這樣的例句不能做爲否定詞‘唔’與經驗貌標誌‘過’不
能連用的反例，因爲‘唔捌’與英語的‘never’一樣，只修飾或限制‘捌
；ever’，並不修飾或限制述語動詞。

能插入‘唔’，而在‘好’之間則可以插入‘唔、無、𣍐’。

㊹ a. 這個字我看{唔／*無／*𣍐}捌。

b. 這項代誌萬一若做{唔／無／𣍐}好，大家攏著愛負責。㊱

又‘唔’可以用來否定發生於未來、現在、過去以及兼及這三個時間的「一切時」（generic time）的事情；但是如果不牽涉到主語的意願而只表示事情的不存在或未發生就用‘無’，而對於未來的預斷則用‘𣍐’。試比較：

㊺ a. 伊{明仔早／今仔日／昨方／逐日攏}唔來開會。

b. 伊昨方{唔／無／*𣍐}來開會。

c. 伊逐日攏{唔／無／𣍐}來開會。

d. 伊{唔／唔是／無／𣍐}逐日攏來開會。㊲

e. 伊明仔早{唔／*無／𣍐}來開會。

f. 伊常常{唔／無／*𣍐}來開會。

g. 伊現在{*唔／無／？𣍐}著開會。

㊱ “動詞＋‘唔好’”多出現於條件句中；例如，‘汝若{寫／讀／做／繪／唱}唔好’。

㊲ 在㊺c.裡「量化詞」（quantifier）‘逐日’（＝每天）的「修飾範域」（scope of modification）大於否定詞‘唔、無、𣍐’的「否定範域」（scope of negation）；而在㊺d.裡則否定詞的否定範域大於量化詞的修飾範域。又㊺d.裡的‘唔’表示主語意願的欠缺或拒絕；‘唔是’則不牽涉到主語的意願，而單純地表示事實的否定。

(庚)有些述語動詞或形容詞在表示「現實語態」(relias mode)的直述句裡不能或不容易與'唔'連用 ❺，但是在表示「非現實語態」(irrelias mode) 的條件句裡却可以與'唔'連用，例如：

㊻ a. 伊唔愛來。(Li (1971:205(10ii)))

　　b. 伊若唔愛來，就免來。

㊼ a. 伊唔老實。(Li (1971:206(15iii)))

　　b. 伊若唔(肯)老實，就逼互伊老實。

㊽ a. 這項代誌我做唔好。

　　b. 這項代誌萬一我若做唔好，請汝原諒。

　　以上的觀察與分析顯示：'唔'之能否在句子中出現，以及'唔'之是否表示主語名詞組的意願，所牽涉的因素相當複雜。這些因素包括主語名詞的「主事性」與「指涉性」、述語動詞的分類與是否「受限」或「有界」、動貌動詞與動相標誌的是否出現、以及句子的「語態」是「現實」抑或「非現實」，甚至還可能牽涉到「語用因素」。但是閩南話'唔'的出現分佈遠比北平話'不'的出現分佈受限制，以及閩南話'唔'比北平話的'不'更容易獲得「主語意願」的解釋，却又是不爭的事實。我們應該如何詮釋這個事實？我們認為：'唔'是閩南話裡唯一表示「單純否定」(sim-ple negation) 的否定詞；在詞類上屬於副詞，與程度副詞'眞

---

❺　Li (1971) 把下面㊻a.的例句標「星號」('*') 來表示不合語法；㊼a.的例句也只在'唔₁'的解釋下才接受，而在'唔₂'的解釋下則仍標星號。

、足、較、傷、上’一樣不能離開被修飾語而單獨出現❸。我們更認為：在閩南話的基底句法結構裡‘唔’是唯一的(單純)否定詞，而‘無、莫、燴、莫愛’等合成否定詞都是‘唔’與動詞‘有、好、會、愛’等在表面結構上「合音」(fusion) 而成的語音形態。我們不區別‘唔₁’與‘唔₂’，並認為所謂的「主語意願」並非由‘唔’本身直接表達出來，而是由與‘唔’連用的‘欲’來表達。這個‘欲’在句法的基底結構裡存在，但是在語音的表面形態上却加以刪除。閩南話裡出現於‘唔’後面的‘欲’在語音形態上的刪除規律⑭a.，基本上與北平話裡出現於‘沒’後面的‘有’在語音形態上的刪除規律⑭b.相似；唯一不同的一點是：閩南話裡‘欲’的刪除規律是「必用」(obligatory) 的，而北平話裡‘有’的刪除規律則是「可用(可不用)」(optional) 的。試比較：

⑭　a.　唔欲 → 唔（必用）

　　b.　沒有 → 沒（可用）

依據「原參語法」(the principles-and-parameters approach) 的分析，表示主語意願的‘欲’在表達語意的「邏輯形式」(logical form; LF) 裡必須存在，所以含有主語意願的意思；但在表示語

---

❸ Jespersen (1924:325) 等人早就指出否定詞‘not’表示‘less than’(‘不及、低於’)而含有「差比」的意思，因而在語意上可以說是一種程度副詞。又閩南話的‘唔’是副詞，並容易成為「依後成分」(proclitic) 而與後面的動詞合音；一如英語的‘not’是副詞並容易成為「依前成分」(enclitic) 而與前面的動詞合音。但是我們並不像 Lin (1974:43) 那樣據此認定‘唔’(或英語的‘not’)是粘著語素。

音的「語音形式」(phonetic form)裡'欲'却經過刪除而消失，所以只讀'唔'而沒有'欲'的發音。這樣的分析至少有下列幾個優點：

(甲)有關閩南話否定詞的語意內涵、語音形態乃至句法功能與規律等的諸多問題都因而簡化，不但有助於漢語方言否定詞的比較研究，而且從孩童「語言習得」(language aquisition)而言，對「習得可能性的問題」(learnability problem)也提供了最簡便的答案。

(乙)我們在前面的討論裡已經確定了'唔'與句子其他成分之間的連用關係與'欲'與句子其他成分之間的連用關係相同；更精確地說，所有閩南語否定詞與句子其他成分之間的連用關係都不是由否定詞本身來決定，而是由否定詞後面的動詞來決定的。因此，一切有關否定詞與述語動詞等之間的「連用限制」(cooccurrence restriction)都可以還原成動貌或情態詞動'有、好、會、愛'與述語動詞之間的連用限制(這個連用限制本來就需要在詞彙或句法上處理的，因而有「獨立自主的動機或理由」(independent motivation))，不必另外規範否定詞與述語動詞等之間的連用限制。

(丙)把表示意願的'唔(卽 Li（1971）的'唔$_1$')分析爲'唔欲'的結果，不僅使'唔(欲)'的語意內涵更加「透明」(transparent)而不再需要相當複雜的「語意解釋規律」(semantic interpretation rule)，而且也說明了'唔$_1$'（＝'唔欲'）與'唔$_2$'（＝'唔'）的區別，因而也就無需擬設兩個不同的獨立詞或同位語。

(丁)以主事者主語名詞組為主語的行動動詞前面可以出現表示意
願的‘欲’；所以‘欲’的否定‘唔欲→唔’表示意願。以非主事
者主語名詞組為主語的狀態動詞與變化動詞一般都不能或不
容易出現‘欲’，却可以出現表示已存在或已發生的‘有’；所
以不可能出現來自‘唔欲’的‘唔’，却可以出現來自‘唔有’的
‘無’。所謂「例外動詞」前面既不能出現表示意願的‘欲’，也
不能出現表示存在或發生的‘有’；所以既不能出現‘唔(欲)’
，也不能出現‘無’，而只能出現單純否定的‘唔’。

(戊)‘唔’是不能單獨出現的副詞，必須與後面的動詞連用才能獨
立出現。而且，只有與‘欲’連用的‘唔’才可以依據⑲a.的刪
除規律把‘欲’加以省略，而讓‘唔’單獨出現。這就說明了為
什麼只有表示意願的‘唔〔欲〕’才可以在下面⑳的例句中單獨
出現，而不表示意願的‘唔’却不能單獨出現。試比較：

⑳　a. “汝欲去臺北抑是唔〔欲〕？”“唔〔欲〕(唉)。”
　　b. “汝是學生抑是唔*(是)？”“*唔(唉)。”

(己)⑲a.的規律也可以說明為什麼閩南話的情態動詞‘欲’沒有相
對應的否定式‘唔欲’。‘唔欲’的‘欲’雖然在句子的語音形態
(即「語音形式」)上必須刪除，但在句子的語意內涵(即「邏輯
形式」)裡却仍然存在。Li (1971) 與 Lin (1974) 都注意到肯
定的‘欲’與否定的‘唔’之間的對應關係，而⑲a.的規律即直
截了當地把這個對應關係表達出來。我們的分析在表面上似
乎與 Li (1971:207) (即上面⑤的分析) 以及 Teng (1992:

611)（即上面⑱的分析）相似，但是 Li（1971）的⑤是把否定詞'無、繪、唔1、唔2'等做爲獨立的「詞項」（lexical item）來分析的，因此不但擬設了抽象的「否定形符」（Neg），還在208頁提供這些否定詞的「詞項記載」（lexical entry），並把各種語意屬性與句法屬性登記在裡面。Teng（1992）的⑱也是把'無、繪、勿愛、莫'等做爲獨立的詞項來分析的，因此才有「單語素否定詞」與「雙語素否定詞」的稱呼與區別⑮。相對於他們兩人從「詞彙語意學」（lexical seman-tics）的觀點來探討閩南話的否定詞，我們却純粹從句法的觀點⑯來分析閩南話的否定詞。理論觀點與分析方法不同，所獲得的結論當然也就不相同。

(三)除了出現於句尾的位置而輕讀的'無'可能已經「虛化」（grammaticalized）而應該做句尾助詞來分析或處理以外，我們把閩南話裡的'無'都分析爲句法基底結構上的'唔有'，並在語音形態上由於'唔'與'有'的合音而變成'無'（如⑤或⑤'）。這種詞

---

⑮ Saillard（1992:24）批評 Li（1971:207）與 Teng（1992:61）的分析是"純粹「異時」或「歷代」性"（purely diachronic）的分析，而她自己的分析却是"「共時」或「斷代」性"（synchronic）的描述。但是這個批評顯然有欠公允，因爲 Li（1971）與 Teng（1992）都從「詞音變化」（morphophonemic change）的觀點對當代的閩南話做「共時或斷代的描述」（synchronic description），並未主張這個變化反映「異時或歷代的演變」（diachronic change）。

⑯ 我們這樣說，並不表示否定與語用因素完全無關，因爲我們在前面的討論裡已經屢次提到了語用因素可能扮演的角色。我們只是站在「句法自律的論點」（autonomy of syntax; autonomous thesis）認爲語用因素是屬於句法與有關現實世界的「知識」（knowledge）或「信念」（belief）等之間的「介面」（interface）的問題，不在狹義的「句子語法」（sentence-grammar）的討論範圍內。

音變化，基本上與北平話'不有'到'沒有'的語音變化相似(如㊷)。試比較㊹：

㊶ 唔有 → 無

㊶' a. 唔 → 無/＿＿有（必用）

　　 b. 無有 → 無（必用）

㊷ a. 不 → 沒/＿＿有（必用）

　　 b. 沒有 → 沒（可用）

Teng (1992:616) 認為：北平話裡的'不'與'沒'之間並不具有任何有意義的關係；而且，出現於'伊無呷薰'的'無'相當於北平話的'不'，但把'無'做為完成貌分析而解釋為英語的"He didn't smoke any cigarettes（at last night）"時却相當於北平話的'沒'。但是上面㊷的分析相當明確地告訴我們北平話裡'不'與'沒'之間的對應關係：'不'與'沒'都在語意上表示單純的否定，在出現分佈上却形成「互補分佈」(complementary distribution；即'沒'出現於'有'的前面，'不'出現於其他地方，而且'沒有'還可以簡縮為'沒')；因此，'不'與'沒'是同一個否定「語素」(morpheme) 的兩個「同位語」(allomorph)。同樣地，閩南話的'唔'與'無'也可以分析為共屬同一個語素的兩個同位語：在句

㊹　為了方便比較閩南話由'唔'與'無'之間的關係及北平話裡'不'與'沒'之間的關係，我們為閩南話提供了㊶與㊶'兩種不同的分析。除非從歷史音韻學上能夠發現㊶' a.裡出現的'無'與在㊶' b.裡出現的'無'曾經讀過不同的音，因而在歷史演變上可能支持㊶'的分析；否則，就共時的描述觀點而言，㊶是較直截而簡便的分析。

法的基底結構裡⑤ a.的‘唔’與‘無’都表示單純的否定 ⑤，而且也
與‘不、沒’一樣形成互補分佈。所不同的只是：北平話裡‘沒有’
到‘沒’的簡縮或合音是任意可用的，而閩南話裡‘無有’到‘無’的
簡縮或合音却是非用不可的。同時，應該注意：這種合音或‘有’
的省略只是屬於表示發音的語音形態上面的，在表示意義的語意
層次或邏輯形式裡仍然保留着‘有’。也就是說，⑤與⑤’b.的‘無’
以及⑤ b.的‘沒’雖然不讀‘有’的音，但是在語意上仍然保留‘有’
的動詞意義或動貌意義。因此，‘伊無呷薰’在基底結構或邏輯形
式裡應該分析為‘伊唔有呷薰’；‘伊有呷薰’裡的‘有’可以解釋為
表示「存在」（有這樣的習慣）的存在動詞‘有’或表示「完成」的
動貌動詞‘有’（做了這樣的動作），因而可以有兩種不同的句義解
釋或「歧義現象」（ambiguity）。相對地，北平話裡也有‘他抽
煙’與‘他有抽煙→他抽了煙’⑤兩種說法，而這兩個例句的否定

---

⑤ 請注意我們已經把‘唔’的意願意義從‘唔’裡抽出而歸諸‘欲’；而且，這
裡所指的‘無’是出現於⑤’ a.裡表示單純否定的‘無’，而不是出現於⑤’
b.裡與‘有’合音的‘無’。

⑤ 這個詞音變化可以非正式地寫成(i)或(ii)。參 Wang (1965) 與湯
(1993b) 的討論。

  （ⅰ） 以‘有’做為「基底形式」（underlying form）：

      a. 有 → 了／～沒＿

         （動詞前面的‘有’前面未出現‘沒’時，‘有’變成‘了’）

      b. 了＃動詞 → 動詞＋了

         （動詞前面的‘了’要變成動詞詞尾的‘了’）

  （ⅱ） 以‘了’做為基底形式：

      a. 了 → 有／沒＿

         （出現於‘沒’後面的‘了’要變成‘有’）

      b. 了＃動詞 → 動詞＋了

         （其它的‘了’要變成動詞詞尾）

式'他不抽煙'(「反覆貌」或「泛時貌」)與'他沒有抽煙'(「完成貌」),分別與閩南話'伊無呷薰'裡兩種不同的句義解釋相對應。

把'無'分析爲'唔有'的結果,我們不必再討論'無'與句子裡其他成分之間的連用關係,而只需要研究'有'與這些成分之間的連用限制,因爲根據(51)(或(51)')我們可以預測'無'與'有'在句子裡的出現分佈基本上相同。閩南語的'有'主要有下列幾種意義與用法,而與'有'相對應的否定式'唔有→無'也都可以出現於同樣的語境裡。試比較:

(甲)出現於名詞組的前面表示領有的及物動詞'有',例如:

(53) a. 我今仔日{有/無}時間(和汝去臺北)。

b. 伊{有/無}兄弟姊妹(及伊幫忙)。

(乙)出現於存在句或引介句裡面表示存在的及物動詞'有'(60),例如:

(54) a. 房間內{有/無}人。

b. 今仔日{有/無}風。

c. 飯也{有/無},菜也{有/無}。

(丙)出現於動詞前面而表示事情已經發生或事態已經存在的動貌

---

(60) 在這種動詞'有'後面出現的名詞組必須是「無定」的,因此這裡的'有'也可以分析爲「非賓位動詞」(unaccusative verb)。

動詞'有'，例如：

⑤ a. 伊昨方{有/無}來。

　 b. 伊昨方{有/無}交代伊某。

　 c. 我{有/無}飼狗。

(丁)出現於形容詞(組)前面而表示事態已經存在或變化已經發生
　　的動貌動詞'有'❻，例如：

⑤ a. 伊(上){有/無}{肥/高/老實/認真/緣投/貧段}。

　 b. 伊{有/無}{真/足/夠/遮呢/彼呢}{肥/高/老實/認真/緣
　　　投/貧段}。

　 c. 汝{有/無}較肥(起來)。

　 d. 衫褲{有/無/已經/猶未}乾。

(戊)出現於動相標誌'著、有、掉、煞、了'等的前面表示成就或
　　實現的動貌動詞'有'，例如：

⑤ a. 彼本冊我找{有/無}著。

　 b. 這本冊汝看{有/無}有。

　　　('有有'→'有'；'無有'→'無')

　 c. 彼間厝舊年賣{有/無}掉。

---

❻ 正如北平話的形容詞很少單獨充當述語而常與'很'連用，閩南話的形容
　詞也很少單獨充當述語而常與'有'連用。

d. 這碗飯呷{有/無}了。

(己)出現於抽象名詞的前面，並可以受程度副詞修飾的'有'，例
　　如：

⑤⑧ a. 汝這個人上{有/無}意思。

b. 伊的話太{有/無}道理。

c. 我感覺著真{有/無}面子。

(庚)出現於數量詞的前面來表示達到這個數量的'有'，例如：

⑤⑨ a. 這片地估計{有/無}五十坪。

b. 從遮到車頭大概{有/無}{三公里/半點鐘路}。

c. 這隻魚敢{有/無}十斤重？

(辛)出現於動詞與期間補語或回數補語之間表示動作開始到完成
　　所經過的時間或所發生的次數，例如：

⑥⓪ a. 我一日睏{有/無}五點鐘。

b. 阮一禮拜見{有/無}五擺(面)。⑥②

---

⑥② 出現於動詞與期間或回數補語之間的'無'似乎常比'有'來得通順自然。
又除了期間與回數補語以外，'有、無'也可以出現於情狀補語的前面；
例如，'這領衫洗{有/無}清氣'、'這項代誌我想{有/無}清楚'。

　　‘有’與‘無’唯一看似不對稱的情形是出現於疑問句尾的‘無’，但這是由於這些疑問句是正反問句，前面用包括‘有’在內的肯定動詞，而後面則用否定動詞‘無’的緣故，例如⑬：

61 a. 伊早起有來{無/*有}？
　　b. 伊是大學生{無/*有}？
　　c. 伊肯及汝帶{無/*有}？
　　d. 汝的腳猶閣會痛{無/*有}？
62 a. 伊有生氣{無/*有}？
　　b. 伊有疼囝仔{無/*有}？
　　c. 明仔早會寒{無/*有/燴}？
　　d. 汝的錶仔會準{無/*有/燴}？

Teng（1992:623）認為例句61的‘無’與例句62的‘無’不同：前者否定整個句子，而後者只是‘有’的否定形。他並以⑬裡 a. 與 b. 的結構分析來說明二者的不同。

63 a.

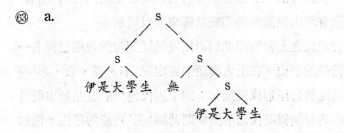

---

b.

```
              S
            /   \
          S       S
         / \     / \
      伊有生氣   伊無生氣
```

我們却認爲，無論是⑥的'無'與⑥的'無'，都是來自'唔有'的'無'，也就是正反問句裡與前面的肯定動詞搭配的否定詞'無'經過「半虛化」而來的「準疑問助詞」，二者的語意與句法功能完全相同。我們所持的理由如下：

(甲)這些虛化的'無'都在語音上變成輕讀。

(乙)這些虛化的'無'都在語意上變成中性，不但可以與前面的肯定動詞'有'(如⑥ a.與⑥ a.、b.)搭配，還可以與'是'(如⑥ b.)、'會'(如⑥ d.與⑥ c.、d.)、'肯'(如⑥ c.)等搭配。

(丙)⑥與⑥的例句都在言談功能上屬於正反問句；因此，只能用只能出現於正反問句的語氣副詞'到底、究竟'來修飾，不能用只能出現於是非問句的語氣副詞'眞正、敢'來修飾。這就表示，⑥與⑥的'無'都應該分析爲出現於正反問句的'唔有'，並沒有理由擬設⑥的基底結構來加以區別。

(丁)漢語否定詞之充當疑問助詞而出現於疑問句的句尾已經有一段相當長的歷史。在上古漢語中否定詞'不、否、未、非'等已經出現於句尾形成疑問句；到了唐代連'無'也開始出現於句尾而具有類似現代北平話疑問助詞'嗎'功能的用法，例如：

⑭ a. 子去寡人之楚，亦思寡人不？（《史記》・〈張儀列傳〉）

b. 丞相可得見否？（《史記》・〈秦始皇本記〉）

c. 君除吏已盡未？（《史記》・〈魏其武安侯列傳〉）

d. 是天子非？（《後漢書注引獻帝起居注》）

e. 秦川得及此聞無？（〈李白詩〉）

f. 肯訪浣花老翁無？（〈杜甫詩〉）

在這些例句裡，否定詞都只表示疑問，而不表示否定。這些由否定詞經過虛化而來的疑問助詞與半虛化的準疑問助詞'無'的唯一不同之點是：前者已經完全虛化而成為「是非問句」的疑問助詞；而後者則尚未完全虛化，仍然保留「正反問句」的功能⑭。

　（四）討論了閩南話裡意義與用法最為複雜的'唔'與'無'之後，由於篇幅的限制，下面只簡單說明'膾'、'無愛'、'莫愛'與'唔好'的語意與句法功能。'膾'在句法的基底結構是'唔會'，而在語音的表面形態上變成'膾'。

⑮　唔〔m̩〕＋會〔e〕 → 膾

因此，有關'膾'的語意內涵、出現分佈、連用限制與句法表現等都一律由'唔'後面表示「對未來的預斷」（future prediction）或「可能性」（likelihood）的情態動詞'會'來決定。

　'唔愛'、'無愛'、'莫愛'在句法的基底結構裡分別是'唔欲

---

⑭　但是'按呢做好無？'（＝這樣做好嗎？）與'這項代誌好做無？'等例句裏出現的'無'却可以說是幾乎完全虛化的疑問助詞用法。

愛'、'唔有愛'與'唔愛',而在表面形態上的語音變化如下:

⑥ a. 唔〔m̩〕(＋欲〔beh〕→ φ ⑥)＋愛₁〔ai〕 → 唔愛〔m ai〕

　　b. (唔〔m̩〕＋有〔u〕→)無〔bo〕＋愛₁〔ai〕 → {無愛/勿愛}〔bo ai → buai〕

　　c. 唔〔m̩〕＋愛₂〔ai〕 → 莫愛〔mai〕

閩南話的'愛'與北平話的'要'一樣,有兩種意義與用法:一種'愛'的「意願來源」(deontic source)來自主語(如⑥a.),也就是表示主語的意願而相當於北平話的'喜歡';另一種'愛'的「意願來源」來自說話者(如⑥b.),也就是表示說話者的意願,而相當於北平話的'我要你'並與⑥c.的說法同義。

⑥ a. 汝(欲)愛₁(＝喜歡)讀英語。

　　b. 汝(*欲)愛₂(＝我要你)讀英語⑥。

　　c. 我愛₁汝讀英語。

　　d. 汝有愛₁讀英語。

⑥a.裡'愛₁'的否定式是表示拒絕的'唔愛',讀成雙音節的〔m̩ ai〕;

⑥ '唔欲'的'欲'因⑭a.的規律而刪除。

⑥ 請注意:表示主語意願的'愛₁'可以與表示預斷的'會'連用,因而也可以用'獪(愛)'否定;表示說話者意願的'愛₂'不能與'會'連用,因而不能用'獪'否定。又《國家科學委員會研究彙刊》的匿名審查人指出:'我愛(＝必須)去學校'的意願來源並非來自說話者,而係來自外力;因而建議以「外力」來涵蓋「說話者」。

而⑱ b.裡'愛₂'的否定式是表示勸止的'莫愛',讀成單音節的
〔mai〕。至於⑱ d.裡的'無愛',是'有愛₁'的否定式;可以讀成雙
音節的〔bo ai〕,也可以讀成單音節的〔buai〕。

⑱　a.　**汝唔愛₁讀英語。**

　　b.　**汝莫愛₂讀英語。**

　　c.　**我{唔/無}愛₁汝讀英語。**

　　d.　**汝無愛₁讀英語。**

　　最後,'唔好'的基底句法結構與表面語音形態都是'唔＋好'
,但是讀音却有〔m̩ ho〕、〔m̩ hoN〕與〔m̩ mo〕等幾種「變體」
(variant)。又'(唔)好'有兩種意義與用法:一種是表示性質的
形容詞用法,可以充當述語,也可以修飾名詞;另一種是表示說
話者情態(允許)的控制動詞用法。試比較:

⑲　a.　**這個意見{真好/唔好}。**

　　b.　**好人攏會好命。**

　　c.　**汝{好來唉/唔好來}。**

　　d.　**這件代誌{好做無?/唔好做。}**

七、結　語

　　以上針對 Li (1971)、Lin (1974) 、Teng (1992)、Sail-
lard (1992) 等前人的文獻,提出了我們自己的分析。由於篇幅

的限制，對於正反問句、泛稱否定、相對否定、相反否定、否定範域、否定焦點、否定連用詞、否定詞提升等問題都無法一一詳論，只好留待將來的機會。當前閩南話的句法研究真可說是方興未艾，因此熱切盼望國內外學者共襄盛舉，大家合力更進一步提升閩南語句法的研究水平。

* 本文初稿於1993年3月27日至28日在國立臺灣師範大學舉行的第一屆臺灣語言國際研討會上以口頭發表，並刊載於《國家科學委員會研究彙刊；人文及社會科學》(1993) 3卷2期，224-243頁。

參 考 文 獻

Chao, Yuen Ren. (趙元任), 1968, A Grammar of Spoken Chinese, University of California Press, Berkeley.

Cheng, Robert L. (鄭良偉), 1977, 'Taiwanese Question Particles', Journal of Chinese Linguistics, 5.2:153-185.

_____, et al., 1989, 《國語常用虛詞及其臺語對應詞釋例》，臺北文鶴出版有限公司。

Cheng, Susie S. (鄭謝淑娟), 1981, A Study of Taiwanese Adjectives, 臺北臺灣學生書局。

Huang, J. C.-T (黃正德), 1988,〈漢語正反問句的模組語法〉，《中國語文》，205:247-264.

Jespersen, Otto, 1924, The Philosophy of Grammar, Allen & Unwin, London.

Kwo, Chin-wan (郭進屘), 1992,〈漢語正反問句的結構和句法運作〉，國立清華大學語言學研究所碩士論文。

Li, C. (李納) & S. Thompson, 1979, 'The Pragmatics of Two Types of Yes-No Question in Mandarin and Its Universal Implications', Papers from the Fifteenth Regional Meeting of the Chicago Linguistic Society, 197-206.

_____, 1981, Mandarin Chinese: a Functional Reference Grammar, University of California Press, Los Angeles.

Li, P. Jen-Kuei (李壬癸), 1971, 'Two Negative Markers in Taiwanese', 《中央研究院歷史語言研究所集刊》，43:201-220.

Lin, J.-W. (林若望) & J. C.-C. Tang (湯志眞), 1991, 'Modals in Chinese', paper read at NACCL III, Cornell University.

Lin, Shuang-fu (林雙福), 1974, 'Reduction in Taiwanese A-not-A Questions', Journal of Chinese Linguistics, 2.1:37-78.

Lü, Shu-xiang (呂叔湘) et al., 1980,《現代漢語八百詞》,商務印書館。

Saillard, Claire (克來爾), 1992, 'Negation in Taiwanese: Syntactic and Semantic Aspects',國立清華大學語言學研究所碩士論文。

Tang, Ting-chi (湯廷池),1984,〈國語的助動詞〉,《中國語文》,55.2:22-28,並收錄於湯(1988:228-240)。

_____,1988,《漢語詞法句法論集》,臺灣學生書局。

_____,1989,《漢語詞法句法續集》,臺灣學生書局。

_____,1992a,《漢語詞法句法三集》,臺灣學生書局。,

_____,1992b,《漢語詞法句法四集》,臺灣學生書局。

_____,1993a,〈文言否定詞的語義、內涵與出現分佈〉,《中國語文》,436:45-51,437:49-55,438:18-23。

_____,1993b,〈北平話否定詞的語意內涵與句法表現〉, ms.

_____,1993c,〈漢語的正反問句〉, ms.

Teng, Shou-hsin (鄧守信), 1992, 'Diversification and Unification of Negation in Taiwanese',《第一屆中國境內語言暨語言學國際研討會論文集》,609-629.

Wang, William S.-Y. (王士元), 1965, 'Two Aspect Markers in Mandarin', Language, 41:457-470.

Yue-Hashimoto, Anne O. (余靄芹),1988,〈漢語方言語法的比較研究〉,《中央研究院歷史語言研究所集刊》,59:23-41.

_____, 1991, 'Stratification in Comparative Dialectal Grammar:

A Case in Southern Min', Journal of Chinese Linguistics, 19,2:172-201.

＿＿＿, 1992, 'The Lexicon in Syntactic Change: Lexical Diffusion in Chinese Syntax'，《第三屆中國境內語言暨語言學國際研討會論文集》，267-287.

Zhu, Dexi (朱德熙)，1984，《語法講義》，商務印書館。

＿＿＿, 1985，〈漢語方言裡的兩個反覆問句〉，《中國語文》，184:10-20。

＿＿＿, 1990, 'A Preliminary Survey of the Dialectal Distribution of the Interrogative Sentence Patterns: V-bu-VO and VO-bu-V in Chinese, Journal of Chinese Linguistics, 18,2:209-230.

A Clue in Southern Min', Journal of Chinese Linguistics, 10:2:264-201.

_____, 1992, 'The Lexicon in Syntactic Change: Lexical Diffu-sion in Chinese Syntax,' 《中央研究院歷史語言研究所集刊》, 257-281.

Ting, Dexi (丁邦新), 1984, 《儀徵方言》, 台北中研院史語所.

_____, 1987, 《南京方言與昆明方言》, 《中研院史語所集刊》, 18:1:10-30.

_____, 1990, 'A Preliminary Survey of the Dialectal Distribu-tion of the Interrogative Sentence Patterns: V-bu-VO and VO-bu-V in Chinese,' Journal of Chinese Linguistics, 18:2:209-230.

漢語句法與詞法的照應詞

(Anaphors in Chinese Syntax and Morphology)

一、前　言

漢語的「照應詞」（anaphors）包括「反身詞」(reflexive (anaphor)，如例句①)、「交互詞」（reciprocal (anaphor)，如例句②）與「反身交互詞」(reflexive-reciprocal (anaphor)，如例句③)）。

①　a.　我們會照顧自己。
　　b.　我們自己會照顧孩子。

  c. 我們自己會照顧自己。

② a. 他們互相幫助。

  b. 他們經常彼此連絡。

③ 你們決不能自相殘殺。

  ①a.的'自己'出現於賓語的「論元位置」（A-position），是反身詞的「反身用法」（reflexive use）；而①b.的'自己'則出現於狀語的「非論元位置」（A-bar position），是反身詞的「加強用法」（intensive use）❶。①c.的例句顯示：反身用法的'自己'與加強用法的'自己'可以同時出現於同一個句子裏。②句裡交互詞'互相'與'彼此'在表層結構裡出現的位置似乎與加強用法的'自己'在表層結構裡出現的位置相似，但下面④句的接受度似乎又顯示：交互詞'互相'可能在論元結構上充當「內元」（internal argument）或在句法功能上充當賓語，否則勢必違背「投射原則」（Projection Principle）與「論旨準則」（Theta-Criterion）。

④ a. ＊他們幫助 e。

  b. ？他們互相幫助對方。

---

❶ 有些語法學家(如 Xu (1990))，在反身詞的反身用法與加強用法之外，還提到「泛指用法」（generic use），並以下面的(i)與(ii)等爲例句。

 （i） 自己不會恨自己。

 （ii） 自己要照顧自己。

但是這些「泛指」用法的'自己'的前面似乎可以擬設泛指的「空(號)代詞」（empty pronoun; null pronominal）'pro'（或概化的'Pro'）的存在。如此，表示「泛指」的'自己'其實就是表示「加強」的'自己'。

同樣的，③的反身交互詞‘自相’在表層結構裡出現的位置似乎也與加強用法的‘自己’相似。但是⑤的例句顯示：反身交互詞‘自相’必須充當內元或賓語。

⑤　a.　＊他們殘殺 e。

　　b.　＊他們自相殘殺自己。

　　c.　＊他們自相殘殺對方。

反身詞與交互詞不但出現於句子裡面，而且也出現於複合詞裡面。在複合詞裡，反身詞‘己’出現於及物動詞的右方充當反身用法（如⑥的例詞）；而反身詞‘自’則出現於及物動詞的左方充當反身用法（如⑦的例詞），或出現於及物動詞、不及物動詞、形容詞或名詞的左方充當加強用法（如⑧的例詞）。

⑥　利己（利他）、肥己、制己、克己（的修養）、推己及人（的精神）、（女為）悅己者（容）

⑦　自殺、自刎、自裁、自害、自刃、自縊、自戕、自盡、自宮、自娛、自慰、自肥、自利、自奉、自治、自薦、自戒、自責、自頌、自尊心、自欺欺人、自知之明、茫然自失、自問無愧於心

⑧　自信、自認、自稱、自命、自量、自分、自取、自找、自恃、自任、自製、自署、自反、自省、自鳴、自費、自覺、自習、自修、自負、自許、自誇、自決、自備、自絕、自餒、自肅、自來水、自行車、自用車、自耕農、自作孽、自了漢

、自作聰明、自作自受、自給自足；自白、自立、自行、自動自發、自轉、自居、自處、自是、自訟、自生自滅、自變數、自暴自棄；自重、自新、自卑、自大、自滿、自豪、自便、自多、自苦、自慢、自好、自專、自強活動、自給自足；自首、自傳、自序、自力更生。

有些出現於及物動詞左邊的反身詞'自'兼具「反身」與「加強」兩種用法。例如出現於例詞⑨的'自制、自助、……'都分別含有'自己{約束／幫助／……}自己'的意思。

⑨ 自制、自助、自尊、自愛、自薦、自贊、自衛、自解、自棄、自持、自傷、自助餐、自問（無愧於心）

含有及物動詞與反身詞'己'的複合動詞，因爲及物動詞已含有（或已指派賓位給）'己'，所以不能再在複合動詞外面另外帶上賓語。另一方面，在含有反身詞'自'的複合詞中，含有反身用法'自'的複合詞（如⑦與⑨的例詞）固然不能在複合動詞外面另外帶上賓語，但含有加強用法'自'的複合動詞卻可以在複合動詞外面帶上名詞組做賓語（如'自修英語、自任總統、自製玩具、自找麻煩、自備停車位'），或以空號代詞爲主語的子句做賓語（如：'自命不凡、自鳴得意、自行了斷、自覺不如人、自覺沒有什麼貢獻、自誇樣樣都比別人好、自信比別人強壯'）。又在含有反身詞的複合詞中，有充當不及物動詞的（如'自首、自白、自立'）、有充當及物動詞的（如'自稱、自認、自恃、自任'）、有兼充及物

與不及物動詞的（如'自習、自修、自絕'）、有充當形容詞的（如'自負、自大、自動、自卑'）、有充當副詞或狀語的（如'自費留學、自動操作、自力救濟、自顧自地走開了'）、也有充當名詞的（如'自傳、自白、自立'）。

在複合詞裡，交互詞'相'只能出現於動詞的左方，例如：

⑩ 相配、相稱、相仿、相符、相愛、相看、相覷、相交、相知、相與、相會、相切、相持、相處、相識、相罵、相商、相似、相知、相依、相思（病）、（心心）相印、（情意）相投，相依（為命）、相形（見絀）、相得（益彰）、相提（並論）、相敬（如賓）、相生相剋、相輔相成、相親相愛、相對、相向、相連、相干、相關、相較、相形、相應、相逢、相左；相傳、相沿、相連；相同、相等、相當、相好、相近、相親、相反、相安、相宜

含有交互詞'相'的複合詞大多數都屬於不及物動詞，而且都屬於以語意上的複數名詞組為主語的「對稱述語」（symmetric predicate），但是也有充當副詞（如'相傳、相應'）或名詞（如'相撲'）的。

一般說來，句法上的反身詞或交互詞不能與詞法上的反身詞或交互詞連用。試比較：

⑪ a. 他們一定自己能幫助自己。
 b. 他們一定能自助。

    c. *他們一定能自助自己。

    d. *他們一定自己能自助。

⑫ a. 他們互相認識。

    b. 他們相識（已久）。

    c. *他們互相相識。

但是有些含有交互詞‘相’的複合動詞却可以與交互詞‘彼此’連用，例如：

⑬ a. 他們互相熱愛。

    b. 他們彼此關愛。

    c. 他們相愛（已久）。

    d. *他們互相相愛。

    e. 他們彼此（相親）相愛。

關於句法上的反身詞已有 Y.-H. Huang (1984)、C.-C.J. Tang (1985, 1988, 1992)、Huang & Tang (1990)、Battistella (1989)、Cole, Hermon & Sung (1990)、Sung (1990)、Xu (1990) 等分析，但是對於句法上的交互詞以及詞法上的反身詞與交互詞則似乎很少有人討論。本文擬首先扼要討論句法上的反身詞與交互詞，再仔細討論詞法上的反身詞與交互詞，最後從普遍語法的觀點詮釋句法與詞法上的反身詞與交互詞的相關性：包括反身詞與交互詞在 X 標槓結構上出現的位置、這兩種照應詞與動詞之間的線性次序以及與前行語之間的約束關係等。

二、句法上的反身詞

在漢語的反身詞中，討論最多的是反身詞在句子裡的分佈情形與指涉功能。首先，根據 Y.-H. Huang（1984）與 C.-C.J. Tang（1985, 1989）的分析，漢語的反身詞可以分爲「單純反身詞」（bare reflexive）'自己'與「複合反身詞」（compound reflexive）'{他／你／我}(們)自己'兩種。以'自己'與'他自己'二者爲例，這兩種反身詞都可以出現於論元位置（包括句子主語（如⑭a.句）、名詞組主語（如⑭b.句）、動詞賓語（如⑭c.句）與介詞賓語（如⑭d.句）❷）充當反身用法，但是似乎只有單純反身詞'自己'可以出現於非論元位置（通常是主語與謂語或述語之間（如⑭e.）與（⑭f.句））充當加強用法。同時，也只有單純反身詞'自己'的「前行語」（antecedent）可能是「近程」（shortdistance; close）的（如例句⑭g.裡的'李四'），也可能是「遠程」（long-distance; remote）的（如例句⑭g.裡的'張三'）；而複合反身詞'他自己'的前行語却只可能是近程的。試比較：

⑭　a.　張三認爲〔(他)自己比誰都能幹〕。

---

❷　「論元位置」與「非論元位置」之間究竟應該如何區別，至今尚無定論。因此，在例句⑭d.裡充當介詞賓語的反身詞是否應該視爲論元位置，學者之間仍有異論。又下面 (i) 與 (ii) 的例句裡含有'自己'的介詞組可能都應該分析爲副詞或狀語，但是我們暫且把介詞的賓語（或補述語）都一律分析爲「(域)內(論)元」（internal argument）。

（ⅰ）　張三只肯〔爲自己〕拼命。

（ⅱ）　張三〔對自己〕很失望。

b. 張三不喜歡〔(他)自己的孩子〕。

c. 張三並不喜歡(他)自己。

d. 張三常{跟(他)自己過不去/把 (他)自己一個人關在屋子裡}。

e. 張三{(？他)自己很會/很會(*他)自己}照顧自己。

f. 張三{(？他)自己以前/以前(*他)自己}很會照顧自己。

g. 張三ᵢ以為〔李四ⱼ不喜歡{自己{ᵢ/ⱼ}/他自己{*ᵢ/ⱼ}}〕。

單純反身詞‘自己’與其遠程前行語之間的「約束關係」(binding relationship) 有一個限制；卽遠程前行語必須在「身」(person) 與「數」(number) 上與所有近程前行語一致。例如，在⑭g 的例句裡遠程前行語‘張三’與短程前行語‘李四’的身與數一致，所以都可以充當‘自己’的前行語。但是在⑮的例句裡遠程前行語 (卽母句主語名詞組)‘張三、你、他們’與近程前行語 (卽子句主語名詞組)‘我、李四、你們、我們’的身與數 (或身或數) 並不一致；所以‘自己’只能與短程前行語之間形成約束關係，而無法與遠程前行語之間形成約束關係。試比較：

⑮ a. 張三ᵢ以為〔我ⱼ不喜歡自己{*ᵢ/ⱼ}〕。

b. 你ᵢ以為〔李四ⱼ不喜歡自己{*ᵢ/ⱼ}〕。

c. 你ᵢ以為〔你們ⱼ都對自己{*ᵢ/ⱼ}沒信心〕。

d. 他們ᵢ以為〔我們ⱼ都對自己{*ᵢ/ⱼ}沒信心〕。

例句⑯更顯示：在遠程前行語 (‘張三’)、「中程」前行語 (‘李

四')與近程前行語('王五')的身與數都一致的a.句裡,這三個前行語都可以約束在最底深一層的子句裡出現的反身詞'自己';而在遠程前行語('張三')與近程前行語('王五')之間介入身數不一致的中程前行語('我(們)/你(們)/他們')的b.句裡,却只有近程前行語可以約束反身詞'自己'。試比較:

⑯ a. 張三$_i$以為〔李四$_j$知道〔王五$_k$不喜歡自己$\{_i/_j/_k\}$〕〕。

b. 張三$_i$以為〔{我(們)/你(們)/他們}$_i$知道〔王五$_k$不喜歡自己$\{*_i/*_j/_k\}$〕〕。

Huang (1982) 與 Huang & Tang (1988) 還指出:漢語的反身詞只能以主語名詞組為前行語而受其約束,不能以賓語名詞組為前行語而受其約束 ❸。試比較:

⑰ a. 張三$_i$告訴李四$_j$(他)自己$\{_i/*_j\}$的分數。

b. *我把錢給張三$_i$(他)自己$_i$(而不是給他太太)。❹

---

❸ 除了句子主語(〔NP, IP〕)(與名詞組主語(〔NP, NP〕))以外,反身詞還能以「被字句」裡'被'的賓語(也就是與被字句相對的主動句的主語)以及「把字句」裡'把'的賓語為前行語,例如:
  (i) 張三$_i$被李四$_j$關在(他)自己$\{_i/_j\}$的屋子裡。
  (ii) 李四$_i$把張三$_j$關在(他)自己$\{_i/_j\}$的屋子裡。
另外,Xu (1990) 提出了 (iii) 的例句做為「主語取向」的可能例外,但是這個例句的合法度可能有問題。
  (iii) ?〔自己$_i$的失敗〕使他$_i$〔PRO很傷心〕。
C.-C.J. Tang (1985, 1989, 1992) 也提出了下面 (iv) 的例句。
  (iv) 〔〔張三$_i$討厭自己$\{_i/_j\}$的消息〕使李四$_j$很傷心〕。
❹ 與漢語不同,英語的反身詞却可以以賓語名詞組為前行語而受其約束,例如:
I gave the money to John$_i$ himself$_i$ (, not to his wife).

    c.　*我送了一本書給張三ᵢ（他）自己ᵢ。

    d.　*我送了張三ᵢ（他）自己ᵢ一本書。

C.-C. J. Tang (1985, 1989) 更指出：只有有生名詞組可以充當
反身詞的前行語，而無生名詞組則不能充當反身詞的前行語❺。
試比較：

⑱ a.　我ᵢ撞壞了（我）自己ᵢ的眼鏡。

    b.　*汽身ᵢ撞壞了（它）自己ᵢ的車燈。

又一般說來，反身詞必須受到前行語的「C統制」(c-command)
，而且反身詞也經常出現於前行語的後面。但是如果前行語出現
於主語名詞組裡面充當這個名詞組的主語，那麼賓語反身詞就可
以不受前行語的C統制（如⑲句，參C.-C.J. Tang (1985,1989))
。又如果前行語充當「心理動詞」(psychological verb; psych
verb) 的主語，而反身詞則出現於賓語名詞組的同位子句裡面（如
⑳a.句)，那麼反身詞就可以出現於前行語的前面，而且不受前
行語的C統制（如⑳b.)句，參 C.-C.J. Tang (1985, 1989)。

⑲ a.　〔她ᵢ的妹妹〕ⱼ害了（她）自己{*ᵢ/ⱼ}。

    b.　〔她ᵢ的驕傲〕ⱼ害了{（她)自己ᵢ/*（它)自己ⱼ}。

❺　我們也可以說：漢語裡只有'{我／你／他}（們)自己'這樣的說法，却沒
    有'{它／牠}（們)自己'這樣的說法。附帶一提，無生的'它、牠'也比有
    生(或屬人)的'他、她'更不容易出現於動詞或介詞賓語的位置。

⑳　a.　李四ᵢ〔〔〔對〔(他)自己ᵢ的小孩沒有得獎〕的消息〕〕〕(感
到) 很傷心。

　　b.　〔〔(他)自己ᵢ的小孩沒有得獎〕的消息〕〕使李四ᵢ(感到)
很傷心。❻

在反身詞與前行語之間的關係中，「主語取向」 (subject-
orientation condition)、「有生前行語」(animacy condition)
以及「前行語C統制反身詞」 (C-command condition) 這三個
條件都受到一般漢語語法學者的支持 ❼，但是對於如何處理「遠
程約束語」 (long-distance binder; remote binder) 這個問題
，學者間則頗有異論。C.-C.J. Tang (1992) 首先指出：遠程約
束語與「局部約束語」(local binder) 一樣，都要遵守主語取向
、有生前行語與前行語C統制反身詞這三個條件(如㉑ a.句)；但
是如果前行語包含於主語名詞組裡面而反身詞則充當子句動詞的
賓語(如㉑ b.句)，或前行語充當心理動詞的賓語而反身詞則包含
於主語名詞組裡面(如㉑ c.句)，那麼反身詞則可以不受前行語的

---

❻　㉚ a.與㉚ b.這兩個例句的對比顯示：在㉚ a.的例句裡前行語‘李四’不但
　　C統制反身詞，並且出現於反身詞‘(他)自己’的前面；而在㉚ b.的例句
　　裡則前行語‘李四’不但未C統制反身詞，而且還出現於反身詞的後面。

❼　Xu (1990)還提到反身詞與其前行語之間的約束關係不得違背「 i 在 i
　　內的條件」(the i-within-i condition)，並把‘*自己的朋友來了’這
　　一個例句的不合語法歸諸‘自己’與‘自己的朋友’之間的不能指派「同指
　　標」(co-indexing)。但是，如後所述，「 i 在 i 內的條件」已經容納
　　於「約束原則」 (Binding Principle) 的「管轄範疇」(governing
　　category) 下有關「大主語」(SUBJECT) 的定義中，因而似乎沒有
　　需要特別提及。又‘*自己的朋友來了’的不合語法可以簡單地分析為‘自
　　己’的未能在其管轄範疇內受到約束。而且，‘連 Pro 自己的{朋友／親
　　兄弟}都不肯幫(你的)忙，何況是一個陌生人’這樣的例句似乎是可以通
　　的。

C統制。試比較：

㉑　a.　張三ᵢ 告訴李四ⱼ〔王五ₖ 不喜歡自己{ᵢ/*ⱼ/ₖ}〕。

　　b.　〔張三ᵢ 的信〕提到〔李四ⱼ 不喜歡自己{ᵢ/ⱼ}〕。

　　c.　〔〔張三ᵢ 不喜歡自己{ᵢ/ⱼ}〕的消息〕使李四ⱼ（感到）很
　　　　傷心。

而且，遠程約束語與近程約束語之間不能介入身數不一致的中程
約束語，例如：

㉒　a.　張三ᵢ 以為〔我ⱼ 不喜歡自己{*ᵢ/ⱼ}〕。

　　b.　張三ᵢ 知道〔你ⱼ 的驕傲害了自己{*ᵢ/ⱼ}〕。

　　c.　〔〔張三ᵢ 不喜歡自己{ᵢ/*ⱼ}〕的事情〕使我（感到）很傷
　　　　心。

　　總結以上的觀察❸，漢語反身詞在句法分析上的主要論題計
有：(一)單純反身詞與複合反身詞前行語的「主語取向」（sub-
ject-orientation）、(二)單純反身詞與複合反身詞前行語的「有
生性」（animacy）、（三)複合反身詞的「局部約束」（local
binding）、以及(四)單純反身詞的「阻礙效應」（blocking
effects）等四項。針對這四項論題，C.-C.J. Tang (1985, 1989)
、Huang & Tang（1988）、Battistella（1989）與 Cole,

---

❸　上述有關漢語反身詞的分布情形與指涉功能，以及下述有關漢語反身詞
　　前人分析的探討，主要依據 C.-C. J. Tang (1992)。

Hermon & Sung (1990) 等前後提出了漢語反身詞的「非移位分析」(a non-movement analysis)、「詞組移位分析」(an XP-movement analysis) 與「主要語移位分析」(an X-movement analysis) 等三種不同的分析。

　　C.-C.J. Tang (1985, 1989) 對於漢語的單純反身詞與複合反身詞都採取「非移位分析」;也就是說,這兩種反身詞無論在「表層結構」(S-structure) 與「邏輯形式」(Logical Form; LF) 都不發生移位的問題。她認為:所謂的單純反身詞'自己'其實就是含有「空號代詞」(empty pronoun; null pronominal) 'pro' 的複合反身詞'pro 自己';而受遠程前行語約束的'pro 自己'則可以用下面㉓的「屬性傳遞規律」(Feature-Copying Rule) 與㉔的「重派指標規律」(Reindexing Rule) 來處理。

㉓　「屬性傳遞規律」(可用規律)

　　　出現於'pro 自己'裡面的空號代詞'pro'可以在「約束原則」(Binding Principle) 適用之後把身與數等屬性傳遞給'自己',因而把'pro 自己'轉變為受遠程前行語約束的(單純)反身詞。

㉔　「重派指標規律」(「反複適用」(iterative) 或「連續循環」(successive-cyclic) 規律)

　　　受遠程前行語約束的反身詞'pro 自己',除了原來的「指涉指標」(referential index) 以外,另外指派出現於這個反身詞「上面一層管轄範疇」(the next higher governing category) 的「可能前行語」(the potential antecedent)

的指涉指標。

根據她的分析，在下面㉕(＝⑭)的例句中，「屬性傳遞規律」只適用於㉕a.(＝⑭a.)，而不適用於㉕b.(＝⑭b.)。因此，㉕a. 的'pro 自己'不但可以受到'李四'的局部約束，而且還可以受到'張三'的遠程約束；反之，㉕b.的'他自己'却只能受到'李四'的局部約束，而不能受到'張三'的遠程約束。試比較：

㉕　a.　張三ᵢ 以為〔李四ⱼ 不喜歡 pro{ᵢ/ⱼ}〕。

　　b.　張三ᵢ 以為〔李四ⱼ 不喜歡他自己{*ᵢ/ⱼ}〕。

　　針對以上分析，Huang & Tang (1988) 提出兩點質疑：㉓ 的「屬性傳遞規律」為什麼只適用於單純反身詞，而不適用於複合反身詞？又這一個規律為什麼可以把原本受局部約束的單純反身詞轉變為受遠程約束的單純反身詞？Battistella (1989) 也指出：以上的分析未能解釋為什麼㉓的「屬性傳遞規律」必然觸動「重派指標規律」？又單純反身詞因「重派指標規律」而獲得可能前行語(亦即遠程約束語)的指涉指標以後，為什麼仍能保留局部前行語(亦即近程約束語)的指涉指標？另外，根據 Giorgi (1984) 的分析，義大利語的遠程前行語雖然遭遇身數不一致的中程前行語的介入，却仍然可以遠程約束反身詞。那麼，漢語與義大利語之間有關反身詞遠程約束上的差異又應該如何說明？針對這些質疑，Huang & Tang (1988) 提出了下面㉖漢語反身詞

的「邏輯形式裡非論元移位」（LF A'-movement）分析❾。

㉖ a. 單純反身詞與複合反身詞都在邏輯形式裡移位，並加接
於小句子(IP)的左端。

　　 d. 「身數屬性」（ϕ-features；即〔α 身〕與〔β 數〕）的指
派先於「指涉屬性」（referential features）的指派。

　　 c. 在「表層結構」（S-structure）裡由約束原則認可的指
標不得在邏輯形式裡重新更改。

　　 d. 約束原則在表層結構與邏輯形式裡適用。

　　 e. 因約束所獲得的「（照應）身數指標」（(anaphoric) ϕ-
index）只有在前行語直接約束之下始能保留。

根據這個分析，在未適用約束原則之前，單純反身詞'pro 自己'
的「指涉指標」（R-index）與「身數指標」（ϕ-index）都尚未
指派，而複合反身詞'他自己'則雖然已經指派身數指標，却尚未
指派指涉指標。約束原則在表層結構裡適用的結果，單純反身詞
獲得身數指標的指派，而複合反身詞除了原有的身數指標以外，
還獲得指涉指標。如此，根據㉖c.，只有在表層結構裡未能獲得
指涉指標的單純反身詞可能由於在邏輯形式裡的連續移位與加接
而獲得或更改指涉指標。這就說明了為什麼中程前行語的介入會
產生阻礙效應：因為單純反身詞在邏輯形式裡移位以後，不再受
到局部前行語的直接約束而無法保留因約束原則的適用所獲得的

----

❾　最早提出這種移位分析的可能是 Lebeaux（1983），而 Chomsky
　（1986b）也提出了類似的分析。

身數指標（參㉖c.）；而如此則違背了㉖c.在表層結構裡因約束原則的適用所獲得的指標不得在邏輯形式裏更改的規定。

Huang & Tang (1988)，以邏輯形式裡的連續移位與加接，來說明單純反身詞'自己'必須受到嚴格的局部約束。但是C.-C J. Tang (1992) 指出這個分析仍然有下列四點缺失。

（一）Huang & Tang (1988) 以下面㉗的例句來說明只有複合反身詞'他自己'顯示在邏輯形式裡的「重建效應」（reconstruction effects)，而單純反身詞'自己'却不顯示這種效應；並且以此做為支持㉖e.的獨立自主的證據。

㉗　a.　張三ᵢ 說〔他自己{ᵢ/ⱼ}的書，〔李四ⱼ 最欣賞〕〕。

　　b.　張三ᵢ 說〔自己{ᵢ/*ⱼ}的書，〔李四ⱼ 最欣賞〕〕。

根據 Huang & Tang (1988)，㉗a.與㉗b.在合法度上的差別來自：單純反身詞是眞正的「運符」（operator)，所以必須停留在運符的位置；而複合反身詞則並非眞正的運符，因而可以在邏輯形式裡進行「重建」（reconstruction)。但是 Katada (1991) 主張日語裡受到遠程約束的單純反身詞'自分'必須在邏輯形式裡出現於「非論元位置」（A'-position); 而依照同樣的論據，漢語裡受到遠程約束的單純反身詞'自己'也應該在邏輯形式裡出現於非論元位置。如此，約束原則非但適用於表層結構與邏輯形式，而且必須適用於邏輯形式裡反身詞移位加接的前後結構。否則，單純反身詞'自己'勢必無法同時滿足㉖e.、㉖c.、以及運符必須在邏輯形式裡出現於非論元位置的條件，而受到局部約束；因為

㉗b.裡的單純反身詞'自己'必須在邏輯形式裡加接於'李四最欣賞',所以無法受到局部前行語'李四'的直接約束。如果適用於邏輯形式裡的約束原則可以在單純反身詞的加接以前適用,那麼經過加接後所衍生的結構無異是表層結構,而在這個結構裡單純反身詞的指涉指標却無法依照㉖b.c.的規定來指派。

　　(二) Katada (1991) 還針對 Barss (1984) 在表層結構的「連鎖約束」(chain binding) 分析,以邏輯形式裡的重建分析來處理日語反身詞的「連接效應」(connectivity effects)。如果 Katada (1991) 的有關分析是正確的話,那麼例句㉗a.裡複合反身詞'他自己'的兼受'張三'與'李四'的約束也違背了㉖c.的規定。

　　(三)以指涉指標與身數指標的分開指派來處理遠程反身詞的方法,似乎也無法解釋為什麼近程前行語在漢語裡所發生的「阻礙效應」(blocking effects) 並不一定發生於其他語言。例如,Giorgi (1984) 指出:在㉘的義大利語例句裡,單純反身詞'propria'不但可以受到近程前行語'tu (你)'的約束,而且還可以受到遠程前行語'Gianni'的約束。

㉘　Gianni$_i$ suppone che tu$_j$　sia inamorato della

　　Gianni suppose that you are in-love　with

　　propria$_{\{i/j\}}$ mogile.

　　self's　　　wife

　　'Gianni supposes that you are in love with {his/your} wife (Gianni$_i$ 認為你$_j$ 跟自己$_{\{i/j\}}$的太太相愛。)'

（四）Progovac（1991）更指出：Huang & Tang（1988）有關所有不具身數屬性的單純反身詞都可以受到遠程約束的主張，恐怕與經驗事實不相符；因為日語單純反身詞‘自分自身’不必受到局部約束，而俄語反身詞‘sebja’也不能越過限定子句而受到遠程約束。

除了 Huang & Tang（1988）以外，Battistella（1989）與 Cole, Hermon & Sung（1990）也利用邏輯形式裡的移位把‘自己’的遠程約束分析為嚴格的局部限制。不過，與 Huang & Tang（1988）的分析不同，這兩種分析都主張：只有單純反身詞在邏輯形式裡從「屈折語素」（INFL）的位置移位而移入上面屈折語素的位置。在這兩種分析裡，複合反身詞是完整的「名詞組」（NP），而單純反身詞卻只是「名詞」（N）。由於只有屬於「X零桿」（X; X°）的主語才能適用從屈折語素到屈折語素的「主要語移位」（head-(to-head) movement），所以只有屬於名詞的單純反身詞才能經過邏輯形式裡的移位而受到遠程前行語的約束。同時，這兩種分析都利用「指示語與主要語間的呼應」（specifier-head agreement）或「主語與動詞間的呼應」（subject-verb agreement）來解釋單純反身詞的阻礙效應；即出現於小句子指示語位置的前行語名詞組（亦即主語名詞組）必須與加接於屈折語素的‘自己’兩相呼應。結果是：單純反身詞‘自己’的身與數必須與其近程或遠程前行語的身與數一致。Sung（1990）還擬設兩種不同類型的呼應：一種呼應適用於主語名詞組與移入屈折語素的‘自己’之間；而另一種呼應則適用於主語名詞組與屈折語素本身之間。漢語等不具有明顯呼應標誌的語言採用前一種呼應

，而義大利語等具有明顯呼應標誌的語言則採用後一種呼應。根據她的分析，只有採用前一種呼應的漢語單純反身詞才會呈顯阻礙效應，而採用後一種呼應的義大利語單純反身詞則不會呈顯這種效應。

邏輯形式裡主要語移位的分析，確實有其迷人之處：例如以單純反身詞的移位，來說明單純反身詞與複合反身詞的區別；又如以獨立存在的指示語與主要語間的呼應，來說明單純反身詞的阻礙效應；再如以兩種不同類型的呼應，來說明漢語與義大利語單純反身詞在阻礙效應上的差異等。但是 Huang & Tang（1988）與 Tang（1992）指出：邏輯形式裡主要語移位的分析仍然含有下列四點缺失。

　　㈠既然單純反身詞可以在邏輯形式裡適用「主要語移位」而移入或加接於屈折語素，那麼為什麼複合反身詞就不能在邏輯形式裡適用「詞組移位」而加接於小句子？

　　㈡ Battistella（1989）主張：阻礙效應可以從屈折語素裡主語名詞組與單純反身詞之間的呼應來說明。但是在㉙的例句裡前行語‘張三’與單純反身詞‘自己’的關係並不像是指示語與主要語之間的呼應關係，而㉙b.裡的前行語‘張三’甚至沒有 C 統制反身詞‘自己’。

㉙　a.　〔〔張三₁ 對自己{ᵢ/*ⱼ} 沒信心〕這件事〕使我ⱼ（感到）很傷心。

　　b.　我₁ 知道〔張三ⱼ 的驕傲害了自己{*ᵢ/ⱼ}〕。

Battistella（1989）認爲：在這種情形下，含有反身詞‘自己’的子句動詞（如‘沒信心’與‘害了’）仍然與局部約束語的‘張三’相呼應。但是這樣的解釋，尤其是在㉙b.的情形下的解釋，似乎有一些牽強附會之嫌。

（三）在 Cole, Hermon & Sung（1990）的分析下，‘自己’在邏輯形式裡的移位是主要語的移位；因而依照「空號原則」（the Empty Category Principle; the ECP），其「移位痕跡」（trace）必須受到「適切的管轄」（proper government）。如此，‘自己’不應該從「副詞子句」（adverbial clause）、「關係子句」（relative clause）等「句法上的孤島」（syntactic island）移出，因爲在一般情形下這些句法上的孤島都會形成阻礙適切管轄的「屏障」（barrier）。但是下面例句㉚的合法度判斷却顯示：在這些句法孤島上出現的單純反身詞‘自己’仍能受到‘張三’的遠程約束與‘李四’或‘那個人’的近程約束。試比較：

㉚　a.　張三₁ 說〔〔如果李四ⱼ 批評自己{₁/ⱼ}〕，他就不去〕。

　　b.　張三₁ 不喜歡〔那個〔批評自己{₁/ⱼ}〕的人〕ⱼ。

（四）Georgi（1984）所討論的義大利語單純反身詞‘propria’的遠程約束，並非漫無限制。例如，‘propria’可以越過「假設法子句」（subjunctive clause）而受到遠程前行語的約束，却不能越過「直說法子句」（indicative clause）而受到遠程約束。相形之下，漢語的單純反身詞‘自己’却不受這種「假設法子句」

與「直說法子句」的區別之影響❿。因此，Sung (1990) 以「屈折語素移位」與「指示語與屈折語素之間呼應關係」的有無來說明漢語與義大利語之間阻礙效應上差異的分析，仍然無法解釋：為什麼漢語的呼應標誌雖然不足以防止「阻礙效應」，却足以克服「直說法與假設法之間的不對稱現象」(the indicative-sub-junctive asymmetry)，而為什麼義大利語的呼應標誌則雖然足以防止「阻礙效應」，却不足以克服「直說法與假設法之間的不對稱現象」。在 Tang (1989) 與 Sung (1990) 的分析裡，無論是漢語或義大利語的直說法子句與假設法子句，都用屈折語語素裡「從屬」（〔＋dependent〕）與「非從屬」（〔－dependent〕）以及「補語連詞」(complementizer; COMP) 裡「混濁」（〔＋opaque〕）與「非混濁」（〔－opaque〕）這兩個屬性的正負值來表示其區別；而這樣的區別，既沒有獨立自主的證據，更無法用來解釋當面的問題。

　　為了在「非移位分析」、「詞組移位分析」與「主要語移位分析」三者之間做一番抉擇，C.-C.J. Tang (1992) 進而就單純反身詞的'自己'(i)在名詞組內部的約束、(ii)從名詞組外部的約束、以及(iii)從名詞組與子句外部的約束這三種不同的情形來加以討論。首先，她以㉛的例句來討論'自己'在名詞組內部的局部約束。

㉛　a.　〔張三₁（的）〔有關自己₁（的）國家〕的報告〕

---

❿　Progovac (1991) 也指出：雖然漢語並不顯示直說法與假設法之間的不對稱現象，俄語却顯示這樣的不對稱現象。

b. 〔張三ᵢ 的一篇〔有關自己ᵢ（的）國家〕的報告〕

c. 〔一篇張三ᵢ（的）〔有關自己ᵢ（的）國家〕的報告〕

d. 〔張三ᵢ（的）這一篇〔有關自己ᵢ（的）國家〕的報告〕

e. 〔這一篇張三ᵢ（的）〔有關自己ᵢ（的）國家〕的報告〕

㉛的例句顯示：'自己'與其局部前行語'張三'可以出現於同一個名詞組裡面，而且不因指示詞'這'與數量詞'一篇'的存在與否或這些詞語在名詞組裡出現的位置而影響其合法度。接著，她提出 Huang（1982）與她自己（1990）有關漢語名詞的詞組結構分析㉜與㉝：

㉜ Huang（1982）

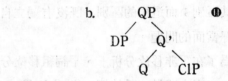

❶ 在 Huang（1982）裡，㉜b.的數詞（Q）的指示語與補述語分別是指示詞（D）與量詞（Cl）。這裏權宜地把'Q'與'Cl'分別改為詞組'QP'與'ClP'，藉以符合最近的「X標槓理論」（X'-theory）。

・192・

㉝ Tang（1990）

```
              DP
              |
              D'
            /    \
           D      QP
                  |
                  Q'
                /    \
               Q      ClP
                      |
                      Cl'
                    /    \
                  Cl      NP
                          |
                          N'
                          |
                          N
```

依照 Huang（1982）的分析，在㉜ a.的詞組結構裡，（指示）數量詞組（QP；如'（這）一篇'）與'張三（的）'都可以出現於名詞組（NP）指示語的位置或名詞節（N'）附加語的位置。而依照 C.-C.J. Tang（1990）的分析，'張三（的）'也出現於「詞節」（X'）或「詞組」（XP）附加語的位置。在 C.-C.J. Tang（1985, 1989）的「非移位分析」下，單純反身詞'自己'根本不發生移位；因而不需要在㉜ a.與㉝的詞組結構裡擬設「移入點」（landing site）的存在，在例句㉛裡出現於同一名詞組（或限定詞組）裡面的'張三'也就順理成章地可以充當'自己'的局部約束語。另一方面，在 Huang & Tang（1988）的「詞組移位分析」下，'自己'則必須移位加接；因而可能的「加接點」（adjunction site）計有㉜

a.的名詞組(NP)以及㉝的限定詞組(DP)、數詞組(QP)、量詞組(ClP)與名詞組(NP)。但是如果,如前所述,具有「運符」功能的'自己'在邏輯形式裡移位加接之後必須出現於非論元位置,而且'自己'的身數屬性只能在直接約束或局部約束之下纔能保留;那麼㉝的詞組結構分析可能優於㉜a.的詞組結構分析,因為㉜a.的名詞組與㉝的限定詞組勢必成為論元位置。同時,「詞組移位分析」也必須擬設'張三的'與'有關自己(的)國家的'不得在同一個詞組裡面衍生;否則'自己'勢必無法移位而加接於'張三'。但是這種擬設或規範似乎沒有獨立自主的證據,而且也可能違背最近的移位與屏障理論。Battistella (1988) 與 Cole, Hermon & Sung (1990) 的「詞語移位分析」也無法採用㉜a.的詞組結構分析來達成'自己'在名詞組內部的局部約束;因為在㉜a.裡除了主要語名詞(N)以外,根本沒有其他主要語的位置來成為移入點或加接點,或用來檢查身數的呼應。在㉝的詞組結構分析裡,主要語限定詞(D)雖然可以成為'自己'的移入點或加接點[12],但是從主要語名詞(N)到主要語限定詞(D)的移位或加接勢必違背空號原則或屏障理論,因而錯誤地判斷㉛c.與㉛d.的例句為不合語法。而且,如果允許從主要語名詞到其他主要語(如數詞(Q)或是量詞(Cl))的移位,那麼不但要提出獨立自主的證據來支持這樣的移位,而且還應該說明:既然主要語名詞(N)在限定詞組(DP)裡可以有這樣的移位,為什麼與主要語名詞相當的主要語動詞(V)在大句子(CP)裡却不能享有這樣的移位[13]。

---

[12] Abney (1987) 認為名詞組(或限定詞組)裡的限定詞(D)相當於動詞組(或大句子)裡的屈折語素(INFL)。

[13] Battistella (1989) 與 Cole, Hermon & Sung (1990) 都認為主要語動詞在大句子裡不能有這樣的移位。

C.-C.J. Tang (1990) 更主張：依據 Abney (1987) 的分析
，英語的領位標誌‘-’s’出現於主要語限定詞（ D ）的位置，並與
出現於限定詞組指示語位置的名詞組合成「領位名詞組」（pos-
sessive NP）；而漢語的領位名詞組則應該分析為出現於附加語
的位置。如果她的分析有道理，那麼「詞語移位分析」下的指示
語與主要語之間的呼應也無法解釋下面㉞到㉗例句裡 b. 句的阻礙
效應。試比較：

㉞　a.　〔張三ᵢ(的)那三篇李四ⱼ(的)〔有關自己{ᵢ/ⱼ}〕的文章〕

　　b.　〔張三ᵢ(的)那三篇我ⱼ(的)〔有關自己{*ᵢ/ⱼ}〕的文章〕

㉟　a.　〔張三ᵢ的一本〔李四ⱼ買〕的〔有關自己{ᵢ/ⱼ}的書〕

　　b.　〔張三ᵢ的一本〔你ⱼ買〕的〔有關自己{*ᵢ/ⱼ}〕的書〕

㊱　a.　張三ᵢ找不到〔李四ⱼ(的)那三篇〔有關自己{ᵢ/ⱼ}的文
　　　　章〕。

　　b.　我ᵢ找不到〔你ⱼ(的)那三篇〔有關自己{*ᵢ/ⱼ}的文章〕。

㊲　a.　張三ᵢ認為〔〔〔李四ⱼ(的)〔有關自己{ᵢ/ⱼ}〕的報告〕寫
　　　　得很好〕。

　　b.　我們ᵢ認為〔〔〔你ⱼ(的)〔有關自己{*ᵢ/ⱼ}〕的報告〕寫
　　　　得很好〕。

㉞a.與㉟a.的例句表示‘自己’可以在名詞組（或限定詞組）裡受到
遠程前行語‘張三’與近程前行語‘李四’的約束；㊱a.與㊲a.的例
句表示‘自己’可以受到名詞組之外遠程前行語‘張三’與名詞組之

內近程前行語'李四'的約束 ⑭；而㉞到㉗的 b.例句則表示近程前行語與遠程前行語之間身數不一致的中程前行語（如'我、你'）的介入都會阻礙遠程前行語的約束。這些例句裡遠程前行語的約束或受阻礙似乎顯示：至少就出現於名詞組裡面的單純反身詞'自己'而言，遠程前行語的阻礙效應並非來自指示語與主要語之是否相呼應，而是起因於反身詞之能否受到前行語的約束。因此，C.-C.J. Tang (1992) 的結論是：㉛到㉗的例證似乎顯示「非移位分析」優於「詞組移位分析」或「詞語移位分析」。依據Chomsky (1981) 的「約束原則A」（Binding Principle A），反身詞、交互詞與「名詞組痕跡」（NP-trace）等照應詞在其「管轄範疇」（governing category）內必須「受到約束」（be bound）⑮；而這裡所謂「管轄範疇」係指含有照應詞、照應詞的「管轄語」（governor）以及照應詞「可以接近的大主語」（an accessible SUBJECT；包括子句主語（〔NP, IP〕）、名詞組主語（〔NP, NP〕）與「呼應語素」（AGR））這三者的最貼近的最大投射（即

---

⑭ 在㊱ a.裡，單純反身詞與遠程前行語之間由一個介詞組與一個名詞組來劃界；而在㊲ a.裡，單純反身詞與遠程前行語之間則由一個介詞組、一個名詞組與一個子句來劃界。

⑮ Wang & Stilling (1985) 認為漢語的反身詞必須受到約束，因而不必加上「在其管轄範疇內」這個限制。因此，他們主張漢語的反身詞是屬於 Chomsky (1981)「約束原則」中「照應詞」、「稱代詞」（pronominal）與「指涉詞」（R-expression）三種分類之外的「稱代照應詞」（pronominal anaphor）。另外，Yang (1983) 與 Manzini & Wexler (1987) 則主張含有反身詞的任何子句與名詞組都可以成為反身詞的管轄範疇。這些主張都有擴大反身詞的約束領域，以便容納遠程約束的功能。關於這些主張的批評，參 von Bremen (1984)與 Kang (1988)。

詞組)。爲了支持反身詞遠程約束與近程約束的「非移位分析」，Progovac (1991)藉「相對性主語」(relativized subject) 的概念把Chomsky (1981) 的「約束原則A」的內容改爲㊳與㊴。

㊳　反身詞R必須在含有R與「大主語」(SUBJECT) 的「領域」(domain) D裡受到約束。

　　a.　　α是反身詞 X° 的大主語，唯如X是「零槓範疇」(a zero-level category；如「呼應語素」)。

　　b.　　α是反身詞XP的大主語，唯如X是「最大投射的詞組」(an XP projection；如「句子主語」與「名詞組主語」)。

㊴　與反身詞 X° 唯一有關的大主語是呼應語素。

在 Progovac (1991) 的約束原則裡，「可以接近的大主語」被「大主語」取代，而反身詞也分爲「詞語反身詞」(X° reflexive)與「詞組反身詞」(XP reflexive)；而且，「詞語反身詞」必須以呼應語素爲大主語，而「詞組反身詞」則必須以名詞組(或限定詞組)爲大主語。這裡應該注意的一點是「詞語反身詞」與「詞組反身詞」的劃分並不等於「單純反身詞」與「複合反身詞」的區別：在構詞上屬於「單純詞」(simple word) 的單純反身詞'自己'可能是「詞語反身詞」，也可能是「詞組反身詞」；而在構詞上屬於「合成詞」(complex word) 或「複合詞」(compound word) 的複合反身詞'他自己'則必定是「詞組反身詞」。因此，屬於詞組反身詞的單純反身詞'自己'不但可以依據㊳a.而以呼應

語素爲大主語，也可以依據㊳b.而以充當句子主語或名詞組主語的名詞組爲大主語。Progovac (1991) 爲漢語的單純反身詞‘自己’與複合反身詞‘他自己’所設定的詞組結構分別是㊵a.與㊵b.。

㊵　a.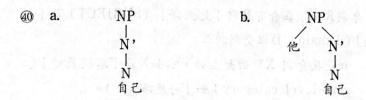　b.

㊵a.的‘自己’既受 N(X°) 的支配，又受 NP(XP) 的支配；所以不但是「詞語反身詞」(X°)，而且也是「詞組反身詞」(XP)。㊵b.的‘他自己’只受 NP 的支配，所以只可能是「詞組反身詞」。屬於詞組反身詞的‘他自己’必須受到前行語名詞組的約束。因此，依照㊳b.的約束原則，出現於動詞或介詞賓語位置的‘他自己’必須受到該句主語名詞組的約束；而出現於子句主語位置的‘他自己’則必須受到離這個主語最近的主語名詞組的約束。在這兩種情形之下，‘他自己’都不可能受到遠程約束。另一方面，兼屬於詞語與詞組反身詞的‘自己’則既可以受到呼應語素的約束，亦可以受到主語名詞組的約束。Progovac (1991)認爲：如果如 Huang (1982) 所主張那樣，呼應語素在漢語裡並不存在，那麼‘自己’就無法依照㊳a.而只能依照㊳b.獲得約束領域；因而有可能受到遠程約束。他也認爲：如果如 Borer (1989) 所主張那樣，漢語裡存在「照應性的呼應語素」(an anaphoric AGR)，而且依「連續循環」(successive-cyclic) 的方式受到約束，那麼

'自己'的約束領域就可以依次往上擴展到最高的「根句」(root sentence);因而亦有可能受到遠程約束。

Progovac (1991) 依其獨特的分析,相當明確地說明詞語反身詞('自己')與詞組反身詞('他自己'與'自己')的區別以及這兩種反身詞在遠程約束上的差異,但是 C.-C.J. Tang (1992) 却針對他的分析提出下列幾點意見。

(一) 如果漢語裡並無呼應語素的存在,那麼例句㊶裡的'自己'便依據㊳b.受到'李四'的近程約束,並且依據㊳a.受到'王五'與'張三'的遠程約束。

㊶ 〔張三ᵢ 以為〔王五ⱼ 知道〔李四ₖ 不喜歡自己{i/j/k}〕〕〕。

但是這樣的分析似乎不能說明中程前行語的阻礙效應:即為什麼如例句㊷那樣在近程前行語'李四'與遠程前行語'張三'之間介入身數不一致的中程前行語'我'的時候,'張三'就無法成為'自己'的遠程約束語。

㊷ 〔張三ᵢ 以為〔我ⱼ 知道〔李四ₖ 不喜歡自己{*i/j/k}〕〕〕。

另一方面,如果漢語裡有照應性呼應語素的存在,而且如 Borer (1989) 所主張那樣,這個呼應語素是在無法滿足「非論元約束」(A'-binding) 的情形下纔受到論元成分的約束;那麼只要上下兩個句子的主語名詞組相呼應,出現於下面一個句子的呼應語素就可以受到上面一個句子的呼應語素的約束。在㊷的例句裡,由

於身數不一致的中程前行語'我'的介入，最下面(或最裡面)的呼應語素無法受到中間呼應語素的約束，因而也就無法以連續循環的方式受到最上面（或最外面）呼應語素的約束。因此，在 Progovac（1991）的分析下，似乎必須承認照應性呼應語素的存在纔能說明⑫句裡中程約束語的阻礙效應。

(二)但是她與 Huang（1992）一樣都認爲漢語裡並無足夠的證據來支持呼應語素的存在；因此，單純反身詞'自己'，無論出現於子句或名詞組裡，都要依連續循環的方式受最貼近的同指標前行語的約束。這就說明爲什麼身數不一致的中間前行語介入的時候會引起遠程約束的阻礙效應。換句話說，引起阻礙效應的原因，並不在於主語名詞組與呼應語素之間的不相呼應，而在於兩個可能的約束語之間身數上的不一致。

Xu（1990）則反對以上從局部約束的觀點討論漢語反身詞遠程約束的句法分析，而主張從語用的觀點來解決有關的問題。他首先從句法的觀點批評 Huang & Tang（1988）與 Cole, Hermon & Sung（1990）的移位分析⑯，並認爲所謂「遠程約束」或「阻礙效應」的問題，就是語用解釋上的問題。例如，在⑬的例句裡，一般人都會把'自己'解釋爲受近程前行語'賣魚的'的約束，而不是受遠程前行語'老奶奶'的約束；另一方面，在⑭的例

---

⑯ Xu（1990）對於 Huang & Tang（1988）與 Cole, Herman & Sung（1990）在句法分析上的批評似有未盡妥善之處。例如，他在論文第十頁指責 Huang & Tang（1988）做了任意武斷的規範：'自己'的「小句子加接」（IP-adjunction）不受「承接條件」(the Subjacency condition) 的限制。但是根據 Chomsky（1986b），凡是加接結構都不構成「屏障」，因而不可能影響「承接條件」。

句裡，‘自己’却不可能受近程前行語‘李四’的約束，而只可能受遠程前行語‘張三’的約束。而決定這些遠程與近程約束上的差異的，不是純粹句法結構上的因素，而是語言情境上的考慮或語意解釋上的限制。

㊸ 老奶奶ᵢ 這纔明白〔賣魚的騙了自己{??ᵢ/ⱼ}〕。

㊹ a. 張三ᵢ 怕〔李四ⱼ 超過自己{ᵢ/*ⱼ}〕。

     b. 張三ᵢ 請我ⱼ〔PRO 坐在自己{ᵢ/*ⱼ}的旁邊〕。

同樣的，㊺到㊻的例句裡遠程約束與近程約束上的差異也無法全靠遠程前行語與近程前行語之間在身數上的一致與否來解釋。

㊺ a. 我ᵢ 知道〔我們ⱼ 對自己{*ᵢ/ⱼ}沒有信心〕。

     b. 你ᵢ 知道〔你們ⱼ 對自己{*ᵢ/ⱼ}沒有信心〕。

     c. 他ᵢ 知道〔他們ⱼ 對自己{ᵢ/ⱼ}沒有信心〕。

㊻ a. 〔張三ᵢ 和李四ⱼ〕ₖ 知道〔他們ₗ 對自己{*ᵢ/*ⱼ/?ₖ/ₗ}沒有信心〕。

     b. 〔張三ᵢ 和李四ⱼ〕ₖ 都說〔王小姐ₗ 喜歡自己{ᵢ/ⱼ/?*ₖ/ₗ}〕。

㊼ 他ᵢ 說〔你ⱼ 明明知道〔李四ₖ 喜歡自己{ᵢ/ⱼ/ₖ}〕〕。

我們並不否認：照應詞與其可能的約束語之間的最後選擇，除了局部約束（即照應詞在管轄範疇內受到約束）與身數一致等句法因素以外，還要考慮語用與語意的因素來決定。但是我們却不贊成全面否定句法分析而片面訴諸語用解釋的做法；因為這樣不

但有違「句法自律的論點」（Autonomous Thesis），而且捨棄明確嚴謹的「形式句法」（formal syntax）而逃入模糊曖昧的語用解釋，並不能眞正解決當面的問題。Xu（1990）提到了一些介乎句法與語用之間的處理原則（如「最短距離效應」（Minimal Distance Effect）與「最高子句效應」（Maximal Clause Effect）❶），但是這些原則都有反證的存在。他也提到了 Kuno（1986）的「關注（對象）」（empathy）以及 Sells（1987）的「言談態度」（logophoricity）等「言談分析」（discourse analysis）因素或「言談表顯結構」（discourse representation structure）對漢語照應詞遠程約束的可能影響；但是並沒有提出明確的規律或原則，也沒有舉出具體的例子來處理漢語的有關現象。以上面㊺的例句在遠程與近程約束上的差異爲例，在第一、二人稱的單數與複數稱代詞之間存在「成員與集合間的關係」（a member-set relationship；卽 'i ∈ j'），而第三人稱的單數與複數稱代詞之間却不一定存在這樣的關係。因此，上面㊺的例句與下面㊽的例句在合法度上的差異，應該可以用同樣的規律或原則來說明。

㊽ a. *我ᵢ喜歡我們ⱼ；*我們ⱼ喜歡我ᵢ。

    b. *你ᵢ喜歡你們ⱼ；*你們ⱼ喜歡你ᵢ。

    c. 他ᵢ喜歡他們ⱼ；他們ⱼ喜歡他ᵢ。

同樣的，㊻的例句在遠程與近程約束上的差異似乎也牽涉到代表

❶ Battistella & Xu（1990）也曾經指出阻礙效應可能涉及語用因素。

「成員」（‘i,j’）與「集合」（‘k’）的前行語及反身詞之間的約
束關係❶。我們認爲漢語照應詞的約束問題最好盡可能在「句子
語法」（sentence grammar）的範圍裡以形式句法的方法來解決
；就是要以語用解釋或言談分析爲輔助手段，也應該注意這些解
釋或分析的形式化與明確化。

　以上的討論顯示：當前漢語反身詞句法分析的焦點主要圍繞
在單純反身詞‘自己’的遠程約束，而且至今尚未達成大家可以共
同接受的結論。其實，漢語的反身詞，除了遠程約束以外，還有
下列幾個問題值得討論。

　（一）充當反身用法的反身詞在「X標槓結構」（X-bar struc-
ture）上出現的位置究竟如何？首先，就充當動詞賓語的反身詞
而言，可能的X標槓結構分析至少有三種。第一種分析是：漢語
及物動詞的賓語名詞組都在深層結構裡出現於動詞組裡主要語動
詞右邊補述語的位置，並由及物動詞從左到右的方向指派「論旨
角色」（theta-role；如「客體」（Theme））與「格位」（Case，
卽「賓位」（accusative Case）），如⑭a.的分析。第二種分析是
：漢語及物動詞的賓語名詞組都在深層結構裡出現於動詞組主要
語左邊指示語的位置，並由主要語動詞從右到左的方向指派論旨

❶　Xu (1990) 也提到例句⑭裡「個別性」（individuality）與「集體性」
　（collectivity）的差別，但是並沒有進一步說明有關的現象或問題。
　例如，一般說來，「並列結構」（coordinate structure；如‘〔張三和
　李四〕np’）都會形成「句法上的孤島」（syntactic island），但在⑭b.
　的例句却例外地允許各個「連接項」（conjunct；卽‘張三’與‘李四’）
　分別成爲照應詞的約束語。又如⑭a.與⑭b.的例句分別以稱代詞‘他們’
　與指涉詞‘王小姐’爲子句主語；因此，除了照應詞的約束以外，還牽涉
　到稱代詞與指涉詞的約束問題。

角色或「固有格位」(inherent Case) 給賓語名詞組，然後再由及物動詞提昇移入上面「述詞組」(predicate phrase; PrP) 主要語的位置，並在這個位置從左到右的方向指派屬於「結構格位」(structural Case) 的賓位給賓語名詞組，如⑭ b.的分析。第三種分析與第二種分析相似，只是不在動詞組上面擬設述詞組的存在，而以「動詞組殼」(VP-shell) 來代替，如⑭ c.的分析⑲。

⑭　a.　　　b.　　　→

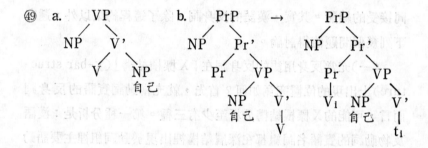

c.　　　→

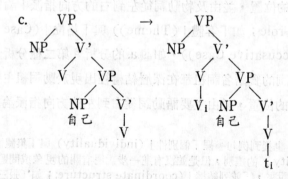

---

⑲　在(⑭ a. b. c.)的詞組結構分析裏，我們權宜地把主語名詞組分析為分別出現於動詞組、述詞組與動詞組殼裏指示語的位置，然後經過移位而移入小句子(IP)指示語的位置或加接於小句子的左端。

　　其次，充當介詞賓語的反身詞，一般都分析爲在深層結構裡出現於介詞組裡主要語介詞右邊補述語的位置，並由介詞從左到右的方向指派「斜位」(oblique Case) ⑳，如⑳的分析。至於整個介詞組，則依據其論元屬性(如「內元」、「外元」(external argument) 或「意元」(semantic argument))與語意類型(如「工具」、「情狀」、「起點」、「終點」、「時間」、「處所」、「原因」、「情態」等)而在深層結構(或經過移位後的表層結構)裡出現於各種詞組結構的補述語、附加語、指示語等位置。

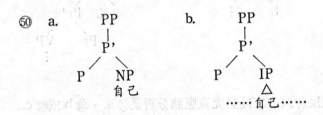

⑳　a.　PP　　　　b.　PP
　　　　P'　　　　　　P'
　　　P　NP　　　P　IP
　　　　自己　　　　△
　　　　　　　　……自己……

　　(二)充當加強用法的反身詞在X標槓結構上出現的位置如何？加強用法'自己'一般都出現於主語名詞組與述語動詞之間的非論元位置，而且可以出現於「情態動詞」(modal verb；如'會、能、要、願意'等)與主要語動詞之間 (參⑭e.的例句)㉑，所以

---

⑳　我們擬設漢語的介詞並不指派固有移位(參 Chomsky (1986a))。又漢語的連詞與介詞在X標槓結構上可以分析爲同屬一類：二者的不同在於介詞以名詞組爲補述語(如⑳a.)，而連詞則以小句子或大句子爲補述語 (如⑳b.)。

㉑　我們把漢語的情態動詞(特別是「義務用法」(deontic use)的情態動詞)分析爲由「主語控制」(subject-control)的「控制動詞」(control verb)，因而以大代號(PRO)爲主語的小句子(IP)或述詞組(PrP)爲補述語。

加強用法的'自己'似乎可以分析為出現於小句子附加語位置（如㉑a.的分析）或述詞組附加語的位置（如㉑b.的分析）。加強用法的'自己'，與充當賓語的反身用法的'自己'不同，在論元屬性上屬於可用亦可不用的意元或狀語，所以不需要指派格位。

㉑　a.

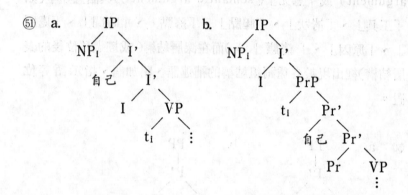

　　（三）單純反身詞的'自己'究竟應該分析為㉒a.、㉒b.或㉒c.？如果是㉒b.或㉒c.，那麼空代詞'Pro'應該是大代號（PRO）或小代號（pro）？或者一律分析為概化的空號代詞'Pro'，然後依照出現分佈的情形或句法功能上的不同來決定究竟是大代號還是小代號？又㉒a.b.c.的分析與單純反身詞'自己'的句法功能（如充當主語、賓語或狀語）之間是否有某種對應關係？這裏由於篇幅的限制，我們無法詳細討論這個問題㉒。

_____

㉒　參湯（撰寫中）〈漢語的空號詞〉。

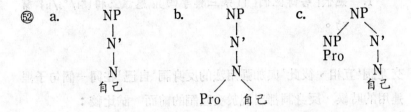

三、句法上的交互詞

　　漢語的交互詞 '互相' 與 '彼此'，至今幾乎沒有人從當代語法理論的觀點詳細加以分析與討論 ❷。漢語的交互詞，與反身詞不同，不能出現於動詞補述語的論元位置，而只能出現於附加語的非論元位置 ❷。同時，交互詞與反身詞不同，似乎不允許遠程約束(參例句⑤ e. f.)。試比較：

⑤　a.　他們互相幫助。
　　b.　*他們幫助互相。
　　c.　他們經常彼此連絡。
　　d.　*他們經常連絡彼此。
　　e.　〔張三與李四〕ᵢ 認為 〔〔王小姐與李小姐〕ⱼ 經常彼此{*i/j}聯絡。

---

❷　不但是討論漢語交互詞的文章只有呂(1942)與魏(1990)等少數幾篇，就是討論英語交互詞的文章也只有 Lebeaux (1983) 等少數幾篇。
❷　這一點與英語交互詞 'each other, one another' 的可以出現於賓語以及名詞組主語的論元位置却不能出現於狀語的非論元位置形成顯明的對比。

f. 她們i 告訴他們j 〔〔張三與李四〕k 應該互相{*i/*j/k} 幫助。

交互詞'互相、彼此'與加强用法的反身詞'自己'在同一個句子裡連用的時候，反身詞都出現於交互詞的前面。試比較：

(54) a. 他們自己(會)互相幫助。
b. *他們互相(會)自己幫助。
c. 他們自己(經常)彼此連絡。
d. *他們彼此(經常)自己連絡。

這種反身詞在前面、而交互詞在後面的線性次序也顯現於反身交互詞'自相'上面，例如：

(55) a. 你們決不能自相殘殺。
b. 他的話自相矛盾。

反身交互詞'自相'、交互詞'相互、彼此'與加强用法反身詞'自己'在表層結構裡出現的位置雖然相似，但是下面(56)的例句顯示：(55)a.的反身交互詞'自相'必須分析爲內元或補述語；而(55)b.的'自相'則可以分析爲意元或附加語。試比較：

(56) a. *你們決不能殘殺 e。
b. *你們決不能自相殘殺自己。

c. *他們決不能自相殘殺對方。

d. 他的話(前後)矛盾。

又加強用法的反身詞'自己'可以出現於情態動詞或頻率副詞的前面或後面，而交互詞'互相、彼此'與反身交互詞'自相'則似乎只能出現於情態動詞或頻率副詞的後面。試比較：

㊗ a. 他們{自己會／會自己}照顧自己。

　　b. 他們{?*互相會／會互相}幫忙。

　　c. 他們{??彼此會／會彼此}連絡。㉕

　　d. 他們{*自相(一定)會／(一定)會自相}殘殺。

㊙ a. 他們{自己經常／經常自己}照顧自己。

　　b. 他們{*互相經常／經常互相}幫忙。

　　c. 他們{?*彼此經常／經常彼此}連絡。㉕

　　d. 他們{*自相經常／經常自相}殘殺。

另外，交互詞'交相、交互'與反身交互詞'自相'似乎多用於貶義或負面意義。

㉕　我們的合法度調查顯示㊗c.與㊙c.的例句分別比㊗b.與㊙b.的例句好。交互詞'互相'與'彼此'的不同在於後者由稱代詞'彼'與'此'複合而成。因此，我們可以說'以彼之矛攻此之盾'或'彼此相視，彼視此，此亦視彼也。'(後一句話出自呂(1942:103))。或許是由於這個緣故，'彼此'的自主性較'互相'爲強，所以緊接着主語名詞組出現的時候，'彼此'就具有類似「接應代詞」(resumptive pronoun；如'老張他不喜歡你'裡的'他')的功能。

根據以上的觀察，我們針對交互詞'互相、彼此'與反身交互詞'自相'在深層結構裏出現的位置分別擬設⑤與⑥的 X 標槓結構分析。

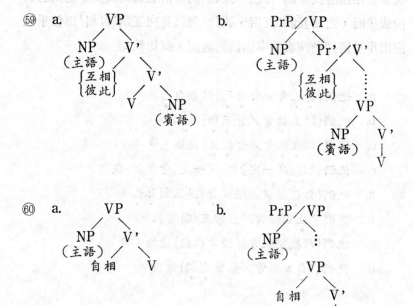

四、詞法上的反身詞

漢語句法上的反身詞用'自己'，而漢語詞法上的反身詞則多用'自'或'己'。複合詞'自己'不但在漢語複合動詞或形容詞中絕無出現，就是在複合名詞中也很少出現而由'自我'取代(如'自我改造、自我設限')。如果我們把'自'與'己'分析爲名詞(N)或名

詞語素(‘N’)，而把‘自己’分析爲名詞組(NP)❷，那麼‘自’與
‘己’之可以出現於複合詞，以及‘自己’之不能出現於複合詞，都
可以獲得相當自然合理的解釋❷。

反身詞的‘自’與‘己’在古代漢語中都是自由語素，因而可以
獨立成詞。根據魏(1990)的研究，‘自’在先秦的語料中都緊貼著
出現於動詞的前面做表示‘自己’的狀語用，而且‘自’與動詞之間
都沒有插入其他的句法成分。例如，例句㉖裡反身詞‘自’與賓語
稱代詞‘之’的連用顯示這裡的‘自’是以主語名詞組(包括空號代
詞)爲前行語而表示加強的狀語用法，而且都出現於動詞與主語
之間。至於‘自舉’與‘自結’，亦不能做反身用法的‘舉己’或‘結
己’解，因而仍然應做加強用法解❷。

㉖　a.　曰：「自織之與？」……曰：「許子奚爲不自織？」
　　　　（《孟子》・〈滕文公上〉）
　　b.　文王伐崇，……因自結……因自結之。
　　　　（《韓非子》・〈外儲說左下〉）

這個時期的‘自’，除了出現於單句而以主語爲其前行語以外，還

---

❷　‘自己’的加強或狀語用法則可以視爲類似英語「赤裸名詞組副詞」
　　(bare-NP adverb; 如‘today, yesterday’)的用法。

❷　參湯(1990)。又‘自我’則可以分析爲複合名詞(N)，因而可以出現於複
　　合名詞裡面。

❷　先秦時期的‘自’，除了可以表示加強而以主語名詞組爲前行語以外，還
　　可以表示「自然、當然」(相當於英語的‘naturally, of course’)而
　　出現於動詞與主語之間。Harbsmeir 與 (1981:197) 與魏 (1990:132)
　　都認爲這種自然用法是從加強用法中演變出來的。

出現於子句主語或(空號主語後面)狀語的位置,並以母句主語
(或主題)為其前行語。試比較:

⑥ a. 華元自止之。(《左傳》成公十五年)

b. 吾悔〔不用子胥之言,自令陷此〕。
(《史記》·〈吳太伯世家〉)

又在這個時期的語料裏,以加強用法的'自'所修飾的動詞後面常
出現以空號代詞為主語的補語子句,例如:

⑥ a. 王自使人〔PRO 償之〕。(《漢書》·〈田叔傳〉)

b. 自以為〔PRO 與周公孰仁且智〕。
(《孟子》·〈公孫丑下〉)

c. 吳起乃自知〔PRO 弗如田文〕。
(《史記》·〈公孫吳起列傳〉)

另外,魏(1990:155-162)也指出:從戰國末年起,'自'與
動詞的結合關係逐漸鬆懈,二者之間常可以插入介詞或介詞組
(如⑥句)、否定詞(如⑥句)、情態動詞或副詞(如⑥句)。結果,
有些情態動詞與副詞既可以出現於'自'之前(如⑥句),亦可以出
現於'自'之後(如⑥句)。

⑥ a. 內不自以誣,外不自以欺。(《荀子》·〈儒效〉)

b. 廣自以大黃射其裨將。(《史記》·〈李將軍列傳〉)

c. 自於中尉之。(《三國志吳書》·〈張昭傳〉)

⑥⑤ a. 風俗之美,男女自不取於途,而百姓羞拾遺。

(《荀子》·〈正論〉)

b. 天下雖平,自不親見。(《公羊傳》隱公八年,何休注)

⑥⑥ a. 若有釁故,自當極其刊誅。(《後漢書》·〈蔡邕列傳〉)

b. 言雖不為崔子,猶自應有冠。

(《左傳》襄公二十五年,杜預注)

c. 若有茂才異行,自可不拘年齒。

(《後漢書》·〈左雄傳〉)

d. 自既迷惑,複使他人內於邪逕。(竺佛念)

e. 不學禪定者,自既不染神,復不度人,何以故?

(竺佛念)

⑥⑦ a. 平常冀亮當自補復。(《三國志蜀書》·〈李嚴傳〉)

b. 則身脩與否,可自知也。(《禮記》·〈大學〉,鄭注)

c. 以言賢者亦宜自安處,……。

(《楚辭》·〈九歎憂苦〉,王逸注)

d. 既自墜落,復使他人沒在生死。(竺佛念)

e. 既自不食,復不施人。(竺佛念)

又'自'除了出現於動詞的前面充當狀語以外,還可以出現於名詞
的前面充當定語(如⑥⑧句),並可以單獨(如⑥⑨句)或與'身、我、
己'等合成(如⑦⑩句)名詞或稱代詞。

⑥⑧ a. 將至自房,摩觸其身。(弗若多羅共羅什)

    b. 若在自國，若在他國。（同上）

    c. 於自眷屬，生嫉妒心。（曇無讖）

    d. 王便從自宮殿而出。（闍那崛多）

⑥⑨ a. 所有煩惱或自或他，莫不能燒。（闍那崛多）

    b. 為他不為自。（同上）

⑦⓪ a. 呵責自身。（闍那崛多）

    b. 大論曰：外者人也，內者自我也。

        （《史記》‧〈龜策列傳〉）

    c. 自己癡，復受彼，……自己盛，堅防貪。（支謙）

    另一方面，‘己’在句法上的主要功能是充當及物動詞的賓語（如⑦①句）、介詞的賓語（如⑦②句）、句子的主語（如⑦③句）、名詞組的主語（如⑦④句）以及修飾名詞的定語（如⑦⑤句）。

⑦① a. 聖人不愛己。（《荀子》‧〈正名〉）

    b. 不患人之不己知，患不知人也。（《論語》‧〈述而〉）

⑦② a. 彼將內求於己而不得。（《莊子》‧〈至樂〉）

    b. 明於人之為己者，不如己之自為也。

        （《韓非子》，〈外儲說下〉）

    c. 然所推舉皆廉士賢於己者。（《漢書》‧〈韓安國傳〉）

⑦③ a. 夫仁者，己欲立而立人，己欲達而達人。

        （《論語》‧〈雍也〉）

    b. 己所不欲，勿施於人。（《論語》‧〈顏淵〉）

    c. 形骸，己所自有也。（《抱朴子》‧〈論仙〉）

    d. 古之善者不，己有善則作之，欲善之自己出也。

    （《墨子》・〈耕柱〉）

⑭ a. 緣季子之心惡以己之是揚兄之非。

    （《公羊傳》襄公二十九年，何休注）

    b. 明於人之為己者，不如己之自為也。（＝⑫b.）

⑮ a. 欲并廢二子而以己子代之。（《漢書》・〈衡山王傳〉）

    b. 敢乃自斫殺己民。（《三國志吳書》・〈陸遜傳〉）

    c. 太子疑齊以己陰私告王。（《漢書》・〈江充傳〉）

以上的例句顯示：古代漢語的反身詞'己'大都以主語（或主題）名詞組（包括空號代詞；如⑪b.、⑫b.、⑫c.與⑬d.的例句）為其前行語，因而原則上受前行語的Ｃ統制。但是例句⑭a.裡反身詞'己'的前行語'季子'卻出現於名詞組'季子之心'裡充當主語，所以事實上並沒有Ｃ統制'己'。又例句⑯顯示：古代漢語反身詞的'己'可能受近程前行語（如⑯a.句的'君人者'）的約束，也可能受遠程前行語（如⑯b.句的'舜'）的約束，甚至可能受空號代詞前行語（如⑯c.句的'Pro'）的約束。

⑯ a. 告我〔君人者以己出經式義度，人孰敢不聽而化諸〕。

    （《莊子》・〈應帝王〉）

    b. 不識〔舜不知〔象之將殺己〕〕與？（《孟子》・〈萬章上〉）

    c. 吾未聞〔Pro 枉己而正人者〕也。（《孟子》・〈萬章上〉）

另外，魏（1990:134,138-139,164-168）提到：'己'與'我'

在古代漢語中合成複合稱代詞(如⑦句),出現於動詞前面的'自'(即'自V')與出現於動詞後面的'己'(即'V己')常相提並列(如⑱句);而且,'自'與'己'分別出現於動詞前後的'自V己'已經逐漸產生,甚至十分流行(如⑲句)。

⑦ a. 義則反愁我己。(《莊子》·〈庚桑楚〉)

   b. 仙人當知,此食是我己分。(僧伽提婆)

⑱ a. 刻己自責。(《漢書》·〈杜周傳〉)

   b. 況己自喻,不信羣臣。(《後漢書》·〈陳元傳〉)

⑲ a. 誠者,非自成己而已。(《禮記》·〈中庸〉)

   b. 心俱同然,欲自厚己。(支謙)

   c. 或隨人語,不自任己。(竺佛念)

   d. 自爲己,爲他人。(同上)

在現代漢語裡,反身語的'自'與'己'都不能獨立成詞,除了在'自作自受'、'推己及人'、'己饑己溺'、'女爲悅己者容'等四字成語與諺語裡留下自由語的痕跡以外,都變成粘著語而與其他語素合成複合詞。同時,'自'與'己'在現代漢語複合詞裡擔任截然不同的詞法與詞義功能。'己'在複合詞裡擔任兩種不同的功能:(一)出現於及物動詞語素的右方充當表示反身用法的賓語;(二)出現於名詞語素的左方充當表示反身或加強用法的定語。

⑳ a. 利己、肥己、制己、克己

   b. 己任、己事、己身、己心

現代漢語詞彙裡含有'己'的複合詞都屬於文言詞彙或書面語詞彙，因而在口語裡並不常用。⑧ a.的例詞在內部結構與外部功能上屬於述賓式複合動詞；以及物動詞語素爲主要語，以名詞（或稱代詞）語素'己'爲賓語，形成⑧的詞法結構。

⑧

$$\overset{\text{Vi}}{\overbrace{\underset{(制)}{\text{'Vt}} \mid \underset{(己)}{\text{'N}}}}$$

由於及物動詞語素（'Vt）已經在複合詞內部把賓位指派給賓語名詞語素（'N）；所以無法再指派格位給複合動詞外部的賓語名詞組，整個複合動詞也就成爲不及物動詞（Vi），例如：

⑧ ……心潮起伏，久久不能制己（*心潮）。

⑧ b.的例詞，嚴格說來不能視爲複合詞[29]，因爲這些例詞是文言用法，在口語裡絕少出現。而且，即使在文言或書面語裡出現的時候，也大都限於在動詞賓語或介詞賓語的位置出現，例如：

⑧ a. ……以治國平天下爲己任。

b. 人人自有貴者在己身。

---

[29] 有些辭典（包括漢英、漢和辭典）收入⑧ a.的例詞爲漢語的詞彙，但是並沒有辭典收入⑧ b.的例詞爲漢語的詞彙。

可見，反身語素‘己’在現代漢語裡已經失去造詞能力。在含有‘己’的詞彙中，眞正稱得上複合詞的爲數很少，而且這些詞彙的使用範圍也多半限於文言與書面語。

　　與‘己’不同，反身語素‘自’在現代漢語裡仍然具有相當旺盛的造詞能力。‘自’在複合詞裡，除了‘各自、獨自’等少數副詞以外，一律出現於動詞語素、形容詞語素或名詞語素的左方❸。這些含有‘自’的複合詞，可以依據‘自’所代表的意義是「反身」抑或「加強」分爲下列兩類：

(一)只具加強意義而不具反身意義的‘自’

(甲)複合動詞

⑧④ a. 不及物動詞：自立、自轉、自首、自生自滅

　　　 b. 兼具及物與不及物動詞：自習、自修

　　　 c. 以名詞組爲賓語的及物動詞：自備、自製、自找、自取、自任、自署

　　　 d. 以空號代詞爲主語(包括動詞述語與形容詞述語)的子句做補語的及物動詞：自信、自認、自覺、自稱、自量、自恃、自誇、自許；自命(不凡)、自鳴(得意)、自以爲(了不起)

(乙)複合形容詞

---

❸ ‘自’也出現於少數名詞語素(如‘自首’)的前面。又除了‘各自’、‘獨自’裡的‘自’或許可以分析爲反身或加強用法的‘自’以外，其他出現於複合詞右方的‘自’(如‘兀自’)都不屬於這裡所討論的反身語素。

㉕　自動、自大、自負、自滿、自豪、自慢、自卑、自餒、自私
　　、自足、自強（活動）；自由、自在、自如、自得、自若、自
　　然。

（丙）複合副詞

㉖　自費、自動（自發）、自力（更生）、自顧自（地）、自相（矛盾）

（丁）複合名詞

㉗　自傳、自序、自白、自供、自署、自宅、自來水、自行車、
　　自用車、自耕農、自變數、自了漢、自作孽；自我、自己、
　　自分、自身、自家、自家人、自我批判、自我意識、自我解
　　嘲、自家發電

　　只具加強意義而不具反身意義的‘自’，經常出現於複合詞的
左端充當狀語，並與出現於複合詞右端的主要語（動詞、形容詞
、名詞等）形成偏正式複合詞。偏正式複合詞在詞法結構上屬於
「同心結構」（endocentric construction）；因此，原則上，如
果主要語語素是動詞、形容詞、名詞，那麼整個複合詞也分別屬
於動詞、形容詞、名詞。當然，有些複合詞（如‘自新、自首、自
愛、自動、自費、自力’等）會經過「轉類」（conversion）而獲
得與主要語不同的詞類。又如果主要語動詞是不及物動詞或及物

動詞，那麼原則上整個複合動詞也分別屬於不及物動詞或及物動詞（但是也有'自習、自修'等雖然'習、修'單用的時候是及物動詞，而複合動詞'自習、自修'却可以及物與不及物兼用❸的例外）。這種主要語語素與整個複合詞之間的關係，可以用「主要語屬性的滲透」（head-feature percolation）來說明。我們可以用下面⑧的詞法結構分析來表示這種主要語屬性的滲透。

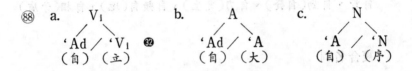

㊙　a.　Vᵢ　　　　b.　A　　　　c.　N

　'Ad／'Vᵢ ㉜　　　'Ad／'A　　　'A／'N
　（自）（立）　　　　（自）（大）　　　（自）（序）

漢語的複合動詞原則上以兩個音節為限❸。我們所發現的唯一例外是⑧d.的'自以為'。但是這一個例外究竟應該分析為三音複合動詞，或應該分析為由副詞'自'修飾雙音動詞'以為'，仍有商榷的餘地。又反身詞語素'自'原則上都出現於複合詞的左端，而很少出現於複合詞的右端。我們所發現的唯一例外是⑧副詞用法的'自顧自（地）'。由於找不到其他'自'字出現於複合詞右端的例詞，我們推想'自顧自（地）'可能是在與'各做各（地）、各管各（地）'等說法的「比照類推」（analogy）下產生的。又動詞與形容詞可

❸　例如，'我們每天早晨都要{自習／自修}（英語）'。
㉜　複合詞兩個語素（如"Ad'與"Vᵢ'）之間的「斜槓」（slash）表示這個複合詞的內部結構是偏正式。
❸　'感覺到、意識到、覺悟到、體會到'裡的'到'究竟應該分析為三音複合動詞的一部分或附加於雙音動詞的「動相標誌」（phase marker）學者間仍有異論，但是我們則傾向於後一種分析。

以單獨充當述語,因而具有指派論旨角色或固有格位(如果是及
物動詞或形容詞的話,還具有指派結構格位的句法功能)。相形
之下,名詞則一般都不能單獨成述語,也不具有指派論旨角色或
固有格位與結構格位的句法功能。由於這個句法功能上的差異,
複合動詞與形容詞原則上至多只可以包含兩個音節或兩個語素
(即主要語與賓語(如'關心、注意')、主語('地震、面熟')、補
語(如'搖動、降低')、狀語(如'空襲、粗心、雪白')等)㉞;而
複合名詞則理論上不受這種音節數目上的限制。試比較㉞的複合
動詞、㉟的複合形容詞、以及㉟與㉟的複合名詞。

㉟ a. ……〔松下〔冷氣機〔零件〔製造〔工廠〕〕〕〕〕

　b. ……〔反〔反〔反〔反飛彈飛彈〕飛彈〕飛彈〕飛彈〕……

另外值得注意的是:幾乎所有這些複合詞裡所含有的'自'都以句
子的主語(如㉟ a.‑ f.句)或名詞組的主語(如㉟ g.句)為前行語,
而且似乎都不允許遠程前行語的約束(參㉟ h.、i.句)。

㉟　a.　地球也能自轉嗎?㉟

㉞ '香噴噴、頂刮刮、糊裡糊塗'等重疊式複合詞、'呆頭呆腦、心驚肉跳'
等並列式複合詞、以及'吃得開、對不起'等插入'得、不'的述補式複合
詞不在此限。

㉟ ㉟ a.的例句以及'室內溫度是自動調節的'等例句的存在顯示:句法上
'自己'的「有生主語」限制並不完全適用於詞法上的'自'。又'地球是
自個兒轉動的'與'門是自個兒開的'等例句顯示加強副詞'自個兒'並不
受「有生主語」的限制。

    b.   我是靠自修學英語的。

    c.   乘客必須自備零錢。

    d.   張三自{認/以為}很了不起。

    e.   張三自費留學美國。

    f.   張三一向很自大。

    g.   張三繳來了李四的自{傳/白}。

    h.   張三認為〔李四自{認/以為}很了不起〕。

    i.   張三以為〔李四一向很自負〕。

同時，有趣的是所有⑧d.的動詞都屬於受「主語控制」(subject control) 的「控制動詞」(control verb)。也就是說，這些動詞都以母句主語為'自'的前行語，並以與母句主語同指標的大代號 (PRO)為子句主語，例如：

⑨   a.   我₁ 自認〔PRO₁ 倒楣〕。

    b.   他₁ 自稱〔PRO₁ 是成吉思汗的後裔〕。

    c.   他們₁ 自信〔PRO₁ 贏得過他們〕。

(二)兼具反身加強意義的'自'
(甲)複合動詞

⑨   a.   不及物動詞：自殺、自刎、自裁、自害、自戕、
                自盡、自宮、自傷、自反、自省、自新㊱、自娛、自慰

㊱   我們把這裡的'自反、自省、自新'等分別分析為表示'自己反省自己、自己更新自己'的兼具反身與加強兩種用法的複合動詞。

　　　、自衛、自制、自助、自治、自決、自薦、自贊、自戒

　　　、自虐、自尊、自欺（欺人）、自暴自棄、自怨自艾、

　　　（茫然）自失；自絕（於人）、（自作）自受、自給（自足）

b. 以空號代詞為主語的子句為補語的及物動詞：自問（無

　　愧於心）

(乙)複合形容詞

⑨　自愛、自重、自責

(丙)複合名詞

⑨　自助餐、自尊心、自畫像、自知之明、自衛本能、自虐心理

　　、民族自決、地方自治、學生自治會

在這類複合詞裡出現的‘自’，似乎兼具反身與加強兩種用法；例
如，‘自{制／助／治／棄／虐／愛／重／責}’等都分別可以做‘自己{約束
／幫助／管理／捨棄／虐待／愛護／珍重／責備}自己’解釋。但是‘自’
在這類複合詞的主要功能是表示反身的論元用法，而不是表示加
強的非論元用法；因為在這類複合詞裡出現的及物動詞或及物形
容詞都不能在詞法上的賓語‘自’之外另外帶上句法上的賓語。例
如，在‘學生自治（會）’這個複合名詞裡出現的‘學生’並不是‘自
治’的賓語，而是‘自治’的修飾語（定語）；因此，我們不能說‘＊
自治學生’，却可以說‘學生的自治’。另外，‘校園自治’這個複

合名詞的含義是‘教授或學生在校園內的自治’；因此，‘校園’也不是‘自治’的賓語，而是‘自治’的修飾語（定語或狀語）。這就說明了為什麼這一類複合動詞，與前一類複合動詞不一樣，都是清一色的不及物動詞。唯一的例外是⑨b.的提昇動詞‘自問’，例如：

⑨⑤　我自問（＝自己問自己＝反省自己）〔PRO｛無愧於心/生平沒有做過對不起別人的事情｝〕。

但是在這個例句裡，‘PRO｛無愧於心/生平沒有做過對不起別人的事情’並不是述語動詞‘問’的對象（或賓語），而是（述語動詞）‘問’的內容（或補語）；因此，或者這個補語子句不需要格位的指派（即只有名詞組或限定詞組需要格位的指派），或者‘問’這個「雙賓動詞」（double object verb; ditransitive verb）可以分派固有格位與結構格位給直接賓語與間接賓語（參‘問〔我〕〔一個問題〕’），結果都可以獲得「格位濾除」（Case Filter）的認可。根據以上觀察，我們可以用⑨⑥來表示這類複合詞的詞法結構。

⑨⑥　a.　　　V₁　　　　b.　　　A₁　　　　c.　　　　N
　　　　 ‘Ad/‘N ∧‘V₁　　 ‘Ad/‘N ∧‘A　　　　‘V　 / ‘N
　　　　 （自） （殺）　　（自） （愛）　　　　　　 餐
　　　　　　　 ⑰　　　　　　　　　　　 ‘Ad/‘N ∧‘V
　　　　　　　　　　　　　　　　　　　　 自　　　 助

---

⑰　兩個語素（如‘自’與‘殺’）之間‘∧’的符號表示這個複合詞兼具偏正式與述賓式的內部結構。

我們在⑯的詞法結構分析裡，把‘自’分析爲兼屬於副詞語素(‘Ad)與名詞(或代詞)語素(‘N)兩種詞法範疇㊳，而兼具狀語與賓語兩種詞法功能，並以‘∧’的符號來表示這兩種詞法範疇與功能經過某種「併入」(incorporation)或「合併」(merger)合而爲一。也就是說，兩個不同的‘自’(如‘自愛自’、‘自制自’等)經過合併而成爲一個‘自’(如‘自愛’、‘自制’等)。漢語句法允許‘自己愛護自己’、‘自己約束自己’等加强用法的‘自己’與反身用法的‘自己’連用的結構；而漢語詞法則除了‘自顧自(地)’等少數的例詞以外，並不允許加强用法的‘自’與反身用法的‘自’在同一個複合詞裡同時出現。這可能是由於在詞法裡述語動詞語素只能指派一種固有格位或結構格位，因而不允許主語語素與賓語語素或賓語語素與狀語語素在複合詞裡同時出現。這個限制或許也可以說明漢語的複合動詞的構成成分至多只能包含兩個音節或兩個語素㊴。另一方面，複合名詞(如‘胃下垂、心肌梗塞、佛跳牆、螞蟻上樹’)則似乎不受這種限制。這可能是由於這些複合名詞中有的可以分析爲由主要語素與修飾語素合成的「偏正式」(如‘胃(的)下垂、心肌(的)梗塞’)；而有的則可以分析爲由「主題」語素與「評論」語素合成的「主評式」(如‘佛跳牆、螞蟻上樹’)，而不是由「主語」語素與「謂語」語素合成的「主謂式」。我們

㊳　我們在前面有關‘自己’的討論中也曾經建議：把論元反身用法的‘自己’分析爲名詞(組)，而把非論元加强用法的‘自己’分析爲「赤裸名詞組副詞」(bare-NP adverb)的用法。呂(1942:113)提議把這裡的‘自己’分析爲「代詞性副詞」(pronominal adverb)。

㊴　就是對於這個限制的可能的反例(如‘感覺到、意識到、自以爲’)也沒有同時包含賓語語素與主語語素或賓語語素與狀語語素。

之所以做這樣的分析，是爲了統一處理漢語（句法上）主語名詞組與（詞法上）主語名詞語素格位指派的問題。漢語的（句法上）賓語名詞組與（詞法上）賓語名詞語素都由及物動詞（或形容詞）語素從左到右的方向指派賓位，這一點大概大家都沒有異論。但是漢語的主語名詞組應該如何指派格位則至今仍有異論。由於漢語裡沒有明顯的呼應語素或屈折語素，所以能否像其他語言（如英語）由呼應語素或屈折語素指派主位給主語名詞組不無疑問。雖然也有人主張由「補語連詞」（complementizer）裡面的屈折語素從左到右的方向指派主位給主語名詞組，但是我們却有些證據來顯示漢語的補語連詞（或「大句子」（CP）的主要語（C））出現於小句子（IP）的右端 ❹；因此，漢語的補語連詞既不與主語名詞組相鄰接，更無法從左到右的統一方向指派格位給主語名詞組。據此，我們曾經試探性地提議：漢語的主題或者直接衍生於大句子指示語的位置，或者由小句子裡面移位而加接於小句子的左端；因爲這兩個位置都屬於非論元位置，所以不必獲得「格位濾除」的認可 ❹。另外一個可能的分析是：在「主題」（topic）與「評論」（comment）之間承認某一種「主謂關係」（predication）❹，

❹ 參湯(1989)的有關討論。

❹ 這個分析的缺點是無法找到獨立自主的證據來支持因移位加接而衍生的主題不必獲得「格位濾除」的認可。

❹ 這裡用英文大寫字母起首的‘Predication’來表示與一般所稱的主語與謂語之間的「主謂關係」（predication）有別。主題與評論之間的「主謂關係」相當於主題與評論之間在語意上的「關連條件」（Aboutness Condition），可以用「上標」（superscript）的「同指標」（coindexing）來表示。

並以主題與評論之間的「同指標」來認可主題的存在❸。Kuroda
（1992:16-20）認為：主題與評論本來是屬於篇章分析或信息結
構上的概念，卻也可以在句子語法的範圍裡分別定義為「邏輯意
義上的主語」（'subject in the logical sense'; Subject）❹ 與
「邏輯意義上的謂語」（'predicate in the logical sense';
Predicate），並在「直言判斷」（categorical judgment）與
「託言判斷」（thetic judgment）的區別下討論這種「邏輯意義
上的主語」與「邏輯意義上的謂語」之間的「邏輯意義上的主謂
關係」（Predication）。如果這些概念與定義也可以適用於漢語
的句法與詞法，那麼不但可以為漢語與日語等「主題取向的語言」
（topic-prominent language）裡主語與謂語之間的主謂關係提
出較為合理的解釋，而且也可能有助於解決如何辨別「主謂式」
複合詞與「主評式」複合詞等問題❺。

---

❸ 在'〔〔李小姐〕〔眼睛〕〔很漂亮〕〕〕'這樣的例句中，我們先認可'李小姐
'與'眼睛很漂亮'之間以及'眼睛'與'很漂亮'之間的主謂關係；然後在
「不可轉讓的屬有關係」（inalienable possession）這個條件下認可
'李小姐'與'眼睛'之間的同指標關係。

❹ 這裡所謂的「邏輯意義上的主語」與一般所謂的「邏輯主語」（logical
subject）並不相同。Kuroda（1992）提議在英文裡用大寫字母起首的
'Subject'來表示這個概念，但是我們暫時無法找到適當的中文來表示
同樣的概念（「大主語」一詞已經用來翻譯'SUBJECT'這個概念了）。

❺ 主謂式複合詞在漢語以及許多其他語言（如英語）裡都屬於「有標」
（marked）的詞法結構；因此，現有詞彙中的例詞不多，將來造新詞的
機率也很低。又以動詞語素為述語或謂語的漢語複合詞一般都屬於名
詞（只有'地震、便秘'等極少數名詞可以轉類為動詞），而以形容詞語素
為述語或謂語的漢語複合詞（如'面熟、年輕'）則一般都屬於形容詞。可
見，這些複合詞的詞類也無法像其他類型的複合詞那樣依「主要語屬性
的滲透」來處理。

五、詞法上的交互詞

現代漢語句法上的交互詞用'相互'或'交互'，而漢語詞法上的交互詞則多用'相'、'互'或'交'。根據呂(1942)，古代漢語交互詞'相'在先秦的文獻中就出現於「語意上屬於複數」(semantically plural；包括兩個或兩個以上的名詞組的並列(如⑨a.、b.句)與複數名詞組(如⑨c.句)，並參⑨d.句)的主語之後來表示'兩相'或'互指'，例如：

⑨　a.　輔車相依。(《左傳》·僖公五年)

　　b.　安危相易，禍福相生。(《莊子》·〈則陽〉)

　　c.　四人相視而笑，莫逆於心。(《莊子·〈大宗師〉)

　　d.　布帛長短同，則賈相若。(《孟子》·〈滕文公上〉)

在⑨表示「互指」的例句裏，複數主語甲與乙二者之間互爲施受，如⑨a.句的輔依車，而車亦依輔。但是後來在表示「互指」之外又產生一種表示「偏指」的用法；即在複數主語甲乙之間，甲施而不受，而乙則受而不施。根據呂(1942)，這種用法在先秦時期開始出現，到西漢漸多，魏晉以後滋盛，例如：

⑨　a.　地之相去也，千有餘里；世之相後也，千有餘歲。

　　　　(《孟子》·〈離婁下〉)

　　b.　此二人相與，天下至歡也，然而卒相禽者何也？

　　　　(《史記》·〈淮陰侯傳〉)

⑱ a.句的‘地’指舜的出生地諸馮與文王的出生地岐周，因而‘相去’是互指用法；但在出生年月上文王後於舜，而舜則不後於文王，所以‘相後’是偏指用法。同樣地，⑱ b.的‘二人’是指張耳與陳餘，而‘相與’是互指用法；但是張耳擒陳餘，而陳餘未嘗擒張耳，所以‘相禽’是偏指用法。呂(1942:104ff)更指出：自從產生偏指用法以後，交互詞‘相’的前行語不一定以複數主語的形式在句中出現而常可加以省略。結果，無論是施事者或受事者都可能是第一身(‘1’)、第二身(‘2’)或第三身(‘3’)，都要從句子的上下文或語文情境中加以推定，例如：⑯

⑲ a. 〔2-1 型〕易世矣，宜勿後相怨。
（《漢書》・〈游俠，原涉傳〉）

b. 〔3-1 型〕我與季雖無素故，士窮相歸，要當以死任之。
（《後漢書》・〈馮魴傳〉）

c. 〔1-2 型〕以卿善射有無，欲相試耳。
（《吳志》・〈趙達傳〉）

d. 〔3-2 型〕君家民人甚相念怨。（《宋書》・〈張暢傳〉）

e. 〔3-3 型〕生子無以相活，率皆不舉。
（《魏志》・〈鄭渾傳〉）

f. 〔2-3 型〕誠衰老姐垂白隨無狀子出關，願勿復用前事相侵。（《漢書》・〈杜業傳〉）

g. 〔1-3 型〕曰：「吾哀穎川士，身豈有憂哉！我以柔弱微

---

⑯ 例句⑲中的‘〔2-1型〕’表示以第二身爲‘相＋動詞’的施事者，而以第一身爲受事者；其餘類推。

，必選剛猛代。代到，將有僵仆者，故相弔耳。」

（《漢書》·〈何武傳〉）**⑰**

根據呂（1942:107-108）的調查統計，在例句⑨的七種類型中以
〔1-2〕、〔2-1〕、〔3-3〕三種類型爲最多，其中〔1-2〕型又比〔2-1〕
型更常見。可見，偏指用法'相'的使用與避用第一、二身代詞（特
別是第二身代詞'爾、汝'）與表示禮貌有關 **⑱**。但是也有在偏指
用法的'相'後出現受事賓語的少數用例。這種賓語多半限於雙賓
動詞的間接賓語或爲主語所領屬的事物**⑲**，例如：

⑩　a.　諸君相還兒，厚矣；夫人情雖愛其子，然吾憐戩之小，
　　　　請以陵易之。（《魏志》·〈張範傳〉）

　　b.　諸侯不相遺俘。（《左傳》·莊公三十一年）

　　c.　雖至於大夫之相亂家，諸侯之相亂國亦然。
　　　　（《墨子》·〈兼愛上〉）

呂(1942:109-112)認爲'相'的偏指用法是從互指用法經過⑩
裡a.到f.的階段發展出來的**⑳**。

---

⑰　呂(1942)未列⑨g.類型的例句，此句採自魏(1990:187)。

⑱　先秦文字並不避用'爾、我'，但是秦漢以後漸用'君、公、臣、侯'等取
代，而'爾、汝'則僅用於親密者之間或對卑幼者的稱呼。參呂(1942:
112)與魏(1990:187)。

⑲　參呂(1942:107)與魏(1990:185)。

⑳　⑩裡a.到f.的演變過程係參考呂(1942:109-112)與魏(1990:189)並略加
修改而成。又⑩d.裡的'φ'似可分析爲指涉'(張博之)女'的「小代號」
(pro)；而⑩e.裡的'相'已不表示交互的意義，只是相沿襲用的用法。
參呂(1942:110)。

⑩ a.　〔甲乙〕相V：

輔車相依。(=97a)

b.　〔甲與乙〕相V：

季辛與爰騫相怨。(《韓非子》·〈內儲下〉)

c.　甲〔與乙〕相V：

第中鼠暴，多與人相觸。(《漢書》·〈霍光傳〉)

d.　甲〔與φ〕相V：

張博從房受學，以女妻房，房與相親。

(《漢書》·〈京房傳〉)

e.　甲〔φ〕相V：

其女孫敬，為霍氏外屬婦，當相坐。

(《漢書》·〈張安世傳〉)

f.　〔甲〕相V：

小生乃欲相吏耶？(《漢書》·〈朱雲傳〉)

在⑩的例句中，a.與b.句是互指用法，c.句兼具互指與偏指用法，而d.到f.句則專屬偏指用法。在⑩a.的例句裡，甲乙二者並列；在⑩b.的例句裡，甲乙二者之間用的是介詞的‘與’；在⑩d.的例句裡，‘與’仍然是介詞用法，但乙被省略；在⑩e.的例句裡，連‘與’字亦被省略；因而產生了例句⑩f.，也就是例句⑨⑨的偏指用法。據呂(1942)的分析，⑩的演變過程主要是針對乙為第三身的情況而言；如果甲與乙都屬於第一、二身，就不必經過中間的過程，但是周(1959:245-246)對這個分析的批評是：文獻資料上⑩f.偏指式的出現早於⑩d.的偏指式，而且互指與偏指之間很容

易隨上下文義而有所改變。同時，'相煩、相擾、相信、相幫'等
不具互指意義而又可以帶上賓語的複合動詞也可能在'相'的偏指
用法影響之下產生，例如：

⑩ a. 我三個若捨不得性命相幫他時⋯⋯（《水滸傳》，15.72）

　　b. 相煩押司便行此事。（同上，18.24）

　　c. 休要相謝，都是一般客人。（同上，16.91）

　　d. ⋯⋯亦掙扎過來相幫尤氏料理。（《紅樓夢》，64.2）

　　e. 你而今相與了這個張老爺，何愁沒有銀子用。

　　　（《儒林外史》，3.26）

另外，先秦文獻已有'交相、遞相'等複合詞的用例，而漢代以後
更有'轉相、更相、自相、互相、傳相'等用例，例如：❺

⑩ a. 旗自相觸擊。（《史記》·〈孝武本紀〉）

　　b. 諸侯更相誅伐。（同上，〈秦始皇本紀〉）

　　c. 諸生傳相告引。（同上）

　　d. 戍轉相讓。（《史記》·〈西南夷列傳〉）

　　e. 莽風有司劾奏武，公孫祿互相稱舉，皆免。

　　　（《漢書》·〈何武傳〉）

　　在現代漢語裡，交互詞'相'不能獨立成詞，而多以'互相、
交互'（交互詞）或'自相'（反身交互詞）的複合形式出現。不過，

❺　參魏(1990:185-186)。

黏著語素的'相、互、交'也可以與其他語素合成複合詞。例如，交互語素'相'常出現於複合詞的左端形成不及物動詞或形容詞[52]。

⑩ a. 不及物動詞：

相仿、相符、相愛、相看、相覷、相交、相知、相會、相切、相持、相處、相識、相罵、相商、相知、相依、相思、相對、相向、相連、相干、相關、相較、相逢、相左、相連、相同、相等、相好、相近、相親、相反、相安、相應、（心心）相印、（情意）相投、相依（為命）、相形（見絀）、相得（益彰）、相提（並論）、相敬（如賓）、相生相剋、相輔相成、相親相愛

b. 形容詞：

相配、相稱、相覷、相似、相當、相宜

c. 副詞：

相繼、相偕、相形、相傳、相沿、相當、相對地、相反地

d. 名詞：

相撲、相思病、相思樹

至於交互語素'相'出現於複合詞左端的，似乎都限於副詞。而且，除了'互相、交相、自相、競相'以外，在現代口語或書面語中

---

[52] 我們暫且把可以用程度副詞修飾並可以出現於比較句中的述語都分析爲形容詞。

似乎都不常用。

⑩ 互相、交相、自相、競相、共相、更相、遞相、轉相、傳相

⑭ a.的不及物動詞與⑭ b.的形容詞大都屬於以語意上的複數名詞組爲主語的「對稱述語」（symmetric predicate）；就是⑩的副詞一般也都與代表複數意義的主語連用。不過，'相信、相煩、相擾、相幫、相與'等複合詞裡的'相'字已失去「互指」的意義而只具「偏指」的意義，甚至可以帶上賓語名詞組（參⑩ a. b. d. e.句）。另外，'相伴、相陪、相別'等本來屬於互指用法（如'你與我相{伴／陪／別}已久'）的不及物動詞後來也轉成偏指用法的及物動詞，例如：

⑩ a. 便是主人家娘子待怎麼地？相伴我吃酒也不打緊。
（《水滸傳》，29.21）

b. 有勞娘子相陪大官人坐一坐。（同上，24.48）

c. 拿了朴刀，相別曹正，找開腳步投二龍山來。
（同上，17.5）

又⑩的副詞也是屬於互指用法而多與複數主語連用，但是⑭ c的副詞却除了'相繼、相偕'等以外都不具有互指意義而不受複數主語的限制。可見，句法上的交互詞'相'從互指到偏指的演變也反應在詞法上的交互語素'相'。

除了'相'以外，含有互指意義的'互'與'交'也在現代漢語的

口語或書面語詞彙裡產生下面的複合詞。

⑩⑦　a.　不及物動詞：互市、互惠、互助（合作）

　　　b.　（不）及物動詞：互保（對方）、互定（終身）、互約（重逢）
　　　　　、互選（主席）

　　　c.　副詞：互相、相互、交互

⑩⑧　a.　不及物動詞：交往、交涉、交錯、交好、交惡、交合；
　　　　　交談、交流、交友、交手、交睫、交歡、交關、交戰、
　　　　　交綏、交媾、交尾、交兵、交叉、（夫妻）交拜、（兩
　　　　　地）交接、（貧病）交加、（失之）交臂、交頭（接耳）、交
　　　　　耳（密談）；相交

　　　b.　（不）及物動詞：交換（禮物）、交割（土地）、交際（朋友）
　　　　　、交接（職務）

　　　c.　副詞：交互、交相、交口（稱讚）

　　　d.　名詞：交點、交情、交友、交易、交通、交際、交際舞

含有‘互’與‘交’的複合動詞與副詞一般都具有互指意義，因而也
都與複數主語連用。含有‘交’的複合名詞固然也具有互指意義而
用複數名詞組做定語（如‘兩人的交情很深’、‘兩國的交易很旺
盛’），但也有用單數名詞組做定語（如‘此人的交友很廣’、‘此
地的交通很方便’）的情形。又‘互’與‘相’在詞類上相似，都屬
於「稱代性副詞」（pronominal adverb）而不屬於動詞；因而
不能在‘互’或‘相’的右方帶上名詞語素做賓語。相形之下，‘交’
則具有動詞用法；因而可以在‘交’的右方帶上名詞語素做詞法上

的賓語來形成述賓式複合動詞。這個時候，動詞語素'交'已經把賓位指派給詞法上的賓語；所以不能再指派格位給句法上的賓語。整個複合動詞也就屬於不及物動詞（如⑩ a.的大多數例詞）。只有⑩ b.的偏正式複合動詞纔可能有及物用法。根據以上觀察，我們爲含有交互語素'相、互、交'的複合詞擬設下面⑩到⑪的詞法結構。

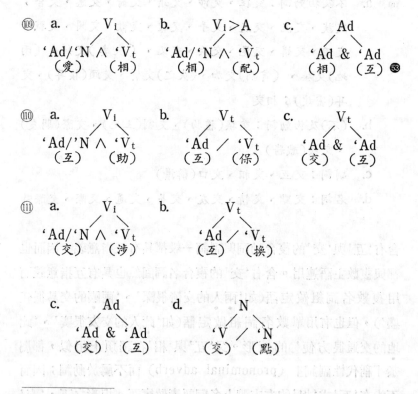

⑩ a.
$$V_i$$
'Ad/'N ∧ 'V_t
（愛）　（相）

b.
$$V_i > A$$
'Ad/'N ∧ 'V_t
（相）　（配）

c.
$$Ad$$
'Ad & 'Ad
（相）　（互） ❸

⑩ a.
$$V_i$$
'Ad/'N ∧ 'V_t
（互）　（助）

b.
$$V_t$$
'Ad ／ 'V_t
（互）　（保）

c.
$$V_t$$
'Ad & 'Ad
（交）　（互）

⑪ a.
$$V_i$$
'Ad/'N ∧ 'V_t
（交）　（涉）

b.
$$V_t$$
'Ad ／ 'V_t
（互）　（換）

c.
$$Ad$$
'Ad & 'Ad
（交）　（互）

d.
$$N$$
'V ／ 'N
（交）　（點）

❸ 出現於兩個語素（如 "Ad' 與 "Ad'）之間的符號'&'表示這個複合詞是「並列式」。

　　最後，我們談到交互詞‘彼此’、‘交相’與反身交互詞‘自相’。‘彼此’與其他交互詞不同，由兩個代詞語素‘彼’與‘此’合成。一般說來，句法上的交互詞與詞法上的交互語素不能連用（如⑫a.句的‘相互’與‘相’），但是‘彼此’却似乎可以與‘相’連用。試比較：

⑫　a.　*他們互相（相親）相愛。
　　b.　　他們彼此（相親）相愛。

這可能是由於‘彼此’的「稱代性」較強❺，在⑫b.的例句中充當類似「同位語」（appositive）或「接應稱代詞」（resumptive pronoun）的功能；也可能是‘彼此’與‘相’不同音、不同語，而交互詞‘互相’的‘相’與交互語素的‘相’則屬於同一個語素。我們也把⑬的例句提出來請大家檢驗接受度（即‘互相’與‘彼此’能否與及物動詞的賓語連用），但是到目前為止所獲得的分析與統計結果仍無法對這個問題做決定性的處理。

⑬　a.　他們互相幫助（?對方）。
　　b.　他們交互指責（?對方）。

又‘互相’與‘交相’只是交互詞，而‘自相’則是反身兼交互詞。⑭

---

❺　臺灣東方書店出版的《國語大詞典》對‘彼此’所做的註解是‘指人與我雙方；猶言這、那’，而對‘互相’所做的註解則是‘謂彼此各以同一之態度或行為對待對方’。

的接受度判斷似乎顯示：‘自相’比‘互相’與‘交相’更不容易接受
動詞賓語。

⑭　a.　他們互相幫助(?對方)。
　　b.　他們交互指責(?對方)。
　　c.　他們自相殘殺(*對方)。

交互詞‘相’在古代漢語與近代漢語中都出現與賓語連用的情形，
而反身詞‘自’則絕少出現這種用例。⑭三個例句在接受度上的差
異或許也多少反應了這個事實。

六、結語：漢語照應詞在句法與詞法上的相關性

　　以上分節扼要討論了漢語反身詞與交互詞在句法與詞法上的
出現分佈、指涉功能與語法表現。根據這些觀察與分析，我們可
以獲得下面幾點結論。

　　(一)漢語句法上的反身詞‘自己’兼具反身用法與加強用法：
反身用法的‘自己’出現於動詞賓語、介詞賓語、句子主語與名詞
組主語等「論元位置」；而加強用法的‘自己’則出現於狀語的
「非論元位置」。加強用法的‘自己’與反身用法的‘自己’可以連
用；同時，兩種用法的‘自己’都以有生主語名詞組為前行語，並
且受到這個名詞組的C統制(但是有⑳b.、㉑b.、㉑c.等例外)
。複合反身詞‘他自己’只能受到近程前行語的局部約束；而單純
反身詞‘自己’則除了近程前行語的約束之外還可以受到遠程前行
語的約束。不過，‘自己’的遠程約束不允許身數不一致的中程前

語的介入；否則會產生「阻礙效應」而無法受到遠程前行語的約束。

(二)在古代漢語裡 '自' 與 '己' 都能單獨成詞。'自' 多半出現於單句或子句的主語或(空號主語後面)狀語的位置，並以單句或母句主語(或主題)為前行語，在語意上多屬加強用法。另一方面，'己' 的主要功能是充當及物動詞的賓語、介詞的賓語、句子的主語、名詞組的主語以及修飾名詞的定語。'自' 與 '己' 都在古代漢語的文獻中出現受到遠程約束的例句(如⑫ b.與⑯ b.句)，而且還出現 '己' 以空號代詞為前行語(如⑯句)以及 '己' 並未受前行語 C 統制(如⑭ a.句)的例句。

(三)在現代漢語裡，'自' 與 '己' 都不能獨立成詞，都變成黏著語素而必須與其他語素形成複合詞。'己' 在複合詞裡出現於及物動詞語素的右方充當反身用法的定語，如⑧ a.的例詞。另一方面，'自' 則除了 '各自、獨自' 等少數副詞以外，一律出現於動詞、形容詞或名詞的左方；或者著重表示加強意義(如⑭到⑰的例詞)，或者兼表反身與加強意義(如⑫到⑭的例詞)。句法上的照應詞 '自己' 的反身與加強用法可以在同一個句子裡同時出現(如① c.句)；在古代漢語裡 '自' 與 '己' 也可以同時出現(如⑲句)。但是在現代漢語的詞法裡，照應語素反身用法的 '自、己' 與加強用法的 '自' 卻不能同時出現於同一個複合詞裡面(唯一的例外是 '自顧自(地)' 這個複合副詞)。同時，'自' 與 '己' 原則上都要受到句子主語(包括空號主語或主題)或名詞組主語的局部約束；但是與 '自己' 不一樣，似乎不能受到遠程約束。另外值得一提的是，許多含有 '自' 的複合動詞都屬於「受主語控制」的「提昇動詞」

，因而帶上以空號代詞爲主語的補語子句(如(91)句)。

(四)我們把反身用法的'自己'與'己'分析爲X標槓結構上主要語動詞(語素)或介詞(語素)的補述語(參㊾、㊿與(81)的結構分析)，並把加強用法的'自己'分析爲附加語(參(51)與(88)的結構分析)。無論是反身用法的'自己'或'己'都出現於主要語動詞的右方，以便由主要語動詞從左到右的方向指派格位。如果漢語內元賓語的固有格位(或論旨角色)是由主要語動詞從右到左的方向指派的，那麼句法結構裡的'自己'就由從動詞組主要語的位置移入述詞組或上面一個動詞組殼主要語裡面的及物動詞來指派格位(參㊾句)，而詞法結構裡面的'己'似乎沒有理由來擬設這樣的移位而直接出現於主要語動詞的右方。至於加強用法的'自己'則依據固有格位(或論旨角色)指派方向的參數在X標槓結構上出現於小句子或述詞組附加語(也就是主要語動詞左方)的位置；由於這個'自己'是「狀語性」(adverbial)的，所以不需要由主要語動詞指派格位。加強用法的'自'也依據同樣的理由出現於主要語動詞的左方。兼具加强與反身用法的'自'，情形比較複雜。由於句法上允許加强與反身用法的'自己'在同一個句子裡出現，而且詞法上也出現'自顧自(地)'這樣的例詞，所以我們把兼具加强與反身用法的'自'分析爲這兩種用法的「併入」或「合併」。這樣的分析不但有助於說明爲什麼含有這種'自'的複合動詞不能另外帶上句法上的賓語，而且也吻合這類'自'是屬於「稱代副詞」的主張(55)。

---

(55) 參呂(1942)。

　　(五)句法上的'自己'可以受到遠程約束，而詞法上的'自'則似乎不能受到遠程約束。關於這一點可能有幾種不同的分析。一種分析是'自己'的「稱代性」或「身數屬性」（ϕ-feature）比'自'更强；所以不但兩種用法的'自己'不能合併而兩種用法的'自'却可以合併，而且只有'自己'可以受到遠程約束。另一種可能分析是複合詞形成「句法上的孤島」，'自'不但不能從這個孤島移位，而且'自'的「約束領域」（binding domain）也限於最小的「管轄範疇」。至於'自己'遠程約束的「移位分析」與「非移位分析」之間的選擇，我們無法從詞法上提供有力的證據。詞法裡大概不必擬設「顯形移位」（overt movement），但是否可以允許邏輯形式裡的「隱形移位」（covert movement）則有待今後更進一步的論證。Chomsky（1992）為普遍語法的句子提出比以往更抽象、更複雜的詞組結構分析，不但在「大句子」（CP）下由上而下地依序擬設「小句子」（IP；相當於「主語呼應詞組」AGR_sP）、「時制詞組」（TP）、「賓語呼應詞組」（AGR_oP）與「動詞組」（VP）的存在，而且主張由呼應語素（AGR）與時制語素（T）的詞彙屬性(叫做「動詞屬性」（V-feature））來檢驗因為提昇而移入的動詞或名詞組。根據這樣的分析，動詞組的主要語動詞（V）移入賓語呼應詞組主要語（AGR_o)的位置來檢驗與賓語名詞組之間的呼應，而時制詞組的主要語時制語素（T）則移入主語呼應詞組主要語（AGR_s)的位置來檢驗與主語名詞組之間的呼應。如此，主語與動詞之間的呼應則牽涉到主語名詞組、述語動詞與主語呼應語素三者之間身數屬性的檢驗問題。但是在「語音形式」（phonetic form; PF）與「邏輯形式」裡，

身數屬性只存在於名詞組以及與這個名詞組相呼應的動詞裡，而扮演仲介角色的呼應語素却消失了。呼應語素的仲介角色是雙重的：一方面檢驗加接於呼應語素的動詞的「動詞屬性」；一方面檢驗移入小句子指示語的名詞組的「名詞屬性」（N-feature）。同樣的，時制語素所扮演的句法角色也是雙重的：一方面檢驗動詞的時制；一方面檢驗主語的格位。另外，以往一般都認為約束原則是在表層結構裡適用的，但是 Chomsky（1992）却主張約束原則Ａ與Ｂ都應該在邏輯形式裡適用。在這樣的分析底下，有關句子成分的移位動機與移位內容勢必有所改變。在移位分析與非移位分析之間，如果"其他的條件一樣"(other things being equal)，那麼我們勢必依據「經濟原則」（Principles of Economy）下「最後(不得已)的手段」（the Last Resort）、「最少的勞力」（the Least Effort) 以及「拖延」(Procrastinate）等論點選擇非移位分析。問題是我們目前無法知道其他的條件是否一樣，因而也就無法在這兩種分析之間做一番取捨。又我們的主張是盡量設法從「句子語法」或「形式句法」(formal syntax) 的觀點來解決遠程約束的問題，雖然我們並不否認「關注(對象)」與「言談態度」等語用與篇章因素對於「可能的約束語」（potential binder) 的決定有某種程度的影響㊶。

　　(六)句法上的交互詞'互相，彼此'以及反身交互詞'自相'在

㊶　Chomsky (1992) 提及 Curtiss (1981) 與 Yamada (1990) 等人的研究而認為語言、「概念系統」(conceptual system) 與「語用能力系統」(pragmatic competence system) 三者之間雖常有互動，但是各自之間的特性則有相當的差異。

表層結構上出現的位置雖然都與反身詞加強用法的'自己'在表層結構上出現的位置相似，但是有些人會容忍⑭a.b.裡'相互、彼此'與賓語連用的例句，却沒有人肯接受⑭c.裡'自相'與賓語連用的例句。同時，加強用法的反身詞與交互詞連用的時候，'自己'經常出現於'相互、彼此'的前面；而且，'自己'可以出現於情態動詞或頻率副詞的前面或後面，而'相互、交互'與'自相'則傾向於在情態動詞與頻率副詞的後面出現。根據這些觀察，我們為漢語的交互詞擬設⑲與⑳的X標槓結構分析。在這個分析裡，'互相、彼此'出現於動詞組或述詞組裡附加語的非論元位置，而'自相'則出現於動詞組的補述語或指示語的論元位置。對於這個分析，我們並不十分滿意；因為我們對交互詞'相互、彼此'能否與賓語連用這個問題尚未能獲得確切的答案，所以也就無法對這些交互詞的應否出現於論元位置做出最後的決定。不過，這些交互詞都具有副詞性而不是純粹的名詞組，因此無論出現於論元位置或是非論元位置，都不需要藉述語動詞的移位來指派格位。又交互詞必須以「語意上屬於複數的主語」（semantically plural subject）為前行語而受其局部約束。所謂「語意上屬於複數的主語」，包括複數名詞組（如'他們倆老早就互相認識'）、兩個或兩個以上並列的名詞組（如'張三跟李四老早就互相認識'）以及主語名詞組與介詞組的連用（如'張三老早就跟李四互相認識'）。又交互詞與反身詞不同，只能受到近程約束而不能受到遠程約束。這可能是由於交互詞的稱代性與身數屬性不如反身詞的稱代性與身數屬性之強的緣故。

　（七）古代漢語的'相'可以單獨成詞，而且也與現代漢語的

‘互相、交相、自相’一樣具有「互指」用法；卽表示複數主語甲與乙二者之間互爲施受。但是後來發展出一種「偏指」用法；卽在複數主語甲乙之間，甲施而不受，而乙則受而不施。這個演變的結果是：‘相’與動詞的後面也可能出現賓語，因而產生‘相信、相煩、相擾、相幫’等不具有互指意義而可以帶上賓語的複合動詞。

　　(八)‘相、互、交’在現代漢語裡已經無法獨立成詞❺⑦，因而必須以黏著語素的地位與其他語素形成複合詞。含有‘相’的複合動詞與形容詞大都屬於「對稱述語」，因而必須與語意上屬於複數的主語連用(如‘他們倆老早就相{識／好}’、‘陳先生跟李小姐老早就相{識／好}’、‘陳先生老早就跟李小姐相{識／好}’)。又交互語素‘相’在複合動詞與形容詞裡都出現於複合詞的左端，而在複合副詞裡則出現於複合詞的右端。‘相’字的出現於複合詞左端是古代漢語的交互詞‘相’與後面的動詞在現代漢語裡「詞彙化」(lexicalize；lexicalization)的結果；而‘相’字的出現於複合詞右端則是在古代漢語卽已形成的複合詞。含有‘互’與‘交’的複合動詞與副詞一般也都具有互指意義，因而也都與複數主語連用。又‘相’與‘互’在詞類上屬於稱代性副詞，所以不能在右方帶上名詞語素做賓語。相形之下，‘交’則具有動詞用法，所以可以在右方帶上名詞語素做賓語，但是不能另外帶上句法上的賓語。

　　(九)我們爲含有反身語素與交互語素‘自、己、相、互、交’的複合詞依其不同的詞類分別提出詞法結構分析(參⑧、⑧、⑨

❺⑦　‘互’在四字成語(如‘互不相識’)與書面語(如‘互不侵犯’)中仍會出現。

、⑩、⑩、⑪的分析)。從這些詞法結構分析可以看出：漢語的句法結構與詞法結構在「階層組織」(hierarchical structure) 與「線性次序」(linear order) 上極為相似，幾乎是受同樣原則與同樣參數的支配。由於句法結構係由「詞組」(XP) 構成，而詞組則由「詞節」(X') 與「詞語」(X°; X) 構成，所以句法結構形成三個槓次(即 XP, X' 與 X)的階層組織；而詞法結構則全以「語素」('X) 構成，所以只能形成兩個槓次(即 X 與'X)的階層組織。這種句法結構與詞法結構在階層組織上的差異，直接反應於兩者在X標槓結構上的差別；也就是說，這種差異可以直接從詞法或複合詞的定義中演繹出來，而不必另做規範❸。另外，例句⑪、⑫與⑬顯示：一般說來，句法上的反身詞或交互詞不能與詞法上的反身詞或交互詞連用。但是有些含有交互詞'相'的複合詞却可以與交互詞'彼此'連用。這個問題可能牽涉到句法與詞法之間的「介面條件」(interface condition)，我們留待以後的機會纔詳細討論❸。

＊ 本文初稿應邀於1992年7月1日至3日在國立清華大學舉

---

❸ 參湯 (1990)。

❸ 句法與詞法上反身詞或交互詞不能連用的問題似乎也可以看成句義解釋的問題，而依「完整解釋」(Full Interpretation) 的原則來處理。又英語的交互副詞'mutually'與交互照應詞'each other, one another'似乎也不能連用。試比較：

(i) a. They (*mutually) exclude each other.
 b. They are mutually exclusive (* of each other).

(ii) a. They (*mutually) depend on each other.
 b. They are mutually dependent (*on each other).

行的第三屆中國境內語言暨語言學國際研討會上以專題演
講的方式發表，並刊載於《清華學報》（1992）新二十二
卷第四期301頁至350頁。

參 考 文 獻

Abeny, S. (1987) *The English Noun Phrase in Its Sentential Aspect*, Ph.D dissertation, MIT, Cambridge.

Anderson, S. (1982) 'Types of Dependency in Anaphora: Icelandic (and Other) Reflexives', *Journal of Linguistic Research* 2, 1-22.

Barss, A. (1986) *Chains and Anaphoric Dependence*, Ph.D dissertation, MIT, Cambridge.

Battistella, E. (1989) 'Chinese Reflexivization: a Movement to INFL Approach', *Linguistics* 27:987-1012.

_____& Y. H. Xu (1990) 'Remarks on the Reflexive in Chinese', *Linguistics* 28:205-240.

Borer, H. (1989) 'Anaphoric AGR', in O. Jaeggli and K. Safir, eds., *The Null Subject Parameter*, Dordrecht.

Bremen, K. von (1984) 'Anaphors: Reference, Binding and Domains', *Linguistic Analysis* 14:191-229.

Chomsky, N. (1981) *Lectures on Government and Binding*, Foris, Dordrecht.

_____(1986a) *Knowledge of Language: Its Nature, Origin and Use*, Praeger, New York.

_____(1986b) *Barriers*, MIT Press, Cambridge.

_____(1992) 'A Minimalist Program for Linguistic Theory', *MIT Occasional Papers in Linguistics* 1:1-71.

Cole, P., G. Herman and L. -M. Sung (1990) 'Principles and Parameters of Long Distance Reflexives', *Linguistic Inquiry* 21, 1-22.

Curtiss, S. (1981) 'Dissociations Between Language and Cognition', *Journal of Autism and Developmental Disorders* 11: 30-55.

Fiengo, R., C.-T. J. Huang, H. Lasnik and T. Reinhart (1988) 'The Subject of Wh-in-Situ', *WCCFL* 7:81-98.

Giorgi, A. (1984) 'Towards a Theory of Long Distance Anaphors: a GB Approach', *The Linguistic Review* 3:307-359.

Harbsmeier, C. (1981) *Aspects of Classical Chinese Syntax*, Curzon Press, Denmark.

Huang, C.-C. J. (黃正德) (1982) *Logical Relations in Chinese and the Theory of Grammar*, Ph.D dissertation, MIT, Cambridge.

_____(1989) 'Pro-Drop in Chinese: A Generalized Control Theory', in O. Jaeggli and K. Safir, eds., *The Null Subject Parameter*, Dordrecht.

_____& C.-C. J. Tang (1988) 'On the Local Nature of the Long-Distance Reflexive in Chinese', *NELS* 18, Amherst, MA.

Huang, Y.-H. (黃運聲) (1984) 'Reflexives in Chinese', *Studies in English Literature and Linguistics* 10, National Taiwan Normal University, Taipei.

Hellan, L. (1986) 'On Anaphora and Predication in Norwegian', in L. Hellan and K. K. Christensen, eds., *Topics in Scan-*

dinavian Syntax, Reidel, Dordrecht.

Kang, B-M. (1988) 'Unbounded Reflexives', *Linguistics and Philosophy* 11:415-456.

Katada, F. (1991) 'The LF Representation of Anaphors', *Linguistic Inquiry* 22:287-311.

Kuno, S. (1986) *Functional Syntax*, University of Chicago, Chicago.

Kuroda, S.-Y. (1992) *Japanese Syntax and Semantics: Collected Papers*, Kluwer, Dordrecht.

Lebeaux, D. (1983) 'A Distributional Difference Between Reflexives and Reciprocals', *Linguistic Inquiry* 15:723-730.

Lü, S.-X. (呂叔湘) (1942) 〈相字偏指釋例〉，收錄於 (1984)《漢語語法論文集(增訂本)》103-115頁，商務印書館，北京。

Maling, J. (1984) 'Non-Clause-Bounded Reflexives in Modern Icelandic', *Linguistics and Philosophy* 7:211-241.

_____(1986) 'Clause-Bounded Reflexives in Modern Icelandic', in L. Hellan and K. K. Christensen, eds., *Topics in Scandinavian Syntax*, Reidel, Dordrecht.

Manzini, R. and K. Wexler (1987) 'Parameters, Binding Theory and Learnability', *Linguistic Inquiry*, 18:413-444.

Progovac, L. (1991) 'Relativized Subject, Long-Distance Reflexives, and Accessibility', ms, Indiana University.

Sells, P. (1987) 'Aspects of Logophoricity', *Linguistic Inquiry* 18:445-480.

Sung, L.-M. (宋麗梅) (1990) *Universals of Reflexives*, Ph.D dissertation, University of Illinois.

Tang, C.-C. J. (湯志眞) (1985) *A Study of Reflexives in Chinese*. MA thesis, National Taiwan Normal University.

_____(1989) 'Chinese Reflexives', *Natural Language and Linguistic Theory* 7:93-121.

_____(1990) *Chinese Phrase Structure and the Extended X'-theory*, Ph.D dissertation, Cornell University.

_____(1991) 〈漢語的'的'與英語的'-'s'〉，臺北第三屆世界華語文教學研討會發表論文。

_____(1992) 'On the Movement/Nonmovement Analyses of Reflexives in Chinese', paper read at Syntactic Theory and First Language Acquisition, Cornell University, Ithaca.

Tang, T.-C. (湯廷池) (1989) 〈「原則參數語法」與英漢對比分析〉，新加坡華文研究會「世界華文教學研討會」，並收錄於湯(1992)《漢語詞法句法三集》243-403。

_____(1990) 〈漢語的併入現象〉，《清華學報》新21卷1期 (1-63頁)，2期(337-376頁)，並收錄於湯(1992)《漢語詞法句法三集》139-242頁。

_____(撰寫中)〈漢語的空號詞〉。

Wei, P.-J. (魏培泉) (1990) 《漢魏六朝稱代詞研究》，國立臺灣大學中國文學研究所博士論文。

Xu, L.-J. (徐烈炯) (1990) 'The Long-Distance Binding of *ZIJI*', ms.

Yamada, J. (1990) *Laura: a Case for Moduarity of Language*, MIT Press, Cambridge.

Yang, D. W. (1983) 'The Extended Binding Theory of Anaphora', *Linguistic Research* 19:169-192.

Zhou, F.-K. (周法高) (1959) 《中國古代語法；稱代編》，臺聯國風出版社。

語法理論與機器翻譯：原則參數語法

一、前 言

　　第五屆計算語言學研討會的主辦單位邀請我就當代語法理論對機器翻譯可能的貢獻做一次專題演講。在當代語法理論中，「概化的詞組結構語法」（Generalized Phrase Structure Grammar; GPSG）與「詞彙功能語法」（Lexical Functional Grammar; LFG）這兩派理論已經由中研院史語所的黃居仁先生廣泛推介，並對國內的機器翻譯研究產生了一定的影響。因此，在這一篇文章裡，從另外一個語法理論，「原則參數語法」（Principles-and-Parameters Approach；以下簡稱「原參語

法」（PP Approach）的觀點來討論對機器翻譯可能的貢獻❶。不少人認為：原參語法的理論性太強、抽象度太高，不但學習起來相當吃力，而且根本無法應用到機器翻譯上面來。有鑑於此，本文擬把原參語法的理論內容簡要明確地加以敘述，並且把討論的焦點集中在機器翻譯的應用問題上面。

二、理論與分析的前提

我們先把原參語法的理論內容提綱挈領地列在下面。

（一）「語言」（language）或「語言能力」（language faculty）主要由「詞庫」（lexicon）與「運算系統」（computational system）兩大部門而成。

（二）詞庫是個別「詞項」（lexical item）❷的總和；每一個詞項都可以視為「語意」（semantic）、「語音」（phonetic）與「句法」（syntactic）三種屬性的「滙合體」（complex）。「個別語言」（particular language）或「個別語法」（particular grammar, PG）的「特異性」（idiosyncracy）主要來自詞彙上的差異。

（三）運算系統由極少數的「原則」（principle）以及有關這些原則的「參數」（parameter）而成。凡是人類所使用的「自然語言」（natural language）都要遵守這些原則，而且由個別

---

❶ 關於原參語法理論對於機器翻譯的初步應用，本人已於1991年在懇丁舉辦的第四屆計算語言學研討會上宣讀論文〈原則參數語法、論旨網格與機器翻譯〉，並經過部分內容的修訂收錄於湯（1992b）211頁至288頁。

❷ 詞項包括「詞語」（word）、「語（素）」（morph(eme)）、「成語」（idiom）等。

語言來選定有關參數的「數值」（value）。參數的數值常由特定屬性的「正負值」（＋/－）來表示，或者從少數特定的「項目」（item）中加以選擇。語言與語言之間不同參數值的選定導致這些語言在句法結構上的差異❸。

（四）這樣的運算系統在功能上相當於「普遍語法」（universal grammar; UG），而所有個別語言的「核心語法」（core grammar; CG）都要同受這些原則與參數的支配。個別語法，除了以核心語法為主要內容以外，還包含少許「周邊」（periphery）的部分來掌管個別語法特有的或「有標」（marked）的句法結構。個別語法裡周邊的存在也導致個別語法之間句法結構上的差異。

（五）述語動詞或形容詞是句子的核心成分，句子的基本結構可以視為由述語動詞或形容詞的句法屬性投射而成。因此，我們所研究的問題包括：(1)所謂述語動詞或形容詞的句法屬性究竟指的是那些；(2)這些句法屬性應該如何在各個動詞或形容詞的「詞項記載」（lexical entry）裡簡單明確地加以登記；(3)這些句法屬性在那些原則的支配下如何投射成為句子；以及(4)這種述語動詞與形容詞句法屬性的投射對於機器翻譯中的「剖析」（parsing）與「轉換」（transfer）等究竟能做出怎麼樣的貢獻。

三、述語動詞與形容詞的句法屬性

---

❸ 雖然原參語法的原則與參數都非常有限，但是由於各種原則互相的密切聯繫，以及各種參數的交錯影響，因而可以引起相當大幅度的語言差異。

　　述語動詞與形容詞(以下為了論述的方便合稱述語動詞或簡稱動詞)的詞項記載裡至少應該登記下列幾種句法屬性。

　　(一)有關動詞的「論元屬性」（argument property）；卽這些動詞必須與幾個「必用論元」(obligatory argument) 連用？是「一元述語」的不及物動詞(如‘X {*laugh*/笑}’)？「二元述語」的及物動詞(如‘X {*hit*/打} Y’)？還是「三元述語」的雙賓動詞 (如‘X {*send*/送} Y {to/給} Z’)或複賓動詞(如‘X {*tell*/告訴} Y S’) ❹？

　　(二)有關動詞的「論旨屬性」（thematic property）；卽與這些動詞連用的論元在與動詞所表達的動作或狀態裡扮演怎麼樣的語意角色？是積極發起行動的「主事者」？是消極參與過程的「感受者」？還是受動作影響的「客體」？是主事者所使用的「工具」？是動作發生的「處所」或「時間」？還是動作延續的「起點」或「終點」？其他，我們還要什麼樣的論旨角色？

　　(三)有關論元的「範疇屬性」（categorial feature）；卽扮演各種論旨角色的論元屬於什麼樣的「句法範疇」(syntactic category) 或詞類？是名詞組（NP）、介詞組（PP）、形容詞組（AP)、副詞組(AdP)、還是子句（IP、CP)？如果是子句的話，是屬於那一種「語意類型」（semantic type) 或「句法類型」（syntactic type) 的子句？

---

❹　也就是說，這些動詞應該與幾個「必用論元」(obligatory argument；包括「內元」（internal argument）與「外元」(external argument)) 連用才能形成合語法的句子？又這些動詞可以與那些「可用論元」 (optional argument; 亦稱「意元」(semantic argument)) 出現？

(四)有關論元的「句法功能」(syntactic function)；即扮演各種論旨角色的論元在句子裡應該擔任怎麼樣的句法角色？是主語(subject)、賓語(object)、補語(complement)、狀語(adverbial)、還是「定語」(adjectival)？

現在我們所要解決的兩大問題是：(1)如何把這些句法屬性簡單明確地登記在每一個述語動詞的詞項記載裡；以及(2)如何把這些句法屬性投射成為句法結構。對於第一個問題，我們所採取的解決方法是以「論旨角色」為單元，而以「論旨網格」的方式登記在每一個動詞的詞項記載裡。

四、論旨角色的分類與分布

「論旨角色」(theta-role, θ-role)，簡單地說，是與述語動詞的有關論元在這些動詞的含義中所扮演的語意角色。普遍語法裡應該承認那些論旨角色？這些論旨角色的內涵與外延應該如何界定？對於這個問題，學者之間到現在還沒有定論。論旨角色的選定應該具有相當的「普遍性」(universality)來保證這些論旨角色都能共同適用於所有的自然語言。論旨角色的數目也應該符合「最適宜性」(optimality)的條件，即不多也不少而恰到好處，藉以防止論旨角色漫無限制的膨脹。論旨角色的界定更應該具有相當的「客觀性」(objectivity)，最好能提出一套客觀明確的標準或「準則」(criteria)來幫助大家的分析結果都能盡量趨於一致❺。這裡避免煩瑣的理論探討，而直接為英漢

---

❺ 有些語法學者反對以論旨角色或論旨網格做為句法分析的基礎。他們的主要理由包括：(1)學者間對於自然語言共同採用的論旨角色並無一致的
(→)

對比分析與機器翻譯提出一些可能需要的論旨角色；並就這些論旨角色所代表的語意內涵、所歸屬的句法範疇、所擔任的句法功能，以及論旨角色與動詞、介詞或連詞之間的選擇關係扼要加以說明❻。

　　(一)「主事者」(Agent；簡稱 Ag)：自願、自發或積極發起行動的「主體」(instigator)，原則上由「有生」(animate)名詞組來充當，而且經常與「動態」(actional; dynamic)動詞連用❼；經常出現於主動句主語的位置(如①)，不能出現於賓語的位置；而在被動句裡則常由介詞'by；被、讓、給'來引介(如②)。

① 〔Ag John〕opened the door with a passkey;
　　〔Ag 小明〕用總鑰匙打開了門。
② The door was opened 〔Ag by John〕with a passkey;
　　門〔Ag 被小明〕用總鑰匙(給)打開了。

　　看法；(2)有些論旨角色的界定仍然缺乏明確客觀的標準，對於同一個論元常做出不同的論旨角色分析；(3)論旨網格所能提供的語意信息不如「詞彙概念結構」(lexical conceptual structure; LCS) 的周詳。不過，我們認為就當前的機器翻譯而言，論旨網格不失為經濟有效的「詞彙表顯策略」(lexical representation strategy)。在沒有其他更好方法之前，不妨拿來做為檢驗原參語法對機器翻譯應用價值的工具。
❻ 關於論旨角色更詳細的討論，參湯(1991b)。這篇文章，除了英語與漢語的語料以外，還舉了日語的語料。
❼ 一般「動態動詞」可以出現於祈使句、進行貌、嘗試貌、使役動詞的補語子句，並且可以與「主語取向」(subject-oriented) 的情狀副詞、受惠者狀語、期間補語、回數補語等連用。

(二)「感受者」（Experiencer；簡寫 Ex）：非自願、非自發或消極的參與者，在與知覺、感官、心態等有關的事件中受到影響的論元；與主事者一樣經常由有生名詞組來充當，而且也可能出現於主動句主語的位置（如③），或在被動句裡由介詞 'by；被、讓、給' 來引介（如④）。但是感受者與主事者不同，只能與「靜態」(stative) 的知覺、感官、心態動詞或形容詞連用，並且可以出現於動詞賓語的位置（如⑤）。

③ 〔Ex John〕({ unintentionally/*intentionally }) heard Mary's words;

　　〔Ex 小明〕({無意中/*有意的}) 聽到了小華的話。

④ Mary's words were ({unintentionally/*intentionally}) heard 〔Ex by John〕;

　　小華的話〔Ex 被小明〕({無意中/*有意的}) 聽到了。

⑤ a. John's remarks greatly surprised 〔Ex everyone〕;

　　小明的話使〔Ex 大家〕大為驚訝。

　　b. John struck 〔Ex Mary〕as pompous;

　　小明給〔Ex 小華〕的印象是為人自大。

(三)「客體」（Theme；簡寫 Th）：指存在、移動位置或發生變化的人或東西。與「存放動詞」（locational verb）連用時，客體常表示存在的人或東西（如⑥）；與「移動動詞」（motional verb）連用時，客體常表示移動的人或東西（如⑦）；而與「變化動詞」(transitional verb) 連用時，客體則經常

表示起變化的人或東西(如⑧)。客體原則上由名詞組來充當,但是不限於有生名詞組或具體名詞組,也可能是無生名詞組或抽象名詞組。客體與主事者或感受者同時出現時,常充當句子的賓語;而不與這些論旨角色連用時,則可能充當主語,也可能充當賓語。又出現於英語形容詞或名詞後面的客體名詞組常用介詞'of'來引介(如⑨);而出現於漢語動詞或形容詞前面的客體名詞組則常分別由介詞'把'與'對'來引介(如⑩)。

⑥　a.　〔Th The dot〕is inside of the circle;

　　　〔Th 點〕在圓圈裡。

　　b.　The circle contains〔Th the dot〕;

　　　圓圈裡含有〔Th 點〕。

　　c.　We keep〔Th a dog〕;

　　　我們養〔Th 一隻狗〕。

　　d.　John put〔Th the book〕on the bookshelf;

　　　小明〔Th 把書〕放在書架上。

⑦　a.　〔Th The rock〕rolled down the slope;

　　　〔Th (那塊)大石頭〕沿著山坡滾下去。

　　b.　John rolled〔Th the rock〕down the slope;

　　　小明〔Th 把(那塊)大石頭〕沿著山坡滾下去。

　　c.　John gave〔Th the book〕to Mary;

　　　小明〔Th 把(那一本)書〕給了小華。

　　d.　Mary got〔Th the book〕from John;

　　　小華從小明(那裏)得到了〔Th (那一本)書〕。

⑧   a. 〔Th The prince〕 turned into a frog;

        〔Th 王子〕變成了青蛙。

     b. The magic wand turned 〔Th the prince〕 into a frog;

        魔杖〔Th 把王子〕變成了青蛙。

⑨   a. John likes 〔Th music〕;

        John is fond 〔Th of music〕.

     b. The enemy destroyed 〔Th the city〕;

        The destruction 〔Th of the city〕 by the enemy is quite unexpected.

⑩   我看完了〔Th 書〕了；我〔Th 把書〕看完了。

      小明很了解〔Th 小華〕；小明〔Th 對小華〕很了解。

    （四）「工具」（Instrument；簡寫 In）：主事者所使用的器具或手段，經常由無生名詞組來充當；但器具常用具體名詞組（如⑪）而手段則常用抽象名詞組（如⑫）來充當。工具與主事者連用時，常做狀語使用，並用介詞（或動詞）'with（器具）、by（手段）；用（器具、手段），搭、坐（交通工具），經（路線）'等來引介；但是在主事者不出現的情況下，工具也有可能升格成爲主語（如⑬）。

⑪   John crushed the piggybank 〔In with a hammer〕;

      小明〔In 用鐵鎚〕打碎了撲滿。

⑫   a. John got the money from Mary 〔In by a trick〕;

小明〔In 用詭計〕從小華(那裡)得到了錢。

b.　Mary went to Boston 〔In by {plane/car/sea}〕；

小華〔In {搭飛機/坐汽車/經海路}〕到波士頓。

⑬　　〔In John's hammer〕crushed the piggybank；

〔In 小明的鐵鎚〕打碎了撲滿。

（五）「終點」（Goal；簡稱 Go）：客體或主事者移動(包括
具體或抽象的移動)的「目的地」（destination）（如⑭）、「時
間(的)訖點」（end-point）（如⑮）或「接受者」（recipient）
（如⑯）；目的地與時間訖點通常都分別由處所與時間名詞組來
充當，而接受者則一般都由有生(包括社團)名詞組來充當。英語
裡充當補語與狀語的終點名詞組常由介詞‘to, into, onto’來引
介，而訖點介詞則常用‘to, till, until, through’等。漢語裡充
當補語與狀語的終點名詞組，目的地與訖點都常由介詞‘到’來引
介，而接受者則常由介詞‘給’來引介。又英語與漢語的終點名詞
組與雙賓動詞連用的時候，常與客體名詞組之間形成兩種不同的
詞序(如⑰)。

⑭　a.　The letter finally reached 〔Go John〕；

那一封信終於到達了〔Go 小明(那裡)〕。

b.　〔Go John〕finally received the letter；

〔Go 小明〕終於收到了那一封信。

c.　They traveled from Boston 〔Go to New York〕；

他們從波士頓旅行〔Go 到紐約〕。

⑮　a.　We will be staying here from May 〔Go {to/till/
　　　　until/through} December〕;

　　　　我們從五月〔Go 到十二月〕會停留在這裡。

⑯　a.　John sent a Christmas card 〔Go { to Mary/to
　　　　Mary's address}〕;

　　　　小明寄了一張聖誕卡〔Go {給小華/到小華的地址}〕。

　　b.　John sent 〔Go Mary〕 a Christmas card;

　　　　小明寄〔Go 給小華〕一張聖誕卡。

　　　（六）「起點」（Source；簡寫 So）：起點與終點相對，而常
與終點連用。起點常表示行動開始的地點（如⑰）或時點（如⑱），
或表示發生變化以前的狀態（如⑲）；而終點則表示行動終了的地
點或時點，或表示發生變化以後的狀態。起點與終點一樣，常由
表示處所或時間的名詞組來充當；但是如果與「交易動詞」連用
時，也可能以「屬人」（Human）名詞組為起點。起點名詞組，
除了與交易動詞或變化動詞連用時可以充當主語或賓語以外，一
般都在介詞'from, since；從、由、自從、打從'等引介之下出
現於述語動詞的前面（漢語）或後面（英語）充當狀語。

⑰　a.　They moved 〔So from a city〕 into the country;

　　　　他們〔So 從都市〕搬到鄉間。

　　b.　John bought the house 〔So from Mary〕;

　　　　小明〔So 從小華那裡〕買了（那一棟）房子。

　　c.　〔{So, Ag} Mary〕 sold the house to John;

〔{So, Ag} 小華〕把(那一棟)房子賣給了小明。

⑱　　　The meeting lasted 〔So from nine〕 to eleven;

會議〔So 從九點〕開到十一點。

⑲　a.　The magic wand turned 〔{Th, So} the prince〕 into a frog;

魔杖〔{Th, So} 把王子〕變成了青蛙。

　　b.　〔{Th, So} The prince〕 turned into a frog;

〔{Th, So} 王子〕變成了青蛙。

（七）「受惠者」（Benefactive；簡寫 Be）：指因主事者的行動或事情的發生而受益(如⑳)或受損(如㉑)的人，因而經常都由有生名詞組來充當。受惠者通常在介詞引介之下充當補語或狀語，但是與雙賓動詞連用時則可能出現於客體名詞組的前面充當賓語；受損者名詞組甚至可能充當主語(如㉑c. d.)。英語的受益者名詞組多由介詞‘for’來引介，而受損者名詞組則多由介詞‘on’來引介。漢語的受益者名詞組多由介詞‘給’來引介，但是出現於述語動詞前面做狀語用法的受益者名詞組多由介詞‘替、給’來引介，而受損者名詞組則似乎沒有什麼特別的介詞可以用來引介。

⑳　a.　John bought a mink coat 〔Be for Mary〕;

小明買了一件貂皮大衣〔Be 給小華〕。

　　b.　John bought 〔Be Mary〕 a mink coat;

小明〔Be 給小華〕買了一件貂皮大衣。

c. John cleaned the room 〔Be for Mary〕;

小明〔Be {替/給}小華〕打掃了房間。

d. John bought the book 〔Be for Mary〕 〔Be on behalf of her mother〕;

小明〔Be {替/給}小華的母親〕買了那一本書〔Be 給小華〕。

㉑ a. The joke was 〔Be on me〕;

那個玩笑是〔Be 衝著我〕開的。

b. Don't play jokes 〔Be on him〕;

不要開〔Be 他(的)〕玩笑。

c. 〔Be John〕 {suffered a stroke/underwent an operation} last night;

〔Be 小明〕昨天晚上{中了風/接受手術}。

d. 〔Be Mary〕 {had/got} her arm broken by accident;

〔Be 小華〕不小心把手臂給弄斷了。

(八)「處所」（Location；簡寫 Lo）：表示事情發生的地點，或客體出現或存在的地點；經常都由處所名詞來充當，並且常由介詞'at, in, on, under, beside, across; 在……({裡(面)/上(面)/下(面)/旁邊/對面)})'等來引介而出現於狀語或補語的位置，但是也可能不由介詞引介而充當句子的主語(如㉒d.)。

㉒ a. He is studying 〔Lo at the library〕;

他〔Lo 在圖書館〕讀書。

b. She stayed 〔Lo in the room〕;

　　她留〔Lo 在房間裡〕。

c. John put the pistol 〔Lo on the table〕;

　　小明把手槍放〔Lo 在桌子上〕。

d. {It is very noisy 〔Lo in the city〕/〔Lo The city〕 is very noisy};

　　〔Lo 城市裡〕很吵鬧。

(九)「時間」（Time；簡寫 Ti）：表示事情發生的時刻、日期、年月等；經常由時間名詞組來擔任，並常由時間介詞'at, in, on, during, before, after；在……({的時候／當中／以前／以後})'等來引介而出現於狀語或補語的位置（如㉓）。但是「由赤裸名詞組充當的時間副詞」（'bare-NP' time adverb; 如'today, tomorrow, day after tomorrow, yesterday, day before yesterday, {next/last} {week/month/year}；今天、明天、後天、昨天、前天、{上／下}{星期／個月}、明年、去年'等）則可以不由介詞引介而充當狀語或補語（如㉔），甚至可以充當「連繫動詞」（copulative verb）的主語（如㉔b.）。

㉓ a. They arrived 〔Ti at 10〕 and departed 〔Ti at 10: 30〕;

　　他們〔Ti（在）十點鐘〕到達,〔Ti（在）十點半〕離開了。

b. Mary set the date 〔Ti for Monday〕;

小華把日期訂〔Ti 在星期一〕。

c. Edison was born 〔Ti in 1847〕 and died 〔Ti in 1931〕;

愛迪生 ｛〔Ti 於1847年〕出生，〔Ti 於1931年〕逝世／ 出生〔Ti 於1847年〕，逝世〔Ti 於1931年〕｝。

㉔ a. I met John 〔Ti yesterday〕;

我 〔Ti 昨天〕遇到了小明。

b. 〔Ti Tomorrow〕 will be another day;

〔Ti 明天〕又是一個新的日子。

(十)「數量」（Quantity；簡寫 Qu）：在我們的分析下，「數量」是一個「大角色」（'arch-role'），其語義內涵是「概化的範域」（the generalized range），還包括下面許多「同位角色」（'allo-role'）：「期間」（duration: Qd）（如㉕）、「金額」（cost; Qc）（如㉖）、「長度」（length; Ql）（如㉗）、「重量」（weight; Qw）（如㉘）、「容量」（volume; Qv）（如㉙）、「數目」（number; Qn）（如㉚）、「頻率」（frequency; Qf）（如㉛）等。數量多由「數量詞組」（quantificational phrase; QP），即含有「數量詞」（quantifier）的名詞組來擔任，而且除了與特定的少數動詞連用時可以充當主語（如㉕c.）、賓語（如㉖b.）或補語（如㉕b.、㉖c.、㉗b.、㉘、㉙）以外，一般都充當狀語。英語裡充當狀語的期間、金額、長度（或距離）等常由介詞'for'來引介；而漢語則除了表示金額的狀語用介詞'以'來引介外，一般都在不由介詞引介的情形下充當

狀語、補語、賓語、或主語。

㉕　a.　We studied (English) 〔Qd for two hours〕；

　　　　我們(讀英語)讀了〔Qd 兩小時〕。

　　b.　The conference lasted 〔Qd two hours〕；

　　　　會議持續了〔Qd 兩小時〕。

　　c.　〔Qd Eight years〕 have elapsed since my son left；

　　　　兒子走了以後已經過了〔Qd 八年〕了。

㉖　a.　I bought the book 〔Qc for fifty dollars〕；

　　　　我〔Qc 以五十塊美金(的代價)〕買了這一本書。

　　b.　I paid 〔Qc fifty dollars〕 for the book；

　　　　我為了這一本書付了〔Qc 五十塊美金〕。

　　c.　The book cost me 〔Qc fifty dollars〕；

　　　　這一本書花了我〔Qc 五十塊美金〕。

㉗　a.　The forest stretched 〔Ql for miles〕；

　　　　那座森林延伸〔Ql 好幾英里〕。

　　b.　John stands 〔Ql six feet〕；

　　　　{小明身高〔Ql 六英尺〕／小明有〔Ql 六英尺〕高}。

　　c.　The boat measures 〔Ql 20 feet〕；

　　　　{這條船長〔Ql 20 英尺〕／這條船有〔Ql 20英尺〕長}。

㉘　　　Mary weighs 〔Qw one hundred pounds〕；

　　　　{小華體重〔Qw 100 磅〕／小華有〔Qw 100 磅〕重}。

㉙　　　The cell measured 〔Qv eight feet by five eight high〕；

那個房間有〔Qv 8 英尺寬、5 英尺長、8 英尺高〕。

㉚ a. This hotel can accomodate〔Qn five hundred guests〕;

這家飯店可以容納〔Qn 五百位旅客〕。

b. This large dinner table can dine〔Qn twenty persons〕;

這一張大飯桌可以坐〔Qn 二十個人〕。

㉛ a. We meet〔Qf twice a week〕;

{我們〔Qf 每星期〕見面〔Qf 兩次〕／我們〔Qf 每星期〕見〔Qf 兩次〕面}。

b. They dine together〔Qf every three days〕;

{他們〔Qf 每三天〕一起吃飯〔Qf 一次〕／他們〔Qf 每三天一起吃〔Qf 一次〕飯}。

（十一）「命題」（Proposition；簡寫 Po）：具有「主謂關係」（predication；即含有主語與述語），並以「狀態」（state）、「事件」（event）或「行動」（action）等為語意內涵的子句。命題與數量一樣，是一個「大角色」，底下可以依照子句的「語意類型」（semantic type）分為「陳述」（declarative 或 statement; Pd）（如㉜ a.）、「疑問」（interrogative 或 question; Pq）（如㉜ b. c.）與「感嘆」（exclamatory 或 exclamation; Px）（如㉜ d. e.）。英語的命題，因為動詞具有「時制」（tense）與「動貌」（aspect）等「屈折變化」（inflection），所以可以依照子句的「句法類型」（syntactic type）細

分爲：(1)「限定子句」（finite clause; Pf）如㉝a.，(2)「不定子句」（infinitival clause; Pi）如㉝b.、㉞b.與㉟a.，(3)「動名子句」（gerundive clause; Pg）如㉞b.，(4)「小子句」（small clause; Ps）如㉝c.與㉟e. f.❽，(5)「過去式限定子句」（finite clause with the past-tense verb; Pp）如㉟d.，(6)「原式限定子句」（finite clause with the root-form verb; Pr）如㉟g. h.，(7)「以空號代詞爲主語的不定動名子句」（infinitival or gerundive clause with an empty subject; Pe）如㉟i. j. k. l. m.等七種。另一方面，漢語的命題則雖然有陳述、疑問與感嘆等語意類型上的區分，却沒有英語裡那麼多句法類型上的差別，只要區別一般（陳述）子句（Pd）與「以空號代詞爲主語的不定子句」（Pe）兩種就夠了。也就是說，除了「控制動詞」（control verb；包括「主語控制」（subject-control）的‘try, attempt, promise；設法、企圖、答應’與「賓語控制」（object-control）的‘order, force, warn；命令、強迫、警告’）等需要以「以空號代詞爲主語的不定子句」（Pe）爲賓語或補語以外，其他述語動詞都一概以「一般（陳述）子句」（Pd）爲賓語或補語。

㉜ a. I know〔Pf (that) John is a nice boy〕❾;

---

❽ 所謂「小子句」是雖然含有主語與述語，但是不含有動詞（如㉝c.與㉟d.）或「時制」（tense）（如㉟e.與㉟f.）的句子。

❾ 限定（陳述）子句（亦卽「that子句」）的「補語連詞」（complementizer）‘that’在動詞‘think, know, say’等後面可以省略，而在動詞‘whisper, murmur, scream’等後面則不能省略。如果有必要，我們可以用‘Pf’的符號來表示與前一類動詞連用的限定子句，而用‘P̲f̲’的符號來表示與後一類動詞連用的限定子句。

我知道〔Pd 小明是個好男孩〕。

b. I asked Mary 〔Pq {whether/if} she knew the answer〕⓾；

我問小華〔Pq 她(是否知道/知不知道)答案〕。

c. Could you tell us 〔Pq what {we should/PRO to} do〕？

你能告訴我們〔Pq (我們)該怎麼做〕嗎？

d. I didn't know 〔Px what a smart girl Mary is〕；

我並不知道〔Px 小華(竟然)是這麼聰明的女孩子〕。

e. They never imagined 〔Px how very smart she is〕；

他們做夢也沒有想到〔Px 她(竟然)這麼聰明〕。

㉝ a. We consider 〔Pf that Shakespeare is a great poet〕；

我們認為〔Pd 莎士比亞是偉大的詩人〕。

b. We consider 〔Pi Shakespeare to be a great poet〕；

我們認為〔Pd 莎士比亞是偉大的詩人〕。

c. We consider 〔Ps Shakespears Φ a great poet〕；

我們認為〔Pd 莎士比亞是偉大的詩人〕。

㉞ a. John expects 〔Pf that Mary will succeed〕；

小明 {期待／預料} 〔Pd 小華會成功〕。

b. John expects 〔Pi Mary to succeed〕；

小明 {期待／預料} 〔Pd 小華會成功〕。

⓾ 疑問子句亦可分析為限定子句(如('{whether/if/when/where/how} he will go'))與不定子句 (如'{when/where/how} Pro to go'))。如果有需要，我們也可以用'Pq'與'Pq'來分別代表限定疑問子句與不定疑問子句。

㉟ a. John wanted (it) very much 〔Pi for Mary to succeed〕❶;

小明渴望〔Pd 小華成功〕。

b. Do you mind 〔Pg {me/my} wearing your necktie〕❷?

〔Pd 我用你的領帶〕可以嗎？

c. I wish 〔Pp I were a bird〕;

但願〔Pd 我是隻鳥〕。

d. They found 〔Ps the place Φ deserted〕;

他們發覺〔Pd 那個地方空無人影〕。

e. John saw 〔Ps {Mary/her} Φ walk into the rest-aurant〕;

小明看見〔Pd 小華走進餐廳〕。

f. Mary made 〔Ps {John/him} Φ admit that he was spying on her〕;

小華逼小明〔Pe PRO 承認他在暗中偵察她〕。

g. John insisted 〔Pr that Mary {be/stay} here with him〕;

---

❶ 例句㉝b.、㉞b.與㉟a.的對比顯示英語的不定子句可以分爲兩類：一類是由介詞‘for’引介的不定子句(如㉟a.)，可以用符號‘Pi’來表示；而另一類是不由介詞‘for’來引介的不定子句(如㉝b.)與㉞b.，因而不定子句的主語名詞組例外地由母句動詞來指派格位)，可以用符號‘Pi’來表示。有些動詞(如‘perfer, want’等)與這兩種不定子句都可以連用，因而可以用的‘Pi’符號來表示。

❷ 例句㉟b.顯示英語的動名子句事實上可以分爲兩類：一類是由領位名詞或代詞引介的動名子句(如㉟b.的‘my’)，可以用‘Pg’的符號來表示；而另一類是不由領位名詞或代詞引介的動名子句(如㉟b.的‘me’，因而動名子句的主語名詞組例外地由母句動詞來指派格位)，可以用‘Pg’的符號來表示。有些動詞(如‘mind, prefer’等)，與這兩種動名子句都可以連用，因而可以用‘Pg’的符號來表示。

（ ）

小明堅持〔Pd 小華(一定要)跟他在一起〕。

h. Mary suggested to John 〔Pr that he not see her any more〕;

　　小華向小明提議〔Pd (他)不要再來找她〕。

i. John tried 〔Pe PRO to reach Mary〕;

　　小明設法〔Pe PRO (去)聯絡小華〕。

j. John promised Mary 〔Pe PRO to marry her〕;

　　小明答應小華〔Pe PRO 跟她結婚〕。

k. John forced Mary 〔Pe PRO to marry him〕;

　　小明強迫小華〔Pe PRO 跟他結婚〕。

l. Do you mind 〔Pe PRO waiting outside〕?

m. He remained 〔Pe PRO lying in bed〕⑬.

以上我們根據（一）「每句一例的原則」（the Principle of One-Instance-per-Clause），即每一種論旨角色在同一個單句裡只能出現一個 ⑭；（二）「互補分佈的原則」（the Principle

⑬ 例句㉟i.、j.、k.與㉟l.、m.的對比顯示以空號代詞為主語的子句可以分為兩類：一類為以不定詞為述語的子句(如㉟i.、j.、k.)，可以用'Pe'的符號來表示；而另一類為以動名詞(如㉟l.)或現在分詞(如㉟m.)為述語的子句，可以用'Pe'的符號來表示。

⑭ 但是「每句一例的原則」應該允許「必用論元」與「可用論元」之間出現兩個同樣的論旨角色；因為在下面的例句裡，「處所」與「受惠者」同時出現於「內元」（補語）與「意元」（狀語）：

(1) (While) 〔Lo in the classroom〕 Mary placed the flowers 〔Lo on the teacher's desk〕;

　　〔Lo 在教室裡〕（的時候）小華把花擺〔Lo 在老師的桌子上〕。

(2) John bought a wristwatch 〔Be for Mary〕〔Be on behalf of her mother〕;　　　　　　　　　　　　　　　　(→)

of Complementary Distribution)，即形成互補分佈而絕不對立的兩個以上的論旨角色必屬於同一種論旨角色；(三)「連接可能性的原則」(the Principle of Conjoinability)，即只有論旨角色相同的論元才能對等連接；與(四)「比較可能性的原則」(the Principle of Comparability)，即只有論旨角色相同的論元才能互相比較 ⑮，來擬設英、漢兩種語言所需要的論旨角色，以及這些論旨角色所表達的語意內涵、所歸屬的句法範疇、所擔任的語法功能、以及論旨角色與介詞間的選擇關係等。

如果我們更進一步仔細討論充當意元的副詞或狀語，那麼我們可能還需要「情狀」(Manner; Ma)、「起因」(Cause;

小明〔Be {替／給}小華的母親〕買了一隻手錶〔Be 給小華〕。
同時，英語裡由'out-'與不及物動詞所形成的及物動詞（如'outrun, outtalk, outshoot；跑得過（跑得比……{快／遠}）、說得過（說得比……{好／大聲}）'等)似乎也應該以兩個論旨角色相同的論元爲主語與賓語(卽＋〔Xx, Xx'〕)；而必須以「語意上屬於複數的名詞組爲主語」(semantically plural subject) 的「對稱述語」(symmetric predicate；如'kiss, meet, consult；接吻、見面、商量')以兩個或兩個以上的名詞組爲主語時，這些名詞組也似乎應該具有相同的論旨角色(卽＋〔Xx, Xx'〕)，例如：
(3) 〔Ag John〕can {outrun/outtalk/outshoot}〔Ag' Bill〕.
　　〔Ag 小明〕能{跑得過／說得過／射得過}〔Ag' 小華〕。
(4) 〔Ag John〕and〔Ag' Mary〕{kissed/met/consulted}(each other);
　　〔〔Ag 小明〕跟〔Ag' 小華〕{接了吻／見了面／商量了}〕。
⑮ 這個原則也引導我們把英、漢兩種語言的「比較結構」(comparative construction) 分析爲由兩個論旨結構相同的主句與從句來合成，例如：
(1) 〔Ex John〕is〔AP more intelligent〔PP than〔s〔Ex Bill〕Pro〕〕〕;
　　〔Ex 小明〕〔AP〔PP 比〔s〔Ex 小剛〕Pro〕還要聰明〕〕〕。
(2) 〔Ag John〕ran〔AdP faster〔PP than〔s〔Ag Bill Pro〕〕〕;
　　〔Ag 小明〕跑得〔AP〔PP 比〔s〔Ag 小剛 Pro〕〕快〕〕。
例句裡的「空代號」(Pro) 代表從句裡與主句裡相同的句法成分：例如：①句裡的'Pro'代表'is intelligent；聰明'而②句裡的'Pro'則代表'run fast；跑得快'。

Ca)、「結果」（Result; Re）、「條件」（Condition; Co）
等論旨角色。有了這些額外的論旨角色，我們就可以為述語動詞
與形容詞提出更細緻而明確的論旨網格。例如，在㊱的例句裡，
「情狀」副詞與狀語充當內元補語；在㊲的例句裡「工具」與
「起因」的區別可以說明二者在被動句裡不同的句法表現；而在
㊳的例句裡「客體」（或「受事」❿）與「結果」的區別也說明
二者在「準分裂句」裡不同的句法表現。試比較：

㊱　a.　He behaved {〔Ma badly〕 to his wife/〔Ma with
　　　　great courage〕};

　　　　他 {對太太（表現得）〔Ma〔很不好〕/表現得〔Ma 很
　　　　勇敢〕}。

　　b.　She always treated us {〔Ma well〕/〔Ma with the
　　　　utmost courtesy〕};

　　　　她經常待我們 {〔Ma 很好〕/〔Ma 非常有禮貌〕}。

　　c.　I {phrased/worded} my excuse 〔Ma politely〕;

---

❿　也有人主張在一般「客體」之外，擬設表示真正「受到影響」（affec-
ted) 而限於有生名詞組的「受事（者）」（Patient; Pa）。如此，「受事
者」與「感受者」的區別可以說明二者在「準分裂句」（pseudo-cleft
sentence) 裡不同的句法表現。試比較：
①　a.　〔Pa John〕 suffered a stroke last night.
　　b.　What happeded to 〔Pa John〕 last night was that 〔Pa
　　　　he〕 suffered a stroke.
②　a.　〔Ex John〕 saw a friend last night.
　　b.　*What happened to 〔Ex John〕 last night was that
　　　　〔Ex he〕 saw a friend.
但是①裡的'John'似乎也可以分析為「受害者」（參㉑的例句）；如此
，就不必再多增加一個論旨角色。

我（措辭）〔Ma 很禮貌地〕說出我的辯白。

㊲ a. John burned down the house 〔In with fire〕;

小明〔In {用／放}火〕燒毀了房子。

b. The house was burned down by John 〔In with fire〕;

房子被小明〔In {用／放}火〕燒毀了。

c. 〔Ca A fire〕 burned down the house;

〔Ca 一場火〕燒毀了房子。

d. The house was burned down 〔Ca by fire〕;

房子〔Ca 被一場火〕給燒毀了。

㊳ a. They finally destroyed 〔Th the house〕/〔Th The house〕 was finally destroyed;

他們終於拆毀了〔Th 房子〕/〔Th 房子〕終於被拆毀了。

b. What they finally did to 〔Th the house〕 was destroy 〔Th it〕.

c. They finally built 〔Re the house〕/〔Re The house〕 was finally built by them;

他們終於蓋了〔Re 房子〕/*〔Re 房子〕終於被他們蓋了。

d. *What they finally did to 〔Re the house〕 was built 〔Re it〕⓱.

⓱ 不過㊳ c.、d.裡的‘the house’也可以分析為「終點」；因而不必另外增加一個論旨角色。

又如，表示「處所」（如'at, in, on; 在'）、「工具」（如'with; 用'）、「客體」（如'of；把、對'）、「起點」（如'from；從'）、「終點」（如'to；到、給'）、「受益者」（如'for；替、給'）、「起因」（如'for, because of；為了'）等介詞都可以分別用'+〔Lo〕, +〔In〕, +〔Th〕, +〔So〕, +〔Go〕, +〔Be〕, +〔Ca〕'等符號來表示其論旨功能。而表示「起因」（如'because, for；因為、由於'）、「結果」（如'so that；所以'）、「條件」（如'if, unless；如果、除非'）等連詞也都可以分別用'+〔Ca, Re〕, +〔Re, Ca〕, +〔Ca, Pd〕'等論旨網格來表示其論旨功能。

五、論旨網格的登記公約

從以上的分析與討論可以知道：如果把所有大大小小的句法結構視為述語動詞、形容詞、名詞以及主要語介詞、連詞、名詞、副詞、數量詞等的投射，那麼我們必須在這些詞語的詞項記載裡把有關的句法屬性登記下來，才可以設法投射出去。如前所說，動詞的詞項記載裡應該登記下列幾種句法屬性：㈠有關動詞的論元屬性；㈡有關動詞的論旨屬性；㈢有關論元的範疇屬性；㈣有關論元的語法功能。

我們可以用「論旨網格」(theta-grid; θ-grid) 把以上四種句法屬性整合起來。以一元述語'Cry；哭(泣)'為例，可以用'+〔Ag〕'這個論旨網格來表示有關的句法屬性；即這個動詞是只需要主事者這個必要論元的一元述語；而主事者這個論旨角色必須由有生名詞組來擔任，而且也由這一個主事者論元來充當外元

或主語；因而能投射成爲 'John cried；小明哭了'這樣的例句。
再以二元述語'see；看（到／見）'爲例，可以用'＋〔Th, Ex〕'
這個論旨網格來表示有關的句法屬性：卽這個動詞是需要以客體
爲內元，而以感受者爲外元的二元述語；客體內元由名詞組來擔
任並充當賓語，感受者外元由有生名詞組來擔任並充當主語；因
而能投射成爲'John saw Mary；小明看到小華'這樣的例句。更
以三元述語'force；强迫'爲例，則可以用＋〔Go, Pe, Ag〕'這個
論旨網格來表示有關的句法屬性：卽這個動詞是以終點與以空號
代詞爲主語的不定子句命題爲內元，而以主事者爲外元的三元述
語；終點內元由名詞組來擔任並充當賓語，命題內元由以空號代
詞爲主語的不定子句來擔任並充當補語，而主事者外元則由有生
名詞組來擔任並充當主語；因而能投射成爲'John forced Mary
to study English；小明强迫小華讀英語'這樣的例句。

　　從以上的舉例與說明，我們可以知道：論旨網格是以論旨角
色爲單元來規畫的。在論旨網格裡所登記的論元，原則上都屬於
必用論元，所以論旨網格裡所登記的論元數目決定這個動詞是幾
元述語。又論旨角色的語意內涵，與擔任這些論旨角色的語法範
疇之間有極密切的關係，所以我們常可以從論旨角色來推定這個
論旨角色的句法範疇。另外，論旨角色是依內元（賓語先、補語
後）到外元（卽主語）的前後次序排定的，所以我們也可以從論角
色的排列次序來推定由那些論旨角色來分別充當動詞的賓語、補
語或句子的主語。關於論旨網格的設計；我們還應該注意下列幾
點：

　　㈠在論旨網格裡，我們原則上只登記必用論元，不登記可

用論元。但是有些動詞可以兼做「及物」與「不及物」動詞用，而有些及物動詞又可以帶上「單一」或「雙重」賓語。這個時候，我們可以利用表示"可用亦可不用"（optional）的符號「圓括弧」（parentheses; '(Xx)'）來把及物與不及物用法，或單賓與雙賓用法，合併登記。例如，英語'eat, dine, devour'這三個動詞都與'吃'有關，但是，這三個動詞的論旨網格分別是'+〔(Th) Ag〕'（如'What time do we eat (dinner)?'）、'+〔Ag〕'（如'What time do we dine?'）⑱ 與'+〔Th, Ag〕'（如'The lion devoured the deer'）。再如英語與漢語的「作格動詞」（ergative verb）'open；開'與'close；關'都可以有「使動」（causative）及物用法（如'John {opened/closed} the door；小明{開／關}了門'）與「起動」（inchoative）不及物用法（如'The door {opened/closed}; 門{開／關}了'）；因而可以用'+〔Th (Ag)〕'的論旨網格來表示。也就是說，如果動詞是及物動詞，那麼以主事者名詞組爲主語而以客體名詞組爲賓語；如果動詞是不及物動詞，那麼以客體名詞組爲主語 ⑲。我們也可以用「交叉的圓括弧」（linked parentheses, '(Xx⟨Yy)'）來表示圓括弧的兩個成分中，任何一個成分都可以在表層結構中不出現，但是不能兩個成分都同時不出現；而用「角括弧」

---

⑱ 英語動詞'dine'除了'+〔Ag〕'的論旨網格以外，還可以有'+〔Qu, Lo〕'這個論旨網格（如'This table can dine twelve persons', 'How many people can this restaurant dine?'）；而'+〔Ag〕'與'+〔Qu, Lo〕'這兩種論旨網格可以合併爲+〔{Ag/Qu, Lo}〕'。

⑲ 這是由於不及物動詞無法指派格位，所以客體名詞組只得出現於主語的位置來獲得主位。

（angle brackets;'＜Xx, Yy＞'）來表示括弧內的兩個成分
可以調換位置。例如英語與漢語的「雙賓動詞」'teach；教'與
'ask；問'都可以有雙賓用法(如'Mr. Lee taught us English；
李先生教我們英語'，'We asked Mr. Lee a question；我們問
了李先生一個問題')與單賓用法(如'Mr. Lee taught {us/Eng-
lish}；李先生教{我們／英語}'，'We asked {Mr. Lee/a que-
stion}；我們問了{李先生／一個問題}')，而且，英語的'teach'
與'ask'還可以另外有'Mr. Lee taught English to us'與'We
asked a question of Mr. Lee'這樣的表面結構。因此，英語與
漢語的'teach；教'與'ask；問'可以分別用'＋〔＜(Th)(Go)＞
Ag〕'；＋〔(Go)(Th)Ag〕'與'＋〔＜Th (of So)＞Ag〕；＋〔(So
)(Th)Ag〕'的論旨網格表示。又這裡論旨角色底下的「下線」（
underline；'Xx'）表示這個論旨角色出現於賓語後面充當補語
的時候，不必藉介詞來指派格位如(如'Mr. Lee taught us
English'與'We asked Mr. Lee a question')；而論旨角色前
面的介詞(如'*of* So')表示這裡不能用無標的(起點)介詞'from'
，而要用有標的(起點)介詞'of'。

　　(二)可用論元不必一一登記於論旨網格裡，而可以用「詞彙
冗贅規律」(lexical redundancy rule)來通盤處理。例如，以
主事者為主語的動態動詞一般都可以與情狀、工具、受惠者、時
間、處所等可用論元連用的情形可以用'＋〔…Ag〕→＋〔…(Ma)
(In)(Be)(Lo)(Ti)Ag〕'這樣的詞彙冗贅規律來表示。如此，
英語與漢語的二元述語'cut；切'不但可以衍生'John cut the
cake；小明切了蛋糕'這樣只含有必用論元的例句，而且還可以

衍生'John cut the cake carefully with a knife for Mary at the pary last night；小明昨天晚上在宴會裡替小華用刀子小心地切了蛋糕'這樣含有許多可用論元的例句。

(三)對於必用論元，我們嚴格遵守「每句一例的原則」；即在同一單句裡不能由兩個或兩個以上的同一種論旨角色來充當必用論元。但是這個原則並不排斥以下三種情形:(甲)同一個論旨角色可以同時充當必用論元與可用論元；(乙)「對稱述語」(symmetric predicate；如'kiss；接吻/meet；見面/consult；商量／mix；混合')在語意上要求複數主語或賓語，因此允許兩個或兩個以上的同一種論旨角色為內元或外元；(丙)有些述語(例如由'out-'與不及物動詞形成的及物動詞'outrun；跑得過(跑得比……快)/outtalk；談得過(談得比……好)/outshoot；射得過(射得比……準)')在語意上要求以同一種論旨角色為賓語(內元)與主語(外元)⑳。因此，我們可以從'place；擺'的論旨網格'+〔Th, Lo, Ag〕'衍生'〔Lo In the classroom〕John placed the flowers 〔Lo on the teacher's desk〕；小明〔Lo在教室裡〕把花擺〔Lo在老師的桌子上面〕'這樣的例句；也可以從'kiss；{接／相}吻'的論旨網格'+〔Ag, Ag'〕'衍生'〔Ag John〕and〔Ag' Mary〕kissed；〔Ag小明〕跟〔Ag'小華〕接吻了'這樣的例句㉑；還可以從'outrun；跑得過'的論旨網格'+〔Th, Th'〕'衍生'〔Th John〕outran〔Th' Mary〕；〔Th

---

⑳ 這三種情形的說明與例句，請參照❶。

㉑ 英語的'kiss'還具有'+〔Th, Ag〕'的論旨網格，因而還可衍生'〔Ag John〕kissed〔Th Mary〕'這樣的句子；但是漢語卻必須用'吻'不能用'{接／相}吻'，如'小明(*接)吻了小華'。

小明〕跑得過〔Th'小華〕'這樣的例句。

　　（四）關於論元與論旨角色之間，我們也嚴格遵守「論旨準則」（theta-criterion）的規定：即論元與論旨角色之間的關係是一對一的對應關係；每一個論元都只能獲得一種論旨角色，而每一種論旨角色也只能指派給一個論元。但是一個句子有兩種以上的涵義的時候，我們例外允許以'{Xx, Yy}'的符號㉒來表示這一個論元可以解釋爲'Xx'或'Yy'兩個不同的論旨角色。例如，英語與漢語的動詞'roll；（翻）滾'都具有'+〔{Ag, Th}（Ro）〕'㉓的論旨網格。因此，'John rolled down the hill；小明沿着山坡滾下來'這樣的例句可以解釋爲'小明（故意）沿着山坡滾下來'（'小明'是主事者），也可以解釋爲'小明（不小心）沿着山坡滾下來'（'小明'是客體）。又如，'buy；買'與'sell；賣'分別具有'+〔Th（So）{Ag, Go}〕'與'+〔Th（Go）{Ag, So}〕'的論旨角色。因此，'John bought a book from Mary；小明從小華（那裡）買了一本書'的'John；小明'可以解釋爲主事者，也可以解釋爲終點。'Mary Sold a book to John；小華賣了一本書給小明'的'Mary；小華'可以解釋爲主事者，也可以解釋爲起點。

㉒　請注意'{Xx, Yy}'與'{Xx/Yy}'兩種不同符號表示兩種不同的情形；前者（如'{Ag, Th}'）表示這一個論元可以解釋爲兩種不同的論旨角色（如主事者與客體），而後者（如'{Ag/Th}'）則表示這兩種論旨角色中任選一種（如主事者或客體）。

㉓　'Ro'代表「途徑」（Route；Ro），常由'along, up, down；沿着……（{上／下}{來／去}）'來引介。嚴格說來，'roll；（翻）滾'的論旨網格應該寫成'+〔Th（Ro）（Ag）〕'；如此，不但可以衍生'{John/The rock} rolled down the slope；{小明／石塊}沿着山坡（翻）滾下來'的例句，而且還可以衍生'John rolled the rock down the slope；小明把石塊沿着斜坡滾下去'的例句。

　(五)為了不使論旨角色的數目漫無限制的膨脹，也為了適當的處理論旨角色裡介詞與名詞之間的選擇關係，我們在某種情況下把特定的介詞或名詞直接登記於論旨網格中。例如，英語的不及物動詞‘talk’具有‘＋〔＜Go, about Th＞ Ag〕’的論旨網格（與此相對應的漢語動詞‘談’則具有‘＋〔(有關)Th 的事情，跟 Go, Ag〕’的論旨網格）；因而可以衍生‘John talked to Mary about the party；小明跟小華談了(有關)宴會的事情’與‘John talked about the party to Mary’這樣的例句。又如，英語的及物動詞‘load’具有‘＋〔{Th, on Lo/Lo, with Th} Ag〕’的論旨網格（與此相對應的漢語動詞‘裝(載)’則具有‘＋〔Th, Lo 上面, Ag〕’的論旨網格）；因而可以衍生‘John loaded the furniture on the truck；小明把家俱裝在卡車上面’與‘John loaded the truck with the furniture’這樣的例句。再如，英語的及物動詞‘blame’具有‘＋〔{Be, for Ca/Ca, on Be} Ag〕’的論旨網格（與此相對應的漢語動詞‘怪罪’則具有‘＋〔Be (Ca) Ag〕’的論旨網格）；因而可以衍生‘John blamed Mary for the accident；小明為了車禍怪罪小華’與‘John blamed the accident on Mary’這樣的例句。

　(六)以「成語」(idiom) 或「片語」(phrase) 的形式出現的述語動詞，把論旨網格賦給這個成語動詞或片語動詞。例如，英語的成語動詞‘kick the bucket (＝pass away＝die)’具有‘＋〔Be〕’的論旨網格（與此相對應的漢語動詞‘翹辮子’、‘兩腳伸直’、‘穿木長衫’等也具有‘＋〔Be〕’有的論旨網格）；因而可以

衍生‘John kicked the bucket last night；小明昨天晚上翹辮子了’這樣的例句。他如，英語的片語動詞‘give {birth/rise} to’都具有‘+〔Go, So〕’的論旨網格（與此相對應的漢語動詞‘生(產)’與‘引起；導致’也都具有‘〔Go, So〕’的論旨網格）；因而可以衍生‘She gave birth to a son last night；她昨天晚上生了一個男孩子’與‘A privilege often gives rise to abuses；特權常導致濫用’這樣的例句。又如英語的片語動詞‘look down (up)on (=despise)’與‘take…into consideration’都具有‘+〔Th, Ag〕’的論旨網格（與此相對應的漢語動詞‘輕視’與‘考慮’也都具有‘+〔Th, Ag〕’的論旨網格）；因而可以衍生‘Never look down on your neighbors；絕不要輕視你的鄰居’與‘Please take my health into consideration；請考慮我的健康’這樣的句子。

(七)英語的「填補語」(pleonastic; expletive)‘there’與‘it’分別出現於「存在句」(existential sentence)與「非人稱結構」(impersonal construction)中。例如，表示‘存在’的Be動詞可以有‘The book is on the desk’與‘There is a book on the desk’兩種說法，而與此相對應的漢語的例句則是‘書在桌子上；桌子上有一本書’。因此，我們爲英、漢存在動詞‘Be；在、有’分別用‘+〔{Lo, Th<+def>/Th<-def>, Lo, there}〕；(‘在’)+〔Lo, Th<+def>〕，(‘有’)+〔Th<-def>, Lo〕’的論旨網格❷來表示。又如英語的氣象動詞‘rain, snow,

---

❷ ‘<+def>’與‘<-def>’分別表示「有定」(definite; determinant)與「無定」(indefinite; indeterminant)。

hail'等都以填補語'it'爲主語（如'It is {raining/snowing/hailing}'），而與此對應的漢語是'正在下（雨／雪／雹）'。因此，我們可以爲英語'rain'與漢語'下雨'分別擬設'＋〔it〕；＋〔Φ〕'㉕的論旨網格。再如，英語動詞'seem, happen, chance'等以「that子句」爲補語的時候，必須以'it'爲主語（如'It seems that he is sick', 'It happened that I was out'）；因此可以有'＋〔Pd, it〕'的論旨網格㉖。漢語裡與這些動詞相對應的說法却是用情態副詞'好像、湊巧、偶然'（如'他好像病了'、'我湊巧不在家'），所以可以用'ad., ＋〔Pd.〕'的論旨網格來表示。

（八）英語裡有不少動詞（如'bottle, gut, knife'）本由名詞演變而來。因此，這些動詞的含義裡常把有關的名詞加以「併入」（incorporate）或「合併」（merge）進去；例如'bottle'＝'put into a bottle', 'gut'＝'take out the guts of', 'knife'＝'strike with a knife'。但是在與這些動詞相對應的漢語的說法裡，則必須把所併入的名詞交代出來。試比較：

㊴　a.　'bottle'＋〔Th, Ag〕; '裝入瓶'＋〔Th, Ag〕

㉕ 英語動詞'rain'的論旨網格'＋〔it〕'與漢語動詞'下雨'的論旨網格'＋〔Φ〕'表示：英語的'it rains'與漢語的'下雨'相對應。

㉖ 英語裡還可以有'He seems to be sick'（'＋〔Pe, Th〕'）的說法。又'become；成爲、變得'等「不完全不及物動詞」（incomplete intransitive verb）可以用名詞或形容詞充當補語（如'He became {a famous doctor/obedient}'；他{成爲有名的醫生／變得很溫順了}'）。這些動詞的論旨網格可以分析爲'＋〔At, Th〕'。'At'代表「屬性」（attribute），常由名詞組或形容詞組來充當。英語的Be動詞與漢語的'是'等都具有'＋〔At, Th〕'的論旨網格，例如'He is {a doctor/rich}；他{是個醫生／很有錢}'。

He is bottling wine;

他正把葡萄酒裝入瓶子裡。

b.　'gut'＋〔So, Ag〕; '取出 So(的) 內臟'＋〔So, Ag〕

She has already gutted the fish;

她已經{從魚裡取出內臟／取出魚的內臟}了。

c.　'knife'＋〔Th, Ag〕; '用刀刺，刺⋯一刀'＋〔Th, Ag〕

She knifed him in a rage;

她在暴怒之下{用刀刺了他／刺了他一刀}。

(九)論旨網格裡的述語動詞原則上都以主動句的形式出現。因此，被動句的論旨網格可以利用詞彙冗贅規律從主動句的論旨網格引導出來，例如：

⑩　a.　V → Be V-en;

　　　＋〔{Th/Go/So}⋯{Ag/Ex/Ca}〕→

　　　＋〔⋯by{Ag/Ex/Ca}, {Th/Go/So}〕

John put *the kitten* in the basket. →

The kitten was put in the basket *by John.*

Mary heard *what John said.* →

What John said was heard by Mary.

John gave *Mary* a beautiful necklace. →

Mary was given a beautiful necklace *by John.*

The teacher forced *John* to study English. →

John was forced to study English *by the teacher.*

The teacher asked *John* a lot of questions. →

John was asked a lot of questions *by the teacher.*

b.　V → (給)V;

　　+〔{Th/So}…{Ag/Ex/Ca}〕→

　　　+〔被{Ag/Ex/Ca}…{Th/So}〕

　　小明把小貓放在籃子裡。　→

　　　　小貓被小明(給)放在籃子裡。

　　小華聽到了小明說的話。→

　　　　小明說的話被小華(給)聽到了。

　　老師問了小明很多問題。→

　　　　小明被老師(給)問了很多問題。

（十）除了述語動詞以外，述語形容詞與述語名詞也可以用論旨網格來表達論元結構與論旨屬性。例如形容詞'afraid；怕'與'fond；喜歡'的論旨網格分別是'+〔({Th/Pd})Ex〕;+〔({Th/Pd}) Ex〕'與'+〔Th, Ex〕; +〔Th, Ex〕'；因而可以衍生'I am afraid ({of our teacher/that our teacher will punish us})；我怕({我們的老師／我們的老師會處罰我們})'與'I am very fond of music；我非常喜歡音樂'這樣的例句。在英語的例句裡，形容詞'afraid, fond'不能指派格位，所以客體名詞組(如'our teacher, music')必須由表示客體的介詞'of'來指派格位。至於陳述子句(卽「that子句」)，則或許由補語連詞'that'來指派格位，或許根本不需要指派格位；因此，名詞組與子句或介詞組同時充當內元時，一般的詞序都是名詞組在前面(以便從及物動詞

獲得格位）、而子句或介詞組則在後面，例如：

㊶ a. I told 〔Go John〕〔Pd that I was busy〕;

我告訴〔Go 小明〕〔Pd 我很忙〕。

b. Mary asked 〔So the teacher〕〔Pq what {she should /PRO to} do〕;

小華問〔So 老師〕〔Pq 她該怎麼辦〕。

c. John forced 〔Go Mary〕〔Pe PRO to go with him〕;

小明強迫〔Go 小華〕〔Pe PRO 跟他一起去〕。

d. She put 〔Th the money〕〔Lo in the purse〕;

她〔Th 把錢〕放〔Lo 在錢包裡〕。

e. John gave 〔Th the watch〕〔Go to his brother〕;

小明〔Th 把錶〕送〔Go 給他的弟弟〕。

　　另一方面，漢語的及物形容詞，‘怕㉗、喜歡’卻與及物動詞一樣，可以指派格位；所以不需要藉介詞來指派格位。同樣地，名詞‘teacher; 老師’與‘top; 上面’的論旨網格分別是‘＋〔(Th)〕；＋〔(Th)〕’與‘＋〔(Lo)〕；＋〔(Lo)〕’，因而可以衍生‘the teacher (of English)；（英文的）老師’與‘the top (of the desk)；（桌子的）上面’這樣的名詞組。這裡客體或處所名詞組前面介詞

㉗　有些人認為‘怕’有及物與不及物兩種用法，而‘害怕’卻只有不及物用法。試比較：

　①我們都很{怕／害怕}。

　②我們都(很){怕／?害怕}老師。

　③我們都(很){怕／?*害怕}老師會罵我們。

'of'的出現(英語)，或其後面領位標誌'的'的出現(漢語)，都是為了指派格位給有關的名詞組。

(十一)除了述語形容詞與名詞以外，介詞、介副詞與連詞也可以用論旨網格來表達論元結構與論旨屬性。例如介詞'at, in, on, above, under, below, beside, before, after；在…{ø／裡面／上面／下面／旁邊／前面／後面}'等都以處所名詞組爲內元賓語來充當處所補語或狀語，所以可以用'+〔Lo〕'的論旨網格來表示；介詞'at, on, in, during, before, after, till；在…{(的時候)／以前／以後}、到…'等都以時點名詞組爲內元賓語來充當時間狀語，所以可以用'+〔Ti〕'的論旨網格來表示；介詞'with, by, by means of；用、坐、搭、藉、以'等都以工具或手段名詞組爲內元賓語來表示工具狀語，所以可以用'+〔In〕'的論旨網格來表示；英語的「介副詞」(adverbial particle；如'up, down, in, out, on, over, off, away'等)可以分析爲「不及物介詞」(intransitive preposition；卽'+〔ø〕')，相當於漢語的方位與趨向補語(如'{上／下／進／出／過／開}(來／去)')都出現於主要語動詞的右方；所以也可以用'+〔V___〕'的符號來表示。從屬連詞可以視爲以陳述(限定)子句(Pd)爲內元賓語的介詞(卽'+〔___Pd〕')；例如，連詞'when, while, before, after, every time (that), as soon as；當……的時候、……(以前／以後)、每每……、一……(……就……)'等都以陳述子句爲賓語來充當時間狀語，所以可以用'+〔{Pd, Ti}〕'的論旨網格來表示；又如連詞'for, because, since, now that；{因爲／由於／旣然／如今}'等都以陳述子句

爲賓語來充當理由或原因狀語,所以可以用'+〔{Pd, Ca}〕'的論旨網格來表示。另外,英語的介詞'for'可以引介不定子句(如'for his brother to go to college')來表示目的,而'with, without'則可以引介動名子句(如'with(out) my wife taking care of me')或小子句(如'with(out) my wife beside me')來表示理由,所以分別可以用'+〔{Pi, Ca}〕'與'+〔{Ps, Ca}〕'來表示。

(十二)副詞與狀語在動詞組(VP)、述詞組(PrP)、小句子(IP, TP)、大句子(CP)等裡面出現的位置,也可以依照這些副詞的語意類型與句法類型來加以分類與規畫。例如,「不含有副詞詞尾'-ly'的單純副詞」(non-*ly* adverb; 包括(1)在語音形態與句法功能上類似介詞(組)的'before, behind, afterward, inside, outside, upstairs, downstairs, around, along, abroad, here, there'等與(2)在語音形態上與形容詞相同的'hard, early, late, (stay) long, (cut) short, fast, (drive) slow, (run) deep'等)都只能出現於動詞組右端附加語的位置;所以可以用'+〔V'____〕'的符號來表示。又如'hardly, scarcely, simply, merely, not, never, just'等「動前副詞」(preverbal adverb)與'deeply, badly, entirely (agree), fully (understand), terribly (sorry), perfectly (natural), utterly (wrong)'等「程度副詞」(degree adverb)都只能出現於動詞組或形容詞組左端附加語的位置;所以可以用'+〔____{V'/A'}〕'的符號來表示。再如,'slowly, rapidly, carefully, cautiously, diligently, happily, sadly'等含有副詞詞尾'-ly'的「情狀副詞」

(-ly manner-adverb) 通常都出現於述詞組右端附加語的位置，但也可能出現於述詞組左端附加語的位置；所以可以用'+〔＿ Pr'＿〕'的符號來表示。他如'frankly, honestly, linguistically, technically, possibly, perhaps, certainly, undoubtedly, surprisingly, regrettably'等表示「體裁」（style）、「觀點」（viewpoint）、「情態」（modality）、「評價」（evaluation）等「整句副詞」（sentential adverb）通常都出現於大句子左端附加的位置（即句首）、大句子右端附加語的位置（即句尾），並且在這些副詞的前後有停頓或標逗號；因此，可以用'+〔＿＿＿ C'＿〕'的符號來表示㉓。

六、論旨網格的投射與條件限制

關於論旨網格的投射而成為句子，必須遵守下面的原則或條件。

㈠述語動詞的論旨網格，包括論元屬性與論旨屬性，都要從詞項記載裡原原本本地投射到句法結構。如果違背這個條件，那麼所衍生的句子必屬不合語法㉔。

㈡論元與論旨角色的關係是「一對一的對應關係」（one-to-one correspondence）。如果某一個論元同時扮演兩個或兩個以上的論旨角色，或同一個論旨角色同時指派給兩個以上的論元，

㉓ 關於英語副詞與狀語的詳細分類與在X標準結構中出現的位置，參湯（1990b）。

㉔ 原參語法，把這個條件稱為「投射原則」（Projection Principle）與「擴充的投射原則」（Extended Projection Principle）；前一原則規範內元，而後一原則規範外元。

那麼所衍生的句子必然不合語法❸。

㈢述語動詞的內元、意元與外元之間的「上下支配關係」（dominance）或「階層組織」（hierarchical structure），必須依照「X標槓理論」（X-bar Theory）的規定來投射。X標槓理論，簡單地說，是規定句子「詞組結構」（phrase structure）的「合格條件」（well-formedness condition）的規律，可以用下面⑫的「規律母式」（rule schema(ta)）來表示：

⑫　a.　XP → XP, X'（詞組→指示語，詞節）「指示語規律」

　　b.　X' → XP, X'（詞節→附加語，詞節）「附加語規律」

　　c.　X' → XP, X（詞節→補述語，主要語）「補述語規律」

規律母式裡的「詞語」（word（'X''是「變數」（variable），代表'N''（名詞）、'V''（動詞）、'A''（形容詞）、'P''（介詞、連詞）等；'XP'則代表這些不同詞類的「最大投射」（maximal projection; 即'NP'（名詞組）、'VP'（動詞組）、'AP'（形容詞組）、'PP'（介詞組、連詞組）等「詞組」（phrase）。'X''代表介於最大投射'XP'（詞組）與'X'（詞語）之間的「中介投射」（intermediate projection），我們姑且稱為「詞節」。⑫a.的規律母式規定：詞組由詞節與「指示語」（specifier）合成，而指示語則可能由任何詞類的最大投射（即詞組'XP'）來充當。⑫b.與⑫c.的規律母式規定：詞節可能由詞節與「附加語」

---

❸　原參語法把這個條件稱為「論旨準則」（theta criterion）或「θ準則」（θ-criterion）。

(adjunct)合成(⑫b.)，也可能由詞語(也就是詞組與詞節的「主要語」(head)或「中心語」(center))與「補述語」(complement)合成(⑫c.)；而附加語與補述語也都可能由任何詞類的最大投射(即詞組)來充當。又在⑫的規律母式中，詞節(X')出現於「改寫箭號」(rewrite arrow；即'→')的左右兩邊；因此，附加語在理論上可以毫無限制地「連續衍生」(recursively generate)。也就是說，修飾名詞節的「定語」(adjectival)以及修飾動詞節、形容詞節、介詞節、子句等的「狀語」(adverbial)在句法結構中出現的數目原則上不受限制❸。

　　㈣述語動詞與內元、意元、外元之間的「前後出現位置」(precedence)或「線性次序」(linear order)則可以從「格位理論」(Case Theory)中「固有格位」(inherent Case)與「結構格位」(structural Case)的指派方向推演出來。我們假定英語的固有格位原則上由主要語動詞、形容詞、名詞從左方(前面)到右方(後面)的方向指派給充當內元、意元與外元的名詞組、介詞組、小句子與大句子；而英語的結構格位原則上由及物動詞、介詞、連詞、補語連詞從左方到右方的方向指派「賓位」(accusative Case；包括「斜位」(oblique Case))給名詞組與子句，而「主位」(nominative Case)則由「呼應語素」(AGR)在「同指標」的條件下指派給出現於小句子指示語位置的主語名詞組。另一方面，漢語的固有格位則原則上由主要語動詞、形容詞、名詞從右方(後面)到左方(前面)的方向指派給充當內元、

---

❸　關於英語、漢語與日語的X標槓結構，湯(1988a, 1988b, 1989c, 1990a, 1990b, 1990c, 1990d)有相當詳細的討論，這裡不再贅述。

意元與外元的名詞組、介詞組、小句子與大句子；而結構格位則
與英語一樣，原則上由及物動詞、及物形容詞、介詞、連詞，從
左方到右方的方向指派「賓位」給名詞組與子句❸，並由呼應語
素在同指標的條件下指派主位給出現於小句子指示語位置的主語
名詞組❸。英語與漢語之間，固有格位指派方向之差異，說明為
什麼這兩種語言之間有那麼多詞序相反的「鏡像現象」(mirror
image)❸；而結構格位指派方向之相同，則說明為什麼漢語的賓
語出現於動詞或形容詞的右方時不要由介詞來引介，而出現於動
詞或形容詞的左方時則常由介詞'把、對'等來引介。各種格位的
指派也說明，為什麼除了出現於及物動詞（與形容詞）右方的賓
語名詞組可以從這些動詞（與形容詞）獲得格位以外，其他名詞
組都必須由介詞來引介並指派格位❸。另外，「格位指派語」
（Case-assigner；如及物動詞與介詞）與「格位被指派語」
（Case-assignee；如及物動詞與介詞的賓語）之間「鄰接條件」
（Adjacency Condition）的限制，禁止在及物動詞或介詞與
其賓語名詞組之間介入副詞、狀語或其他句法成分。下面以'I
study liguistics in the university；我在大學讀語言學'為例

---

❸ 漢語表示「終點」的內元介詞組與名詞組例外地可以出現於動詞或賓語
的右方。關於這一點，我們不在此討論。
❸ 有關英語、漢語、日語三種語言格位指派的問題，參湯(1990a)。
❸ 例如，英語'John studied English *diligently at the library
yesterday*'與漢語'小明昨天**在圖書館裡認真地**讀英語'的例句裡情狀
、處所、時間副詞或狀語的出現次序。
❸ 漢語裡出現於大句子指示語位置的「主題名詞組」（topic NP）（如
'魚，我喜歡吃黃魚'）與加接小句子左端的名詞組（如'{我那一本書／
那一本書我}昨天看完了'）則例外地不必指派格位。

，以簡化的「樹狀圖解」（tree diagram）來說明這兩種語言的例句在深層結構與表層結構中固有格位與結構格位的指派（「箭號」的起點、終點與方向分別表示「格位指派語」、「格位被指派語」與「格位指派方向」）。試比較：

㊸ a. I study linguistics in the university.

「深層結構」　　　　　　「表層結構」

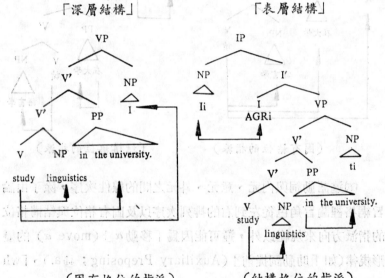

（固有格位的指派）　　　（結構格位的指派）

b. 我在大學讀語言學。

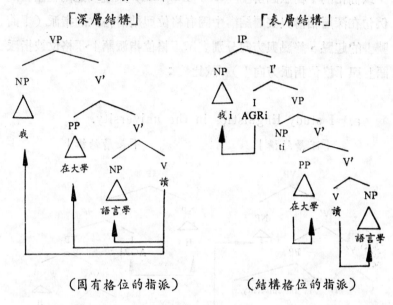

「深層結構」   「表層結構」

（固有格位的指派）   （結構格位的指派）

　㈤述語動詞與內元、意元、外元之間的線性次序，除了由論旨網格裡論旨角色從左到右的排列次序以及固有格位與結構格位的指派方向來規範以外，還可能因為「移動α」（move α）的變形規律（如「助動詞提前」（Auxiliary Preposing；㊹a.)、「wh詞組移首」（Wh-phrase Fronting；㊹)、「從名詞組的移出」（Extraposition from NP; ㊹c.)、「重量名詞組的轉移」（Heavy NP Shift；㊹d.)、「主題化變形」（Topicalization；㊹e.) 等）而改變詞序；而這些移位變形都要受原參語法裡原則系統理論或條件一定的限制㊱。

㊱　關於原參語法與英漢對比分析，參湯(1989c)。

㊹　a.　John *will* do it; *Will* John do it?

（小明會做這一件事情；小明會做這一件事情嗎？）

b.　I don't know John will do *what*; I don't know *what* John will do.

（我不知道小明會做什麼。）

c.　〔The rumor 〔*that Mary has eloped with John*〕〕 is going about in the vilage; 〔The rumor〕 is going about in the village 〔*that Mary has eloped with John*〕.

（〔小華與小明私奔的謠言〕正在村子裡傳開。）

d.　You can say 〔*exactly what you think*〕 to him; You can say to him 〔*exactly what you think*〕.

（你可以告訴他你真正的想法；你可以把你真正的想法告訴他。）

e.　I am not fond of 〔*his face*〕, I despise 〔*his character*〕; 〔*His face*〕 I am not fond of, 〔*his character*〕 I despise.

（我不喜歡〔他的面孔〕，我瞧不起〔他的為人〕；〔他的面孔〕我不喜歡，〔他的為人〕我瞧不起。）

七、英、漢兩種語言述語動詞的論旨網格與其投射的異同

從以上的介紹與討論，大致可以了解如何從英語與漢語述語

動詞的論旨網格與其投射來推演或詮釋這兩種語言在句法結構上的異同。在這一節裡，我們再舉幾類較爲特殊的動詞來比較這些動詞在論旨網格上的異同，以及如何經過投射而導致這兩種語言在表層結構上的異同。

(一)「交易動詞」 (verbs of trading)

㊺ a. 'spend' vt., +〔Qc (on Th) Ag〕

John spent ten dollars (on the book).

'花(費)' vt., +〔Qc (Th上面) Ag〕

小明(在這本書上)花了十塊錢；小明花了十塊錢買這本書。㊲

b. 'pay' vt., +〔<Qc (Go)> (for Th) Ag〕

John paid {ten dollars (to Mary)/(Mary) ten dollars} (for the book).

'付' vt., +〔<Qc (Go)> (爲了Th)〕

小明(爲了這本書)付了{十塊錢 (給小華) / (小華)十塊錢}；小明付了{十塊錢(給)小華/(小華)十塊錢}買了這一本書。

c. 'buy' vt., +〔Th (So) (Qc) Ag〕

John bought the book (from Mary) (for ten dollars).

'買' vt., +〔Th (So) (以Qc) Ag〕

㊲ 有兩個相對應的漢語例句時，一般說來前一例句比較偏向「直譯」，而後一例句則比較偏向「意譯」。

小明(以十塊錢)(從小華)買了這本書。

d. 'sell' vt., +〔<Th (Go)>(Qc) Ag〕

Mary sold {the book (to John)/(John) the book}
 (for ten dollars).

'賣' vt., +〔Th (Go) (Qc) Ag〕

小華(以十塊錢)賣了那本書(給小明)。

e. 'cost' vt., +〔(So) Qc, Th〕

The book cost (me) ten dollars.

'花' vt., +〔(So) Qc, Th〕

這本書花了(我)十塊錢。

㈢ 「雙賓動詞」 (ditransitive verbs; double-object verbs)

㊻ a. 'spare' vt., +〔(Be) Th, Ag〕

Please spare (me) my life; Please spare (me) your
 opinions.

'饒，不給' vt., +〔(Be的)Th, Ag〕

請饒我的命吧；請不要{給我／跟我談}你的意見。

b. 'forgive' vt., +〔Be (Th) Ag〕

Please forgive us (our {sins/trespasses}).

'原諒，赦免' vt., +〔Be(的Th), Ag〕

請{原諒／赦免}我們(的罪)吧。

c. 'deny' vt., +〔Be; Th, Ag〕

He cannot deny us our privileges; he never denied

us anything.

'拒絕' vt., 十〔Be(的)Th, Ag〕

他不能拒絕我們(的)權利；他從來沒有拒絕我們任何事
情。

d.　'envy' vt., 十〔Be (Ca) Ex〕

John envied Bill ((because of) his {good luck/
beautiful girl friend}).

'嫉妒' vt., 十〔Be((的)Ca) Ex〕

小明(因為小剛{運氣好／女朋友漂亮}而)嫉妒他；

　　小明羨慕小剛(的{漂亮女明友／運氣好})。

e.　'give' vt., 十〔<Th, Go> Ag〕

John gave {a present to Mary/Mary a present}.

'給' vt., 十〔Go, Th, Ag〕

小明給了小華一件禮物。

f.　'introduce' vt., 十〔Th, Go, Ag〕

John introduced Mary to Bill.

'介紹' vt., 十〔Th, Go, Ag〕

小明{介紹小華給小剛／把小華介紹給小剛}。

g.　'telex' vt., 十〔<Th, Go>Ag〕

John telexed {the news to Bill/Bill the news}.

'打 telex' vi., 十〔Go, Th, Ag〕;

'用 telex 通知' vt., 十〔Go, Th, Ag〕

小明{把消息打 telex 給小剛／用 telex 把消息通知小
剛}。

h. 'send' vt., ＋〔＜Th, Go＞Ag〕

John will send {some cookies to Mary/Mary some cookies}.

'送' vt., ＋〔＜Th, (給)Go＞ Ag〕

小明會送{一些餅乾給小華／(給)小華一些餅乾}。

(三) 「以"可以調換詞序"的名詞組與介詞組爲補語的動詞」

(verbs with 'alternating' NP-PP complements)

㊼ a. 'blame' vt., ＋〔{Be, for Ca/Ca, on Be} Ag〕

John blamed {Mary for the accident/the accident on Mary}.

'怪罪，責難' vt., ＋〔Be, Ca, Ag〕

小明爲了車禍而怪罪小華。

b. 'load' vt., ＋〔{Th, Lo/Lo, with Th} Ag〕

John loaded { the furniture { on/onto/into } the truck/the truck with the furniture}.

'裝(載)' vt., ＋〔Lo, Th, Ag〕

小明把家具裝在卡車{上面／裡面}。

c. 'tap' vt., ＋〔{Lo, In/In, on Lo} Ag〕

John tapped {the desk with a pencil/a pencil on the desk}.

'輕輕地敲' vt., ＋〔Lo, In, Ag〕

小明用鉛筆輕輕地敲桌子。

(四)「以"可以調換詞序"的兩個介詞組為補語的動詞」

(verbs with 'alternating' double-PP complements)

⑱　a.　'talk' vt., 十〔＜Go, about Th＞ Ag〕

John talked {to Mary about the party/about the
party to Mary}.

'討論' vt., 十〔(有關)Th的事情，跟Go, Ag〕

小明跟小華談(有關)宴會的事情。

　　b.　'hear' vt., 十〔＜So, about Th＞ Ex〕

I heard {from him about the accident/about the
accident from him}.

'聽到' vt., 十〔(有關)Th的消息，So, Ex〕

我從他(那裡)聽到(有關)車禍的消息。

(五)「以處所為"轉位"主語的動詞」

(verbs with Locative as 'transposed' subject)

⑲　a.　'swarm' vi., 十〔＜with Th, Lo＞〕

The garden is swarming with bees; Bees are
swarming in the garden.

'充滿' vt., 十〔Th, Lo〕

院子裡充滿了許多蜜蜂。

　　b.　'dazzle' vi., 十〔＜with Th, Lo＞〕

The setting dazzled with diamonds; Diamonds

dazzled in the setting.

'閃耀' vi., +〔Th, Lo〕

鑲臺中閃耀着許多鑽石。❸

c. 'reek' vi., +〔<with Th, Lo>〕

His breath reeks with garlic; Garlic reeks in his breath.

'有……的氣味' vt., +〔Th, Lo〕

他的呼吸裡有大蒜的氣味。

㈥「**非賓位動詞**」(unaccusative verbs)

㊿ a. 'arise' v.❹, +〔Th (there)〕

There arose a problem; A problem arose.

'發生' v., +〔(有)Th (Ø)〕

發生了一件問題; 有一件問題發生了。

b. 'arrive' v., +〔Th (there)〕

There arrived a guest yesterday; A guest arrived

---

❸ ㊽ a.句裡述語動詞的動貌詞尾用'了'，而㊽ b.句裡述語動詞的動貌詞尾則用'着'；顯然與處所詞的出現於句首(因而處所介詞'在'常加以省略)以及'充滿'的及物用法與'閃耀'的不及物用法有關。

❹ 我們暫用'v.'的符號來代表「非賓位動詞」(unaccusative verbs)。這類動詞後面雖然可以出現名詞組，却不宜分析爲賓語。根據「格位理論」，出現於這類動詞後面的名詞所獲得的不是「賓位」(accusative Case)，而是「份位」(partitive Case)。因此，這些名詞組通常都是「無定」(indefinite)的，而且常可以出現於述語動詞的前面或後面。

yesterday.

‘到，來’ v., +〔(有)Th （Φ）〕

昨天{到／來}了一位客人／有一位客人昨天{到／來}了。

c. ‘emerge’ v., +〔Th (there)〕

{There emerged some important facts/Some impor-
tant facts emerged} as a result of the investigation.

‘顯現(出來)’ v., +〔(有)Th （Φ）〕

(由於)調查的結果，{顯現了一些重要的事實／有一些
重要的事實顯現(出來)了}。

(七)「**作格動詞**」(ergative verbs)

「作格動詞」兼有「使動及物」(causative transitive) 與
「起動不及物」(inchoative intransitive) 兩種用法，而且在
起動不及物用法時並不蘊涵主事者的存在。我們使用‘v(t).’的
符號來代表作格動詞。

㊾ a. ‘open’ v(t)., +〔Th (Ag)〕

John opened the door; The door opened (automa-
tically)

‘(打)開’ v(t)., +〔Th (Ag)〕

小明(打)開了門；門(自動地)打開了。

b. ‘thicken’ v(t)., +〔Th ({Ca/Ag})〕

Smog has thickened the air; The air has thickened

　　　(with smog).

　　　'(使…)變{厚/濁/濃/複雜}' v(t)., +〔Th ({Ca/Ag})〕

　　　煙霧使空氣變濁了；空氣(因煙霧)變濁了。

c.　'beautify' v(t)., +〔Th ({Ca/Ag})〕

　　Flowers have beautified the garden; The garden

　　has beautified (with flowers).

　　　'美化' v(t)., +〔Th ({Ca/Ag})〕

　　　花卉美化了庭園；庭園(因花卉)美化了。

(六)「非人稱動詞」(impersonal verbs)

　　「非人稱動詞」包括「氣象動詞」(meteorological verbs)

與「提升動詞」(raising verbs) 等。

㊿　　'rain' vi., +〔it〕

　　　It is (still) raining.

　　　'下' v., +〔雨 (Φ)〕

　　　下雨了；雨還在下。

b.　'seem' vi., +〔{Pd, it/Pe, Th}〕⓪

⓪ 這裡我們把「提升動詞」的'seem'(如'〔e seems 〔s he to be sick〕〕')分析爲「控制動詞」（如'〔he seems 〔s PRO to be sick〕〕'），爲的是簡化論旨網格與投射的內容。如此，'*It* seems to be still raining'與'*There* seems to be some misunderstanding between them'等以塡補詞'it'與'there'爲主語的例句也都要分別分析爲'It seems 〔PRO to be still raining〕'與'There seems 〔PRO to be some misunderstanding between them〕'；然後再以母句主語取代子句主語而分別成爲'… 〔PRO (=it) to be still raining'與'…〔PRO (=there) to be some misunderstanding between them〕'。參後面有關例句㊅的討論。

It seems that he is sick; He seems to be sick.

'好像' ad., +〔Pd〕

好像他不舒服；他好像不舒服。

    c. 'happen' vi., +〔{Pd, it/Pe, Th}〕

It happened that she was at home; She happened
to be at home.

'湊巧' ad., +〔Pd〕

湊巧她在家；她湊巧在家。

(九)「控制動詞」(control verbs)

⑤ a. 'remember' vt., +〔{Pe, Ag/Pg, Ex}〕

Remember to trun off the lights.

I remember {having seen/seeing} him once.

I remember him saying that.

'記得(要 V/V 過)' vt., +〔{Pe, Ag/Pd, Ex}〕

記得要關燈；我記得見過他一次；我記得他說過那樣的
話。

    b. 'try' vt., +〔{Pe/Pe} Ag〕

I tried to help him; I tried communicating with
him; Why don't you try taking this medicine?

'試着(去)，嘗試過，試一試' vt., +〔Pe, Ag〕

我試着去幫助他；我試過跟他溝通；你不妨試一試(吃)
這個藥。

c. 'manage' vt., +〔Pe, Be〕

I managed to see him in his office.

'設法(辦到)' vt., +〔Pe, Ag〕

我設法在他辦公室裡見到了他。

d. 'warn' vt., +〔Go, Pe, Ag〕

He warned me not to see his daughter any more.

'警告' vt., +〔Go, Pe, Ag〕

他警告我不要再見他女兒。

e. 'promise' vt., +〔Go, Pe, Ag〕

She promised me to buy me a new bicycle.

'答應' vt., +〔Go, Pe, Ag〕

她答應我買一輛腳踏車給我。

㈩「"併入論元"的動詞」('argument-incorporating' verbs)

　　所謂「"併入論元"的動詞」是這些動詞本來是名詞，但是轉為動詞以後原來的名詞就變成動詞語意的一部分；也就是說，原來的論元名詞被動詞「併入」(incorporation) 進去。原來的名詞在動詞用法裡可能充當客體(如54 a.54 c.句)、終點(如54 b.句)、工具(如54 d.句)等等。

54 a. 'butter' vt., +〔Lo, Ag〕

He buttered the bread heavily

'塗奶油' vi., +〔Lo, Ag〕

他在麵包上厚厚的塗奶油。

b. 'bottle' vt., +〔Th, Ag〕

They are bottling the wine.

'裝進瓶子' vi., +〔Th, Ag〕

他們把葡萄酒裝進瓶子。

c. 'gut' vt., +〔So, Ag〕

I have already gutted the fish.

'拿掉(So的)內臟' vi., +〔So, Ag〕

我已經拿掉了魚的內臟；我已經把魚的內臟拿掉了。

d. 'knife' vt., +〔Be, Ag〕

John knifed Mary's boyfriend.

'用刀子捅，捅(Be)一刀' vt., +〔Be, Ag〕

小明{用刀子捅了小華的男朋友／捅了小華的男朋友一刀}。

八、論旨網格的投射與機器翻譯

從以上英、漢兩種語言述語動詞論旨網格的並列對照以及由其投射而成的表面結構的比較中，我們可以發現：不同語言之間述語動詞論旨網格的對照無異是這幾種不同語言之間主要句法成分與結構的比較。因此，不同語言之間述語動詞論旨網格的內容似乎可以做爲這些語言之間機器翻譯上「剖析」（parsing）與「轉換」（transfer）的重要信息之一。論旨網格不但交代述語動詞必要論元的數目，而且還交代這些論元的論旨功能、句法範疇、語法關係與線性次序。可見，有關句子句法結構最重要的信

息都充分登記於述語動詞論旨網格的內容中。至於這些論元本身
的句法結構(如名詞組、介詞組、形容詞組、副詞組、數量詞組
、大句子、小句子等)構成成分的階層組織與線性次序,則都可
以根據「X標槓理論」與「格位理論」來規範或分析其內部結構
,包括各種述語、附加語與指示語在各種詞組結構中出現的位置
。就是各種副詞與狀語,也可以根據這些副詞與狀語的形態、語
意內涵、句法功能加以分類後,根據其類別在各種詞組結構中適
當的位置出現 ❹。因此,論旨網格不但以其簡單明確的記載內容
清楚地交代句子的主要成分而有利於句子的剖析,而且以不同語
言之間語意相當的述語動詞論旨網格的對照比較來幫助句子的轉
換。下面更進一步討論論旨網格的投射與句子的剖析、轉換之間
的關係。

㈠「院徑現象」與句子剖析

　　Pritchett (1988) 主張把原參語法的理論應用於「語言處
理」(language processing) 中的「院徑現象」(garden path
phenomenon)。我們以他的例句,並參考他的說明,來討論如何
利用論旨網格來剖析英語的句子並轉換成漢語的句子。所謂「院
徑現象」是指依照從左到右的線性次序針對句子進行句法結構分
析的時候,遇到曖昧不清的結構就常需要來回尋找結構分析的線
索,有如在富豪莊邸的大庭院散步時,因為常走錯路而需要來回
尋路一般。例如,我們對⑤⑤ a.的例句進行詞組結構分析的時候,
先是以為'without her contributions'形成介詞組,但是看到了

---

❹　有關英語各類副詞與狀語在句子結構中不同位置出現的情形,參湯
　　(1990b) 的詳細討論。

'failed to come in'才發現：應該由'without her'與'contributions'分別形成介詞組與名詞組。

(55) a. Without her contributions failed to come in.
b. 沒有她捐款無法進來。

在(55)a.的例句裡，述語動詞'fail'的論旨網格是'vi., +〔(Pe) Th〕'，而介詞'without'的論旨網格是'P., +〔Th〕'(卽'+〔___ NP〕')。介詞'without'可以指派格位給名詞組；因此，'without her'與'without her contributions'都是可能的分析。但是不及物動詞'fail'以'Pe'(卽'PRO to come in')爲補語，並且要求以'Th'(名詞組)爲主語，因此必須以'contributions'爲主語，並指派格位。如此，(55)a.的例句只能分析爲'〔$_{PP}$ without her〕〔$_{S}$ contributions failed to come in〕'。與英語'without'與'fail'相對應的漢語是'沒有(p., +〔Th〕)'與'失敗(vi., +〔Th〕); 無法，未能(ad./vi., +〔Pe, Th〕)'，因而只要把相關的動詞、名詞、介(副)詞、代詞等加以代換，便可依照論旨網格的投射獲得漢語(55)b.的句子。他如(56)a.的例句，只看前半句的時候，我們會以爲'〔$_{S}$〔$_{NP}$ We〕〔$_{V}$ know〕〔$_{NP}$ her〕〕'或'〔$_{S}$〔$_{NP}$ We〕〔$_{V}$ know〕〔NP her contributions〕〕'都可以形成句子，但是看到整句以後才發現'(〔$_{S}$〔$_{NP}$ We〕〔$_{V}$ know〕)〔$_{S}$〔$_{NP}$ her contributions〕〔$_{VP}$ failed to come in〕〕〕'應該形成句子。

(56) a. We know her contributions failed to come in.

b. 我們知道她的捐款未能進來。

在⑤⑥a.的例句裡，主句述語動詞 'know' 的論旨網格是 'vt.，＋〔{Th/Pd} Ex〕'；因而可以指派格位給名詞組 'her'(Th)與 'her contributions'(Th)，也可以指派格位給限定子句 'her contributions failed to come in'(Pd)。但是子句述語動詞 'fail' 的論旨網格要求有自己的主語，因此名詞組 'her contributions' 必須分析爲 'failed' 的主語。如果只把 'contributions' 分析爲主語，那麼所留下來的名詞組 'her' 就既無論旨角色可擔任，又無格位可指派；因此是錯誤的分析。與英語動詞 'know' 相對應的漢語動詞是 '知道(vt.，＋〔{Th/Pd} Ex〕)'，因而投射成⑤⑥b.的句子。又如在⑤⑦a.的例句裡，只看前半句的時候，可能做 '〔pp 〔p while〕〔s Mary mended a sock〕〕' 與 '〔pp 〔p while〕〔s Mary mended〕〕' 兩種不同的分析，但是看完整句就發現只有 '〔pp 〔p while〕〔s Mary mended〕〕（〔s a sock fell on the floor〕）' 才是正確的分析。

⑤⑦ a. While Mary mended a sock fell on the floor.

b. 當小華修補東西的時候一只襪子掉到地上。

在⑤⑦a.的例句裡，從句的述語動詞 'mend' 有及物與不及物兩種用法(即 'vt/i.，＋〔(Th) Ag〕')，而主句的述語動詞 'fall' 則只有不及物用法(vi.，＋〔(Go) Th〕)；因此可以有 'while Mary mended a sock' 與 'While Mary mended' 兩種分析。但是主要

子句的述語動詞 'fell' 要求必須以 'a sock' 爲外元主語，因此 'mended' 必須分析爲不及物動詞。與英語動詞'mend, fall'相對應的漢語動詞是'修補(vt/i., +〔(Th) Ag〕)；掉(vi., +〔(Go) Th〕)'，因而投射成爲⑤b.。再如右⑤的例句裡，前半句可以有'〔PP 〔P Since〕〔S John jogs always a mile〕'與'〔PP 〔P Since〕〔S John always jogs〕〕'兩種可能的分析，但是整句却應該分析爲'〔PP 〔P Since〕〔S John jogs always〕〕〔S a mile seems like a short distance〕〕'。

⑤ a. Since John jogs always a mile seems like a short distance.

　　b. 因爲小明經常慢跑，一英里對他來說好像是短距離。

在⑤a.的例句裡，從句的述語動詞'jog'是可以帶上「距離」(Qd) 爲補語的不及物動詞(卽'vi., +〔(Qd) Ag〕')，因此可以有'Since John jogs always'與'Since John jogs always a mile'兩種可能的分析。但是主句的述語動詞'seem like'(vt., +〔At, Th〕)要求必須以'a mile'爲外元主語，因此從句只得分析爲'Since John jogs always' ('always'只能修飾動詞'jogs'不能修飾名詞組'a mile')。與英語'jog, seem like'相對應的漢語是'慢跑(vi., +〔(Qd) Ag〕)；好像是(vi., +〔At, Th〕)'，因而投射成爲⑤b.的句子。

(三)「結構歧義」與句子剖析

　　一個句子可以有兩個或兩個以上的語意解釋的現象，叫做

「歧義」（ambiguity）。歧義又可以分為「詞彙(上的)歧義」(lexical ambiguity) 與「結構(上的)歧義」(structural ambiguity))；又稱「句法(上的)歧義」(syntactic ambiguity)) 兩種。所謂「詞彙歧義」，是指句子中某一個詞語可以有兩個或兩個以上的語意解釋，因而產生歧義。例如，⑤ a.句的名詞'bank' 可以解釋為'銀行'，也可以解釋為'河邊'；⑤ b.句的介詞'by'可以做'用'解，也可以做'在……旁邊'解；⑤ c.句的動詞'dust'可以做'撢去灰塵'解，也可以做'灑灰塵(做肥料)'解。

⑤ a. He went to *the bank* yesterday.

他昨天到{銀行/河邊}去。

b. It was assembled *by* the machine.

這是{用機器/在機器旁邊}組合的。

c. She *dusted* the plants.

她{撢去植物上的灰塵/在植物上灑灰塵做為肥料}。

所謂「結構歧義」，是指一個句子可以有兩個或兩個以上的句法結構分析，因而可以有兩個或兩個以上的語意解釋。例如⑥ a.句可以有⑥ b.與⑥ c.兩種不同的結構分析與語意解釋。

⑥ a. The lady gave her dog biscuits.

b. The lady gave [NP her dog] [NP biscuits]

(＝The lady gave biscuits to her dog).

那位太太拿餅乾給她的狗(吃)。

c. The lady gave 〔$_{NP}$ her〕〔$_{NP}$ dog biscuits〕
　　(＝The lady gave dog biscuits to her).
　　那位太太拿(餵)狗(的)餅乾給她(吃)。

「詞彙歧義」來自詞語的「一詞多義」(polysemy)；因此，可以在有關詞語的詞項記載裡登記兩個或兩個以上的詞義解釋來處理(如'bank; 銀行、河邊'、'by (＋〔{In/Lo}〕); 用(＋〔In〕)、在……旁邊(＋〔Lo〕)'、'dust (vt., ＋〔{So/Go}Ag〕); {(從So上)撢去灰塵/(往So上)灑灰塵(做肥料)}(vi., 〔Ag〕)')。但是「結構歧義」則來自句子的「結構同音」(structural homophony)；也就是同一個語音形態(表面結構)可以有兩個以上的結構分析(深層結構)。因此，有關句子的剖析必須能提供兩個或兩個以上的詞組結構分析[47]。以⑥a.的句子為例，英語動詞'give'與漢語動詞'(拿…)給…'的論旨網格分別是'vt., ＋〈Th, Go〉Ag〕'與'vt., {拿…給…(＋〔Th, Go, Ag〕) / 給(＋〔Go, Th, Ag〕)}'；因此，英語的例句必須依照從左到右的次序分析'NP gave NP NP'，而與此相對應的漢語句子應該是'NP 拿 NP 給 NP'或'NP 給 NP NP'。由於英語的'her dog biscuits'可以有'〔$_{NP}$ her dog〕〔$_{NP}$ biscuits〕'與'〔$_{NP}$ her〕〔$_{NP}$ dog biscuits〕'兩種不同的結構分析，所以與此相對應的漢語可以有

---

[47] 至於究竟那一個詞義解釋或那一個詞組結構分析才是原文所意圖的解釋或分析，則要靠原文的「上下文」(context)、「語言情境」(speech situation)、甚至「常理」(common sense；如⑥b.的結構分析與語意解釋比⑥c.的結構分析與語意解釋較有可能)等因素來決定。

{(拿)〔NP 餅乾〕〔PP 給她的狗〕(吃)/(給)〔NP 她的狗〕〔NP 餅乾〕(吃)}'與{(拿)〔NP (餵)狗(的)餅乾〕〔PP 給她〕(吃)/給〔NP 她〕〔NP (餵)狗(的)餅乾〕(吃)}'兩種不同的語意解釋。以下多舉一些例句的結構歧義及與此相對應的漢語例句來說明論旨網格與句子剖析的關係。

⑥ a. I found the girl with a black armband.

　 b. I found 〔NP the girl 〔PP with a black armband〕〕
　　　 (=I found the girl who was wearing a black armband).

　　　 我找到了那一位佩著黑色臂章的少女。

　 c. I found 〔Ps 〔NP the girl〕 〔PP with a black armband〕〕 (=I found that the girl was wearing ablack armband).

　　　 我發現那一位少女佩著黑色的臂章。

　 d. I found 〔NP the girl〕〔PP with a black armband〕
　　　 (=I found the girl by wearing a black armband).

　　　 我佩著黑色臂章找到了那一位少女。

　　英語動詞'find'具有'vt., +〔{<Th (Be)>Ag/{Pd/Pi/Ps} Ex}〕'的論旨網格，而與此相對應的漢語動詞'找(到)、發現'則具有'vt., {(找(到)) +〔Th (Be) Ag〕/(發現) +〔Pd, Ex〕}'。由於英語的'the girl with a black armband'可以有'〔NP the girl

〔PP with a black armband〕〕’、‘〔Ps〔NP the girl〕〔PP with a black armband〕〕’與‘〔NP the girl〕〔PP with a black armband〕’三種不同的結構分析，所以與此相對應的漢語可以有‘(找到)〔NP 那一位〔〔VP 佩著黑色臂章的〕⑱〔N 少女〕〕〕’、(發現)〔Pd 〔NP 那一位少女〕〔VP 佩著〔NP 黑色的臂章〕〕’與‘〔VP 佩著〔NP 黑色的臂章〕〕⑭(〔VP 找到)〔NP 那一位少女〕〕’三種不同的語意解釋。

⑫　a. The people who saw the play frequently praised it.

　　b. 〔NP the people 〔CP who saw the play frequently〕〕 〔VP praised it〕.

　　常看這齣戲的人都稱讚它。

　　c. 〔NP the people 〔CP who saw the play〕〕 〔VP frequently praised it〕.

　　看這齣戲的人都常稱讚它。

　　英語動詞‘see’與‘praise’以及與此相對應的漢語動詞‘看’與

---

⑱　與英語的介詞‘with, p., ＋〔Th〕’相對應的漢語是‘{帶(著)／佩著}, vt., ＋〔Th〕’。又凡是漢語的名詞修飾語或「定語」(adjectival) 都一律出現於主要語名詞的左邊，並通常都帶上「定語標誌」(adjectival marker)‘的’。

⑭　在這一個結構分析裡，英語的‘〔PP with a black armband〕’無法在‘find’的論旨網格裡找到必用論元的角色，因而只能充當表示工具或手段的意元狀語。而在相對應的漢語例句裡‘〔VP 佩著黑色的臂章〕’也只能出現於動詞的左邊充當狀語。

'稱讚'都具有'vt., +〔Th, Ag〕'的論旨網格。因此，在英語的主句裡'the people who saw the play (frequently)'與'it'分別充當主句動詞'praised'的外元主語與內元賓語；而在英語的從句(關係子句)裡'who'與'the play'也分別充當從句動詞'saw'的外元主語與內元賓語。剩下的頻率副詞'frequently'只能充當意元狀語，而且英語的頻率副詞都可以出現於動詞組的左端或右端(可以用'+〔{_V'/V'_}〕'的符號來表示)。因此，'frequently'可以分析為出現於主句的動詞組裡面(即 '〔_VP_ *frequently* praised it〕')，也可以分析為出現於從句(關係子句)的動詞組裡面(即'〔_VP_ saw the play *frequently*〕')。在相對應的漢語例句裡，無論在名詞修飾語'(pro)常看這齣戲的'或動詞修飾語'常稱讚它'裡，'常'都分別出現於主要語名詞('人')與主要語動詞('看(戲)'或'稱讚(它)')的左邊，所以會變成'〔_NP_ 〔_S_ 〔_NP_ (pro)〕〔_VP_ 常看這齣戲的〕〕〔_N_ 人〕〕'與'〔_VP_ 常稱讚它〕'。

⑥ a. I left him to paint the house.

b. I_i left him_j 〔PRO_i to paint the house〕 (=I went away so that I could paint the house).

我離開他去油漆房子。

c. I_i left him_j 〔PRO_j to paint the house〕 (=I went away so that he could paint the house).

我任由他去油漆房子。

英語動詞'leave'具有'vt., +〔{ Th/Be, Pe} Ag〕'的論旨網格，而與此相對應的漢語動詞'離開/任由'則具有'vt., {（離開）+〔So, Ag〕/(任由)+〔Be, Pe, Ag〕}'的論旨網格。在63 b.的例句裡，'I'與'him'分別充當'+〔Th Ag〕'裡外元主事者(Ag)與內元客體(Th)，因而不定子句'PRO to paint the house'(不定子句主語的大代號'PRO'是根據不定子句動詞'paint'的論旨網格'vt., +〔Th, Ag〕'裡外元主事者(Ag)的必須存在而擬設)只能分析爲表示目的的意元狀語(可以用'in order p., +〔{Pi/Pe}〕)'的論旨網格來表示，例如'〔John worked hard（in order）{〔Pi for his brother/〔Pe PRO} to go to college〕〕')，而與此相對應的漢語句子則是'我離開他〔Pe PRO 去油漆房屋〕'。在63 c.的例句裡，'I'、'him'、'PRO to paint the house'分別充當'+〔Be, Pe, Ag〕'裡的'Ag'、'Be'與'Pe'，因而不定子句'PRO to paint the house'應該分析爲賓語補語45。請注意：63 b.句的'PRO'與主語'I'同指標（即指同一個人），而63 c.句的'PRO'則與賓語'him'同指標。這個大代號在指涉上的差別，已經由漢語裡與英語'leave'相對應的動詞'離開'與'任由'來交代清楚。

64　a.　They ordered the police to stop drinking in the street.

　　b.　They ordered the police_i 〔Pe PRO_i to stop 〔Pe

45　因此，63 b.句的'to paint the house'前面可以加上表示目的的'in order'或'so as'；而63 c.句的'to paint the house'前面則不能加上這樣的字眼。

PRO_i drinking in the street〕〕**④**

(＝They ordered the police to stop their own drinking in the street).

他們命令警察禁止(警察)在街上喝酒。

c. They ordered the police 〔_Pe PRO_i to stop 〔_Pe PRO_k drinking in the street〕〕.

他們命令警察禁止(一般人)在街上喝酒。

　　大代號的指涉對象除了「受主語控制」（如⑥b.句）或「受賓語控制」（如⑥c.句）以外，還可能不受主語或賓語的控制而泛指一般人。例如⑥a.句裡的英語動詞'order'與'stop'分別具有'vt., +〔Go, Pe, Ag〕'**④**與'vt., +〔{Th/Pe} Ag〕'**④**的論旨網格。使役動詞'order'的補語是以空號代詞為主語的不定子句，而且屬於「受賓語控制」的動詞，所以大代號主語必須與母句賓語名詞組('the police')同指標。另一方面，動貌動詞'stop'的賓語

---

④ 'in the street'除了可以修飾'drinking'以外，還可以修飾'to stop (drinking)'或'ordered (the police to stop drinking)'，關於這一點我們不擬在這裡詳論。

④ 我們把'leave；任由'的內元賓語分析為「受惠者」(Be)，而把'order；命令'的內元賓語分析為「終點」(Go)。請參考：英語裡'obtain leave *for him* to paint the house'與'give an order *to the police* to stop drinking'以及漢語裡'讓他油漆房子'與'對警察(發出)命令不准在街上喝酒'等說法。

④ 'Pe'表示以空號代詞為主語的不定子句，而'Pe'則表示以空號代詞為主語的動名子句。又英語動詞'stop'另有不及物用法（即'v(t)., +〔(Th) Ag〕'），因而可以有'John stopped (in order) PRO to drink'這樣的說法。但是這裡以空號代詞為主語的不定子句充當表示目的的狀語，做'John 停下(工作)來喝(酒)'解。

以是空號代詞爲主語的動名子句，大代號主語可以與母句主語名
詞組('PRO＝the police')同指標，也可以泛指一般人。與英語
動詞'order'與'stop'相對應的漢語動詞'命令'與'停止/禁止'，
分別具有'vt.,＋〔Go, Pe, Ag〕'與'vt., {(停止)＋〔Th, Ag〕/(禁
止)＋〔{Pd/Pe} Ag〕}'的論旨網格❹。

㈢「移位變形」與句子轉換

原參語法，與概化的詞組結構語法或詞彙功能語法不同，承
認移位變形(卽「移動α」(Move α) ❺) 的存在。因此，有些句
法結構不但藉論旨網格的投射而衍生，而且還要經過移位變形來
產生表面結構。例如，在⑥⑤的英語「是非問句」(yes-no ques-
tion) 裡，情態助動詞 'can'、一般助動詞 'do'、完成貌助動詞
'have'與進行貌助動詞'is'都移到句首的位置來 ❺。在漢語的是
非問句裡沒有這樣的詞序改變，因此在機器翻譯的句子轉換裡或
許可以把這些經過移位的助動詞移回原來的位置，並在句尾加上

---

❹ 漢語動詞'禁止'允許實號名詞組與空號代詞都能成爲賓語子句的主語，
例如'學校禁止〔學生抽煙〕'、'學生禁止〔PRO 抽煙〕'。

❺ 或更爲概化的「改變α」(Affect α)；卽不但可以把任何句法成分移
動到任何位置，而且可以對於任何句法成分做任何處置，包括「刪除」
(deletion)、「加接」(adjunction)與「指派指標」(indexing)
等。這種變形規律的力量看似過度膨脹，但是事實上由於必須獲得原則
系統的認可而受到嚴格的限制。

❺ 我們暫且假定：在深層結構裡，「情態助動詞」衍生於屈折語素的位置
，而「完成貌助動詞」、「進行貌助動詞」以及「Be 動詞」則衍生於
主要語動詞的位置並分別以動詞組(如「動貌助動詞」)或名詞組、形容
詞組、介詞組(如「Be 動詞」)爲補述語，然後在直接問句或否定倒序
中經過移位而移入大句子主要語補語連詞的位置。至於「Do 動詞」，
則在既無情態或動貌助動詞又無「Be 動詞」的情形下，才衍生於屈折
語素的位置，並移入大句子主要語的位置。

表示「是非問句」的疑問助詞'嗎'。試比較：

⑥⑤ a. *Can* you speak English (→ You *can* speak English)？

　　　你會講英語嗎？

　　b. *Do* they know the answer (→ They *do*-know the answer)？

　　　他們知道答案嗎？

　　c. *Have* you finished your assignment (→ You *have* finished your assignment)？

　　　你做完了作業嗎？

　　d. *Is* he still waiting outside (→He *is* still waiting outside)？

　　　他還在外面等候嗎？

　　e. *Is* she tall or short (→ She i*s* tall or short)？

　　　她高還是矮呢？⑫

同樣地，在⑥⑥的英語「否定倒序」 (Negative Inversion) 裡，助動詞也連同否定詞移到句首的位置。這個時候，也可以把這些助動詞與否定詞移回原來的位置，然後轉換成與此相對應的漢語的句子。試比較：

---

⑫ 在漢語的「選擇問句」 (alternative question; choice-type question) 與「特指問句」 (special question; wh-question) 裡疑問助詞一概用'呢'。

⑥⑥ a. *Never can* I memorize people's names （ → I *can never* memorize people's names）.

我從來無法記住人家的名字。

b. *Rarely have* we talked to each other （→We *have rarely* talked to each other）.

我們彼此很少談過話。

c. *In no other place did* I see such a thing （ → I *did-see* such a thing *in no other place*）.

我沒有在別的地方看過這樣的東西。⑬

又如，在⑥⑦的英語「Wh 問句」（Wh-question）裡，不僅助動詞移位，而且連「（Wh）疑問詞組」都移到句首來。這個時候，也可以把這些助動詞與疑問詞組移回原來的位置，然後轉換成與此相對應的漢語的句子。

⑥⑦ a. *What can* I do for you （ → I *can* do *what* for you）？

---

⑬ 英語裡出現於名詞前面的'no'可以分析為「否定冠詞」（negative article）。相形之下，漢語的否定詞'不／沒'不能直接出現於名詞的前面，而必須與動詞連用。試比較：'*Nobody* saw him；沒有人看到他'、'I found *no students* in the classroom；我在教室裡沒有找到學生'、'I know *no such thing*；我不知道有這樣的事情'。這種英漢語法上的差異，或許可以利用 'no' 的移位（即把名詞組裡的'no'移到動詞的前面而加接於動詞），例如：'I found *no* students in the classroom → I *no-fouud* students in the classroom'，'I know *no* such thing → I *no-know* such thing'。

我能替你做什麼(呢)？

b. *When did* you arrive (→ You *did-arrive when*)?

你什麼時候到達(呢)？

c. *Who are* you (→ You *are who*)?

你是誰？

英語疑問詞組的移位，不僅發生於直接問句，而且也發生於間接問句。例如，在下面含有間接問句的例句⑱裡，英語的疑問詞組都可以移回原來的位置以後再轉換成漢語。而且，這些疑問詞組的還回原位也可以使論旨網格裡各種論元的認定更加方便。試比較：

⑱ a. I don't know [*what* you are talking about].

(→ I don't know [you are talking about *what*].)

我不知道你在說什麼。

b. *Can* you tell me (*how* PRO to do it)

(→ You *can* tell me (PRO to do it *how*)?)

你能告訴我 [PRO 該怎麼做(這件事)]嗎？

c. Nobody knows [*why* she didn't come].

(→Nobody knows [she didn't come *why*].)

沒有人知道 [她為什麼沒有來]。㊴

㊴ 漢語的疑問詞組有時候也可以出現於句首來充當「焦點主題」(focus topic)，例如：'{她為什麼／為什麼她}沒有來'、'{你最喜歡吃什麼魚／什麼魚你最喜歡吃}'。

除了以上「句法上的必用移位」（syntactic obligatory movement）以外，還有「體裁上的可用移位」（stylistic optional movement）。例如，在下面⑥⑨英語「移外變形」（Extraposition）的例句裡，出現於主語或賓語位置的填補詞‘it’原來都由「that子句」或「for不定子句」佔據；由於英語忌諱「首重尾輕」（front-heavy）或「腹重尾輕」（mid-heavy）的句子結構，所以依照「從輕到重」的原則（‘From Light to Heavy’ Principle）把份量較重的「that子句」與「for不定子句」移到句尾，並在這些子句原來出現的位置留下填補詞‘it’。這些「移外變形」的例句，也可以把原來的子句主語或子句賓語遷回原先的位置再轉換成漢語。試比較：

⑥⑨ a. It is absolutely impossible *that she finished her job all by herself.*

(→ *That she finished her job all by herself* is absolutely impossible.)

她全靠自己完成工作是絕對不可能的。

b. *It* will be difficult *for Mary to go to Europe this summer.*

(→ *For Mary to go to Europe this summer* will be difficult.)

小華今年夏天要到歐洲會有困難。

c. I think *it* right *for you to try to help your friends.*

（→I think *for you to try to help your friends* right.）

我認為你想設法幫助朋友是對的。

又如，在下面⑩英語「從名詞組移出」（Extraposition from NP）的例句裡，含有關係子句、同位子句、以疑問子句為賓語的介詞組等修飾語的主語名詞組或賓語名詞組也都犯了「首重尾輕」或「腹重尾輕」的毛病，因而把這些修飾語移到句尾的位置來。這些英語的例句，也可以把子句或介詞組修飾語遷回原來的位置再轉換成漢語。試比較：

⑩ a. *A gun* went off *which I was cleaning*

（ → *A gun which I was cleaning* went off.）

我正在擦拭的槍走火了。

b. I found *the argument* interesting *that good lovers are often bad husbands.*

（→ I found *the argument that good lovers are often bad husbands* interesting.）

我覺得好情人往往是壞丈夫這個論點很有趣。

c. *The problem* never occurred to us （*of*） *what contribution each of us should pay.*

（→ *The problem （of） what contribution each of us should pay* never occurred to us.）

（→ *The problem （of） each of us should pay*

    what contribution never occurred to us.)

我們從來沒有想到我們各人應該盡什麼本份這個問題。

  其他爲了達成某種修辭上的效果而倒序的句子都可以依照有關述語動詞的論旨網格所規畫的內容還原成一般正常的詞序，然後再轉換成漢語的句子。試比較：

⑦ a. *In* went *the sun* and *down* came *the rain*.

      (→ *The sun* went *in* and *the rain* came *down*.)

    太陽一下山，大雨就落下來。

  b. *Rich* she may be, but *happy* she certainly is not.

      (→ She may be *rich,* but she certainly is not *happy*.)

    她或許有錢，但她絕不快樂。

  c. *Chinese* I was born, and *Chinese* I'll die.

      (→ I was born *Chinese,* and I'll die *Chinese*.)

    (我)生爲中國人，(就)死爲中國鬼。

(四)「塡補詞」、「空號詞」與句子轉換

  英語與漢語最大差別之一是：英語的句子出現'there'與'it'這樣的塡補詞，而漢語的句子則沒有與此相對應的塡補詞；漢語的句子出現「小代號」(pro) 這個空號詞，而英語的句子却不出現。我們在前面的討論裡，爲英語的「非賓位動詞」如'exist, arise, occur, emerge, arrive'等擬設'v., ＋〔Th (there)〕'這樣

的論旨網格，並與漢語動詞'發生、出現、到／來'等的論旨網格
'v., ＋〔(有)Th (Φ)〕'相對應。試比較：

㊁ a. There arose *a problem*; *A problem* arose.

　　發生了一件問題; 有一件問題發生了。

　b. *There* arrived *a guest* yesterday; *A guest* arrived
　　yesterday.

　　昨天{到/來}了一位客人；有一位客人昨天{來/到}了。

　　另一方面，我們也爲英語的「氣象動詞」'rain, snow, hot,
cold'等擬設'v., ＋〔it〕'的論旨網格，並爲與此相對應的漢語動詞
'下；熱，冷'擬設v., ＋〔{雨／雪} (Φ)〕; a. ＋〔天氣〕'這樣的
論旨網格。試比較：

㊂ a. *It* is (still) raining.

　　下雨了；雨還在下。

　b. *It* is very hot today.

　　今天天氣很熱。

英漢兩種語言裡有關動詞論旨網格的對照顯示：英語的塡補詞
'there'與'it'都在相對應的漢語句子裡消失(即爲空號詞'Φ'所
取代)；而且，英語與漢語常分別可以有'There＋動詞＋(客體)
名詞組；(客體)名詞組＋動詞'以及'動詞＋(客體)名詞組；(客
體)名詞組＋動詞'兩種不同的詞序。

　　我們也為英語的「提升動詞」'seem, appear, happen, chance' 等擬設 'vi., +〔{Pd, it/Pe, Th}〕' 的論旨網格，並為與此相對應的漢語副詞 '好像；湊巧' 擬設 'ad., +〔＿Pd＿〕' 的論旨網格。'vi., +〔Pd, it〕' 與 'ad., +〔＿Pd＿〕' 的對照顯示：英語的填補詞 'it' 在相對應的漢語裡消失；而且，英語的提升動詞在漢語裡變成修飾小句子的整句副詞。比較成問題的是，我們把以不定子句為補語的提升動詞比照「（受主語控制的）控制動詞」（如 'begin, start, try, attempt'）分析為具有 'vi., +〔Pe, Th〕' 的論旨網格。這樣的處理方式，在有關漢語副詞論旨網格的搭配下，可以衍生⑭這樣的例句。

⑭　a.　He seems 〔PRO to be intelligent〕.
　　　　{好像他／他好像}很聰明。
　　b.　She happened 〔PRO not to be at home〕.
　　　　{湊巧她／她湊巧}不在家。

　　但是在以填補詞 'there' 與 'it' 為主語的例句⑮裡，就需要把這些主語移入補語不定子句裡空號主語的位置，然後再轉換為漢語的句子。試比較：⑮

⑮　a.　*It* seems 〔PRO to be still raining outside〕
　　　　(→ *e* seems 〔*it* to be still raining outside〕).

---

⑮　這個操作正好與原參語法的「主語提升」(Subject Raising) 形成功能相反的「主語下降」(Subject Lowering)。

{好像外面／外面好像}還在下雨。

b. *There* seems 〔PRO to be some misunderstanding between them〕

(→ *e* seems 〔*there* to be some misunderstanding between them〕.)

{好像他們之間／他們之間好像}有什麼誤解。

可以以「that 子句」與「for不定子句」爲主語的動詞(如「心理動詞」(psych-verb; psychological verb) 'surprise, amaze, astonish, frighten, excite' 等都可以具有 'vt., ＋〔Ex, Pd〕' 的論旨網格)與形容詞(如 'possible, reasonable, ironic, important, necessary, essential, imperative' 等都可以具有 'a., ＋〔Pd〕' 或 'a., ＋〔{Pr/Pi}〕' 的論旨網格)都可以經過「移外變形」而以填補詞 'it' 爲主語，並把原來的子句主語移到句尾充當補語，例如：

⑯ a. 〔*That John won first prize*〕 surprised everyone; It surprised everyone 〔*that John won first prize*〕.

小華獲得第一獎令大家都(感到)驚訝。

b. 〔*That Mary misunderstood what we said*〕 is possible; It is possible 〔*that Mary misunderstood what we said*〕.

{可能小華／小華可能}誤解了我們的話。

c. 〔{*That you/For you to*} *practice English every day*〕 is important; *It* is important 〔{*that you/ for you to*} *practice English every day*〕.

你每天練習英語是很重要的。

這些例句裡的填補詞主語'it'，可以利用論旨網格以'vt., +〔Ex, Pd(it)〕; a., +〔Pd (it)〕; a., +〔{Pr/Pi} (it)〕'的方式衍生。但是這種填補詞'it'也可以出現於以'be the case, {may/must/cannot} be (the case)'等為述語，而以「that子句」為補語的句子充當主語(如⑰句)；或出現於以'think, consider, believe'等為述語，以「that子句」或「for不定子句」為賓語，而以形容詞為補語的句子充當賓語(如⑱句)。因此，與「that子句」或「for不定子句」連用的填補詞'it'，可能有兩種不同的處理方式：(一)在有關述語動詞的論旨網格裡登記'it'；(二)在論旨網格不登記'it'，而在句子轉換的時候以「that子句」或「for不定子句」移到該句句尾，並在子句主語或賓語原來的位置安插'it'(中翻英)，或把「that子句」或「for不定子句」移到'it'的位置來取代'it'以後再進行轉換(英翻中)。

⑰ a. *It* is often the case 〔*that honesty does not pay*〕.

誠實往往得不到好報。

b. *It* may be (the case) 〔*that she is sick*〕.

她可能是病了。

⑱ a. Do you think *it* possible 〔*that Mary misunder-
stood what we said*〕?

你想小華可能誤解了我們的話嗎？

b. We consider *it* important 〔{*that you/for you to*}
practice English every day〕.

我們認為你每天練習英語是很重要的。

填補詞‘it’除了出現於「非人稱結構」與「移外變形」以外
，還可能出現於‘*It* Be…*that*…’的「分裂句」（cleft sentence）
。出現於「非人稱結構」或「移外變形」的‘it’，與（主句）述語
動詞或形容詞之間有一定的連用關係，因而可以登記於述語動詞
或形容詞的論旨網格裡面。但是出現於「分裂句」的‘it’却經常
以「Be 動詞」為述語，同時除了動詞（組）、形容詞與情態副詞
以外的句法成分大都可以出現於‘*It* Be’與‘*that*…’的中間充當
句子的「信息焦點」（information focus）❺❻，例如：

⑲ a. John kissed Mary on the platform yesterday.

b. *It was John that* e kissed Mary on the platform
yesterday.

是小明昨天在月臺上吻了小華（的）。

c. *It was Mary that* John kissed e on the platform

---

❺❻ 關於英語「分裂句」與「準分裂句」的討論，參湯廷池〈英語的「分裂
句」與「準分裂句」〉，收錄於湯(1989)165-183頁。

yesterday.

小明昨天在月臺上吻的是小華。

d. *It was on the platform that* John kissed Mary
e yesterday.

小明昨天是在月臺上吻了小華(的)。

e. *It was yesterday that* John kissed Mary on the
platform e.

小明是昨天在月臺上吻了小華(的)。

上面英語與漢語例句的對照顯示：在「分裂句」裡充當信息焦點的句法成分(如'John, Mary, on the platform, yesterday')都在英翻中的過程中還原到「that子句」裡原先出現的位置(卽以符號'e'標示的位置)而且填補詞的'it'與補語連詞的'that'都不具有語意內涵，因而在相對應的漢語中不必加以考慮；只要在充當信息焦點的句法成分前面加上判斷動詞'是'(並在句尾可以附上語助詞'的')，但是在賓語名詞組前面則必須加上'的是'。由於英語的'it'既可以充當「指涉性」(referential)的人稱代詞，又可以充當「非指涉性」(non-referential)的填補詞，所以可能產生⑧的歧義。

⑧ a. It's the country that suits her best.

b. *It*'s [NP the country [S' that suits her best]].

(指涉性人稱代詞的'it'，句調是降調)

那(個地方)是最適合她住的鄉村。

c. *It's* 〔NP the country〕〔S' that e suits her best〕.

(非指涉性填補詞的'it'，句調是降升調)

是鄉村最適合她住；最適合她住的地方是鄉村。
   ．．．   ．．．

漢語裡雖然不出現類似英語'it'與'there'等填補詞，却常出現不具語音形態的「空號代詞」（empty pronoun; Pro）。例如，在下面⑧a.句的對話裡，英語的答句必須使用人稱代詞'he, her'；而漢語的答句則不能使用人稱代詞'他、她'。試比較：

⑧ a. Did John see Mary?

       小華見到了小明沒有？

    b. Yes, he saw her.

       {Pro/*他}見到了{Pro/*她}。

另外，我們也可以在漢語「主題變形」（Topicalization）或「向左轉位」（Left dislocation）的例句裡擬設與主題指涉相同的空號代詞。試比較：

⑧ 老趙ᵢ，我喜歡 {他ᵢ/那個傢伙ᵢ/Proᵢ}.
   Speaking of old Joeᵢ, I like {himᵢ/that fellowᵢ}.

這種空號代詞的擬設，不但可以滿足原參語法的「投射條件」，而且還可以說明下面例句⑧的歧義。

⑧ a. 雞不吃了。

　　b. 雞不吃(米)了。（‘雞’是主事者外元）

　　　 The chicken won't eat.

　　c. 雞(我)不吃了。（‘雞’是客體內元）

　　　 The chicken I won't eat.

‘吃’的論旨網格是‘vt., +〔Th, Ag〕’；因此，⑧ a.的‘雞不吃了’可以有⑧ b.的‘〔Ag 雞〕不吃〔Th Pro〕了’以及⑧ c.的‘〔Ag Pro〕不吃〔Th 雞〕了 → 〔Th 雞ᵢ〕〔Ag Pro〕不吃 (Proᵢ) 了’兩種不同的結構分析與語意解釋。與漢語的‘吃’相對應的英語動詞‘eat’則具有‘v(t)., +〔(Th) Ag〕’的論旨網格；因此，針對漢語的⑧ b.句與⑧ c.句分別可以轉換成英語‘〔Ag The chicken〕won't eat’與‘〔Ag I〕won't eat〔Th the chicken〕 → 〔Th The chicken〕〔Ag I〕won't eat’的句子。又與英語的「連繫動詞」‘be’(vi., +〔At, Th〕)相對應的漢語動詞可能是‘是’，但也可能是不具語音形態的「空號動詞」(empty verb; ‘Φ’)；因此，可以互相轉換成⑧等例句。

⑧ a. 今天(是)星期五。

　　　 Today is Friday.

　　b. 我(是)臺灣人。

　　　 I am a Taiwanese.

(五)修飾語的線性次序與句子轉換

　　以上所討論的句子轉換，都以述語動詞的必用成分（卽賓語、補語、主語）爲主，而較少討論可用成分的修飾語（包括修飾名詞的定語與修飾其他詞類的狀語）。以英語名詞的修飾語爲例，除了「限制詞」（limiter；如'even, only, especially'等）、「限定詞」（determiner；如'the, a(n), this, that, some, any, no, what, which'等）、「數量詞」（quantifier；如'one, two, three, several, few, little, many, much'等）、形容詞（包括現在分詞與過去分詞）與名詞（包括動名詞）可以依序出現於主要語名詞的前面充當「名前修飾語」（prenominal modifier）以外，表示處所（如'here, there, inside, outside, upstairs, downstairs, above, below'等）與時間（如'now, then, today, tomorrow, yesterday, last night'等）的副詞以及所有的「詞組性修飾語」（phrasal modifier；包括介詞組、不定子句、分詞子句、同位子句、關係子句等）都一概出現於主要語名詞的後面充當「名後修飾語」（postnominal modifier）❺⑦。另一方面，漢語名詞的修飾語則一律出現於主要語名詞的前面充當「名前修飾語」。有兩個或兩個以上的修飾語同時出現的時候，與主要語的語意關係越密切的修飾語越靠近主要語出現。因此，英語的名前修飾語都大致以同樣的次序轉換成漢語的名前修飾語❺⑧。

---

❺⑦　關於英語「名前」與「名後」修飾語的詳細討論，參湯(1988a)。

❺⑧　英語的名前形容詞一般都依「形狀」、「性質」、「新舊」、「顏色」、「國籍」的次序出現，但這些形容詞的出現次序並非固定不變。有時候，形容詞音節的多寡（音節少的形容詞在前，音節多的形容詞在後）、形容詞與主要語名詞在詞義上的親疏（語意上越密切的形容詞越靠近主要語名詞出現）等因素也必須考慮進去。

⑧ a. only those ten expensive new German cars.

只有那十輛昂貴而嶄新的德國(產)汽車。

b. even the three tall handsome blond French students.

連那三個高大、英俊而且金頭髮的法國學生。

c. especially these big juicy red Japanese apples.

尤其是這些碩大、多汁而紅豔的日本蘋果。

但是英語的名後修飾語都要轉換成漢語的名前修飾語，而且形成與英語詞序正好相反的「鏡像關係」（mirror image）⑲。試比較：

⑧ a. 〔hair〔that is *long* and *beautiful*〕〕（→ *beautiful, long* hair）.

〔美麗的〔長頭髮〕〕。

b. 〔hair〔that is *straight* and *long*〕〕（→ *long straight* hair）.

〔〔長而直的〕頭髮〕。

c. 〔a 〔〔〔student *of linguistics*〕 *with long hair*〕 *(sitting) in the corner*〕〕.

〔一個〔〔(坐在)屋角(的)〔長頭髮的〔語言學系學生〕〕〕〕。

---

⑲ 英語的名後修飾語一般都以補述語（如⑧c.的'of linguistics'與⑧d.的同位子句'that John had eloped with Mary'）在前、附加語在後的次序出現；而附加語中表情狀的定語多出現於表處所的定語之前。這種詞序的前後次序也與語意關係的密切程度有關，參湯(1989b)。

d. 〔*the* 〔*dreadful* 〔〔rumor *that John had eloped*
   with Mary〕*which was going about the village*
   〕〕〕.

   〔(那個)〔正在村子裡傳開的〔小明與小華私奔的〔可怕
   (的)謠言〕〕〕**⑥**。

e. 〔*Professor Chomsky's* 〔*insightful* 〔comment *on*
   this book〕〕〕.

   〔杭斯基教授(的)〔對這一本書的〔犀利的評論〕〕〕。

至於英語動詞(組)的修飾語，除了表「否定」(如'not,
never, seldom, rarely, hardly, scarcely, just, simply, merely'
等)、「頻率」(如'always, generally, usually, often, some-
times' 等)、「情態」(如'possibly, perhaps, certainly,
undoubtly'等)、「評價」(如'surprisingly, regrettably'等)
、「觀點」(如'theoretically, linguistically, technically'等)
、「體裁」(如'frankly, honestly'等)等「動前副詞」(pre-
verbal adverb) 與「整句副詞」(sentential adverb；包括表
「時間」、「處所」、「理由」與「目的」等副詞與狀語)必須
(如'not, never, seldom'等) 或可以出現於句首或句中(動前)
的位置以外，其他副詞與狀語(包括介詞組與從屬子句)都一律
出現於主要語動詞的後面**⑥**。另一方面，漢語動詞(組)的修飾

---

⑥ ⑧b.與⑧e.英漢例句的對比似乎顯示：英語轉換成漢語的時候，名後修
飾語都出現於限定詞之後、名前修飾語之前。

⑥ 關於英語各類副詞與狀語在句子中出現的位置與順序，湯(1990b)有相
當詳盡的討論。

語則除了表示「終點」（如'給小華、到小華的地址'）、「方位
・趨向」（如'{上／下／出／進／過}{來／去}'）、「回數」
（如'一次、兩回、三下'）、（期間」（如'一個小時、兩個星期
、三年'）、「情狀」（如'得{很快／整整齊齊(地)／糊里糊塗
(地)}'）與「結果」（如'得{渾身發抖／臉色都變了／連我都不
敢講話}'）的補語可以出現於主要語動詞的後面以外，其他副詞
與狀語(包括介詞組與從屬子句)都一律出現於主要語動詞的前
面或句首的位置。因此，英語的「動後修飾語」（postverbal
modifier），除了表示「方位」、「趨向」、「回數」、「期間」
、「情狀」與「結果」的修飾語可以出現於主要語動詞後面充當
補語以外，都要轉換成漢語的「動前修飾語」（preverbal modi-
fier），因而也形成與英語的詞序正好相反的「鏡像關係」。試
比較：

⑧⑦ a. John 〔〔〔〔studied English〕 *diligently*〕 *in the*
library〕 *yesterday*〕.

小明〔昨天〔在圖書館〔認真地〔讀書〕〕〕〕。

b. 〔〔John 〔〔〔was studying English〕 *diligently*〕 *in*
the library〕〕 *while Bill was taking a nap at*
home〕.

〔小剛在家睡午覺的時候〔小明〔在圖書館〔認真地
〔讀書〕〕〕〕〕。

c. John 〔〔〔〔bought this car〕 *for Mary*〕 *for fun*〕
last year〕.

小明〔去年〔為了好玩 {〔替小華〔買這一部汽車〕〕〕／〔〔買這一部汽車〕給小華〕〕}。

d. 〔〔John 〔〔〔mailed Mary's letter〕 *directly*〕 *to her boyfriend's address*〕〕 PRO *to anger her*〕.

〔為了激怒小華〔小明 {〔直接〔〔把她的信寄〕／〔把她的信〔直接〔寄〕〕〕} 到她男朋友的地址〕〕〕〕⑥。

e. *Honestly,* 〔John can 〔〔〔run〕 *three miles*〕 *in ten minutes*〕〕.

說實話，〔小明〔在十分鐘內〔〔可以跑〕三英里〕〕〕。

f. 〔〔The burglar 〔〔〔〔opened the safe〕 *hastily*〕 *with a blowtorch*〕 *after midnight*〕〕, *evidently*〕.

〔顯然地〔小偷〔在午夜後〔用吹焰燈〔急急忙忙地 {把保險箱打開／打開保險箱}〕〕〕〕〕。

g. 〔〔Mary will 〔*undoubtedly* 〔〔practice〕 *more strenuously than anyone else*〕〕〕 (*in order*) PRO *to win the championship*〕.

〔為了獲得冠軍〔小華 {會〔無疑地／〔無疑地會}〔比任何人都更加努力地〔練習〕〕〕〕〕。

h. *Perhaps* 〔she 〔〔runs〕 *faster than any other athlete on the ground*〕〕.

或許〔她〔〔 {比運動場上任何一位運動員都〔跑得／

---

⑥ 請注意：在英漢兩種語言轉換的過程中，英語裡出現於主句的名詞 'Mary ('s letter)' 與從句的代詞 'her'，在漢語裡倒過來，結果變成：名詞'小華'出現於從句，而代詞'她'則出現於主句。

〔跑得〕比運動場上任何一位運動員都} 〕快〕。

　　以上英漢兩種語言附加語線性次序的對比顯示：(一)在語意關係上與主要語越緊密的修飾語越靠近主要語出現；(二)無論就名詞修飾語(定語)或動詞修飾語(狀語)而言，英語在基本上屬於「主要語在首」 (head-initial) 的語言，而漢語則在基本上屬於「主要語在尾」 (head-final) 的語言；(三)因而，英語與漢語的修飾基本上以主要語爲中心點，形成線性次序相反的「鏡像關係」。

九、結　論

　　以上應用原參語法的基本概念來設計述語動詞的論旨網格，並利用論旨網格的投射來衍生句子。論旨網格的內容簡單而明確，所提供的信息却相當豐富，包括：(一)述語動詞必用論元的數目，(二)重要的可用論元，(三)這些論元所扮演的論旨角色，(四)這些論元所歸屬的句法範疇，(五)這些論元所擔任的句法功能，(六)這些論元在表面結構的前後次序與可能的詞序變化，(七)塡補詞‘it’與‘there’的出現等。如果有需要，還可以在X標槓理論與格位理論的搭配下，提供述語動詞與各種論元(包括內元、意元與外元)間的階層組織以及這些論元本身的內部結構。利用共同的符號與統一的格式把英、漢兩種語言之間相對應的述語動詞的論旨網格加以並列對照的結果，不但可以利用論旨網格的信息把英語翻譯成漢語，而且也可以利用同樣的信息把漢語翻譯成英語。同時，我們也舉例討論論旨網格的投射與機器翻譯之間可能建

立的關係，包括：(一)「院徑現象」與句子剖析，(二)「結構歧義」與句子剖析，(三)「移位變形」與句子轉換，(四)「填補詞」、「空號詞」與句子轉換，(五)修飾語的線性次序與句子轉換。

　　論旨網格這些特徵與功能，也許對於機器翻譯的應用有些意義與作用。因為論旨網格的設計不但把詞項記載豐富的內容加以簡化，因而可以達到「由詞彙來驅動」（lexicon-driven）的目的；而且不必為各種語言之間的機器翻譯設計幾套不同的「詞組結構規律」（phrase structure rule）與「詞庫」（lexicon; data base）。理論上，無論是多少種語言，只要能設計適當的論旨網格，並且明確地規劃其投射條件，機器翻譯就可以依照「多方向」（multi-directional）進行。另外，論旨網格的設計似乎有助於裁減在剖析過程中可能衍生的詞組結構分析上的歧義，而且不同語言之間相關述語動詞論旨網格的並列對照又似乎具有轉換規律的功能。不同的語法理論對機器翻譯可能做出不同的貢獻或發掘不同的問題。本文主要利用原參語法理論的「論旨網格」與「投射條件」來針對如何建立詞庫、剖析句子與轉換句子提供語言學上的初步建議。敬請大家再從計算語言學的觀點對這些建議做更周全而嚴謹的驗證與評估。

＊ 本文初稿應邀於1992年8月在臺北市劍潭青年活動中心舉行的中華民國第五屆計算語言學研討會上以專題演講的方式發表，並刊載於《中華民國八十一年第五屆計算語言學研討會論文集》（1992）53頁至84頁。

參 考 文 獻

Grimshaw, J. and A. Mester, 1988, 'Light Verbs and θ-Marking', *Linguistic Inquiry* 19, 182-295.

Gruber, J.R., 1965, *Studies in the Lexical Relation,* Doctoral dissertation, MIT, Cambridge, Mass.

Jackendoff, R.S., 1972, *Semantic Interpretation in Generative Grammar,* MIF Press, Cambridge, Mass.

Li, Y., 1990, 'On V-V Compounds in Chinese', *Natural Language and Linguistics Theory* 8, 177-207.

Pritchett, B.L., 1988, 'Garden Path Phenomena and the Grammatical Basis of Language Processing', *Language* 64, 339-376.

Slakoff, M., 1983, 'Bees are Swarming in the Garden: a Systematic Synchronic Study of Productivity', *Language* 59, 288-346.

Tang, T.C. (湯廷池)，1984,《英語語法修辭十二講》，臺灣學生書局。

Tang, T.C. (湯廷池)，1988a,〈英語的「名前」與「名後」修飾語：結構、意義與功用〉,《中華民國第五屆英語文教學研討會英語文教學論集》，1-38頁，收錄於湯(1988c)453-514頁。

Tang, T.C. (湯廷池)，1988b 《漢語詞法句法論集》，臺灣學生書局。

Tang, T.C. (湯廷池)，1988 《英語認知語法：結構、意義與功用(上集)》，臺灣學生書局。

Tang, T.C. (湯廷池)，1989a,《英語詞法句法續集》，臺灣學生書局。

Tang, T.C. (湯廷池)，1989b,〈「X標槓理論」與漢語名詞組的詞組結

構〉，《中華民國第六屆英語文教學研討會論文集》，1-36頁，收錄於湯(1989a)257-545 頁。

Tang, T.C.（湯廷池），1989c，〈「原則參數語法」與英漢對比分析〉，《新加坡華文教學研討會論文集》，75-117頁，收錄於湯(1992a)243-403頁。

Tang, T.C.（湯廷池），1990a，〈對照研究と文法理論㈠：格理論〉，《東吳日本語教育》，13:37-68頁。

Tang, T.C.（湯廷池），1990b，〈英語副詞狀語在「X標槓結構」中出現的位置：句法與語意功能〉，《中華民國第七屆英語文教學研討會論文集》，收錄於湯(1992c)115-251頁。

Tang, T.C.（湯廷池），1990c，〈「限定詞組」、「數量詞組」與「名詞組」的「X標槓結構」：英漢對比分析〉，未定稿。

Tang, T.C.（湯廷池），1990d，〈「句子」、「述詞組」與「動詞組」的「X標槓結構」：英漢對比分析〉，未定稿。

Tang, T.C.（湯廷池），1991a，〈「論旨網格」與英漢對比分析〉，《中華民國第八屆英語文教學研討會論文集》，235-289頁。

Tang, T.C.（湯廷池），1991b，〈原則參數語法、論旨網格與機器翻譯〉，中華民國第四屆計算語言學研討會專題論文。

Tang, T.C. (湯廷池)，1992a，《英語詞法句法三集》，臺灣學生書局。

Tang, T.C. (湯廷池)，1992b，《漢語詞法句法四集》，臺灣學生書局。

Tang, T.C. (湯廷池)，1992c，《英語認知語法：結構、意義與功用(中集)》，臺灣學生書局。

附錄

參加第二屆國際漢語語言學會議歸來

　　第二屆國際漢語語言學會議係由國際漢語語言學會主辦之國際性學術研討會。該會現任會長爲中央研究院院士王士元先生，副會長爲中央研究院院士丁邦新先生。第一屆會議於去年六月間在新加坡召開，會議間並決定第二屆會議於今年六月間在法國巴黎舉辦。本人雖未正式參加國際漢語語言學會，但於今年三月間接到第二屆國際漢語語言學會議籌備會主席(現任法國東方語言學研究中心主任) Alain Peyraube 先生之來函，邀請本人以自選之題目，在該會議全體研討會上發表專題演講。本人因而以英文撰寫論文 "On the Relation Between Word-Syntax and

Sentence-Syntax: A Case Study in Chinese Compound Verbs"（〈漢語詞法與句法的相關性：複合動詞〉），全文共五十頁(包括附註八頁與參考文獻三頁)。論文的主旨爲：漢語複合動詞的詞法結構(如述賓式、述補式、偏正法、並列式、主謂式)與句法結構(特別是動詞組與句子)在構成成分的階層組織與線性次序等各方面極爲相似；因而建議在深層結構、表層結構、邏輯形式等句法結構之外，承認詞法結構之存在，並建議讓原則參數語法的原則系統與參數選擇延伸到詞法結構來適用。這樣的主張，不僅是「零假設」當然的結果，而且有助於「孩童語言習得能力」的說明；因爲習得一套語法規律來衍生句法結構與詞法結構，遠比習得兩套不同的語法規律分別衍生這兩種結構，來得自然合理。至於兩種結構之間的差異，則主要可以從詞的定義中演繹出來。除此以外，對於複合詞的內部結構與外部功能之間的關係，以及在複合詞內外所發生的轉類現象，論文中亦有相當詳細的討論。

　　會議於六月二十三日至二十五日在法國巴黎舉行。根據主辦單位頒發的秩序手冊，本次會議中所發表的論文共達八十四篇，參加人員單是正式註冊者亦達近兩百人。不過，這一屆會議與上一屆會議不同，大陸學者除了從國外參加者以外，似乎無人直接由大陸來參加，據說是對於學會章程有某些意見。這次由國內參加會議的學者，除了本人以外，尙有中央研究院歷史語言研究所的李壬癸（‘The ritual songs of PaS ta?ay in Saisiyat revisited’）、龔煌城（‘The primary palatalization of velars in Late Old Chinese’）、鄭秋豫（‘Some features of impaired

speech in Chinese and possible neurological implications')
、黃居仁（'Automatic lexical information acquisition and
linguistic research: theoretical foundations and implemen-
tation in Chinese linguistics'）、魏培泉（'古漢語介詞演變的
幾個階段'）、湯志眞（'Adjunct licensing and wh-in-situ in
Chinese'）、齊莉莎（'Degrees of grammaticalization in the
Rukai dialects: synchronic and diachronic constructions'）
以及資訊所的劉承慧（'Early development of the VR con-
struction: the application of computational corpus in
historical Chinese syntax'）、蘇宜青（'A study of syntactic
comprehension of a Chinese agrammatic patient'）、葉美利
（'Corpus-based linguistic research: examples from Man-
darin'）、清華大學的連金發（'The reciprocal SaN in Southern
Min Dialects: a diachronic-dialectal approach'）、政治大學
的蕭宇超（'Taiwanese tone group revisited; theory of
residue'）、中正大學的曾志朗（'Intra-hemispheric differen-
ces in the visual and semantic processing of Chinese
logographs'）、竺家寧（'先秦諸子語言的新創詞對構詞法的影
響'）、文化大學的魏美瑤（'How do I address thee?'）、新竹
師範學院的董忠司（'古代東南亞一個語言交融的痕跡：閩南語詞
頭和苗傜語族詞頭的關係'）等幾位，可以說是歷年來國內學者參
加最多的一次。本人一向主張，漢語的語言學會議宜以漢語宣讀
論文，藉以提高漢語在國際學術界的地位，而且唯有如此漢語語
言學才能眞正在國內生根茁壯。然而，這一次會議却在歐洲舉行

，與會人士中亦有不少未諳漢語者；因而臨時決定改用英語發表論文，却引起許多希望本人以漢語發表論文的與會人士的失望。不過，使用英語也有其好處，因爲回國後接到美國德州大學奧斯汀分校 Dallas TACA Centenial Professor in the Humanities 並任該校認知科學中心主任 Carlota S. Smith 博士的來信，信中寫道：“I found your paper very interesting. What you have accomplished in your own work and in the Taiwan linguistics community is indeed impressive."。

　　這一次會議的主辦單位非常賣力，也可以說辦得相當有聲有色。由於人手不足，幾位主辦人員(如擔任主席的 Alain Peyraube、擔任副主席的 Viviane Alleton 與 Marie-Claude Paris、擔任秘書、司庫與助理的 Michèle Abud、Alain Lucas、Waltraud Paul 等人)都親自東奔西走來協助會議的進行，令人印象深刻。不過，由於三個分組同時進行，而分組討論的會場却相當分散，與會人士因專長與興趣之不同必須在三個不同的會場進進出出，有時難免干擾會議的進行，是美中不足。經過一、二兩屆會議，國際漢語語言學會議開始受到國際學術界的重視。第三屆會議擬在香港舉行，而第四屆會議則可能移到國內舉行。我個人的看法是，我國應該更進一步主導這個會議的舉辦；例如，每兩年輪流一次由國內大學的語言學研究所來主辦，而另一次則在國外舉辦。目前，國內外的漢語語言學界似乎正面臨一種「世代交替」的趨勢，年齡在五、六十歲以上的漢語語言學家逐漸退出學術舞臺的中心，而年齡在三、四十歲的漢語語言學家則逐漸抬頭成長。在國內舉辦國際漢語語言學會議，不但能提升我

國在漢語語言學界的國際地位，而且更能刺激國內語言學研究所
、中文研究所、外文研究所的學生積極參加世代交替的行列。這
一次會議中，由大陸到美國留學並獲得語言學博士地位後在世界
各地任教的學者（如新加坡國立大學的張洪明、美國 Princeton
大學的洪勝利、Maryland 大學的徐杰等人）受北京高等教育出
版社的委託正在籌備《當代中國語言學》的出版，並延請本人擔
任顧問委員會之一員。這是以中文為主要媒介語，在世界範圍內
發行的國際性漢語語言學刊物，並擬採用十六開本，每年出版兩
期，每期二十萬字左右。本人過去極力提倡在國內出版這類刊物
，沒有想到却被大陸的出版社搶了先。不過，對漢語語言學的前
途而言，這是一個值得慶賀的發展。

　　附帶一提的是，旅法期間承蒙駐法代表處文化組黃景星先生
的親切照顧。黃先生不但親自參加這一次會議，而且還擔任一場
分組討論會的主席，充分發揮學術交流與國民外交的功效。尤其
是小女志眞在巴黎病倒，黃先生伉儷更是慰藉照顧，非常感激，
永生難忘。

英漢術語對照與索引

A

L

M

O

S

U

V

W

國立中央圖書館出版品預行編目資料

漢語詞法句法五集／湯廷池著.--初版.--台北市: 台灣
學生,民83
　　面;　　公分, --(現代語言學論叢,甲類;18)
含索引
ISBN 957-15-0648-6(精裝).--ISBN 957-15
_0649-4 (平裝)

1.中國語言-文法-論文,講詞等

802.6　　　　　　　　　　　　　　　83007916

漢語詞法句法五集 (全一冊)

著　作　者：湯　　　　　廷　　　　　池
出　版　者：臺　灣　學　生　書　局
本書局登
記證字號：行政院新聞局局版臺業字第一一○○號
發　行　人：丁　　　　　文　　　　　治
發　行　所：臺　灣　學　生　書　局
　　　　　　臺北市和平東路一段一九八號
　　　　　　郵政劃撥帳號○○○二四六六八號
　　　　　　電　話：3 6 3 4 1 5 6
印　刷　所：淵 明 印 刷 有 限 公 司
　　　　　　地　址：永和市成功路一段43巷五號
　　　　　　電　話：9 2 8 7 1 4 5

定價　精裝新台幣四四○元
　　　平裝新台幣三八○元

中 華 民 國 八 十 三 年 九 月 初 版

ISBN 957-15-0648-6 (精裝)
ISBN 957-15-0649-4 (平裝)

現代語言學論叢書目

⑥　鄭謝淑娟著：臺灣福建話形容詞的研究（英文本）

⑦　曹逢甫等
　　十四人　著：第十四屆國際漢藏語言學會論又集（英文本）

⑧　湯廷池等
　　十　　人　著：漢語句法、語意學論集（英文本）

⑨　顧　百　里著：國語在臺灣之演變（英文本）

⑩　顧　百　里著：白話文歐化語法之研究（英文本）

⑪　李　梅　都著：漢語的照應與刪簡（英文本）

⑫　黃　美　金著：「態」之探究（英文本）

⑬　坂本英子著：從華語看日本漢語的發音

⑭　曹　逢　甫著：國語的句子與子句結構（英文本）

⑮　陳　重　瑜著：漢英語法，語意學論集（英文本）

語文教學叢書書目

①　湯　廷　池著：語言學與語文教學

②　董　昭　輝著：漢英音節比較研究（英文本）

③　方　師　鐸著：詳析「匆匆」的語法與修辭

④　湯　廷　池著：英語語言分析入門：英語語法教學問答

⑤　湯　廷　池著：英語語法修辭十二講

⑥　董　昭　輝著：英語的「時間框框」

⑦　湯　廷　池著：英語認知語法：結構、意義與功用（上集）

⑧　湯　廷　池著：國中英語教學指引

⑨　湯　廷　池著：英語認知語法：結構、意義與功用（中集）

⑩　湯　廷　池著：英語認知語法：結構意義與功用（下集）